어머니의 초상

조건상 소설집

새미

어머니의 초상

인쇄일 초판 1쇄   2001년 09월 15일
　　　　2쇄   2015년 07월 20일
발행일 초판 1쇄   2001년 09월 15일
　　　　2쇄   2015년 07월 23일

지은이 조 건 상
발행인 정 찬 용
발행처 **국학자료원**
등록일 1987.12.21, 제17-270호
서울시 강동구 성내동 447-11 현영빌딩 2층
Tel : 442-4623~4 Fax : 442-4625
www. kookhak.co.kr
E- mail : kookhak2001@hanmail.net

ISBN 978-89-5628-449-1 *03810
가 격 7,500원

차 례

작가의 말

네 번째의 작품집을 상재(上梓)한다.

그런데 출판 횟수가 거듭될 수록 작품에 대한 두려움과 자괴감이 증폭되고 있다. 창작에 대한 외경심 탓으로 돌리며 자위해 본다.

대학에서 강의가 없던 지난 1년의 '연구년(研究年)'이 나로 하여금 많은 것을 얻게 했고 또 잃게 했다.

얻은 것 중의 하나가 이 작품집에 실린 "어머니의 초상"·"20년 뒤"·"눈 뜬 짐승 하나 가슴속에 키우며" 등의 작품을 넉 달 동안 집중적으로 쓸 수 있었다는 사실이다. 새삼스럽게 여유로운 시간의 혜택이 이처럼 고마울 수가 없다.

또한 등단 초기에 썼다가 돌보지 않던 "부주전상서"를 "아버지의 초상"으로 개제(改題)하고 약간의 손질 끝에 함께 묶은 일도 오랜만에 묵은 빚을 갚은 듯 마음이 가볍다.

그런데 위에 든 네 작품은 내 육친의 생애 속에서 찾아낸 진솔한 삶의 형상이거나, 젊은 날의 내 추억 속을 배회하고 있는 주변의 이야기들을 담담하게 풀어놓은 작품들이다. 평범한 일상 속의 정감이 훈훈한 감동으로 전해지길 바랄 뿐이다.

이밖에도 그 동안 여러 지면에 발표했던 짤막한 꽁트 형식의 작품 20여 편을 선정하여 주제, 혹은 소재별로 정리하여 함께 묶었다. 촌철살인(寸鐵殺人)의 기개나 서민의 애환, 그리고 오묘한 인간 심리의 갈등이나 훈훈한 인정의 세계를 담고 있는 소품들이지만 내 작가 혼의 영롱한 파편들 같아서 소중하게 아끼고 싶은 것들이다.

원고를 정리하는 과정에서 영지·승호·미정의 도움이 컸다. 마음 깊이 고마움을 느낀다. 또한 작품 해설을 맡아준 임규찬 교수와 작품집을 묶어 주신 정찬용·김성달 선생께 거듭 사의를 표한다.

2001년 8월
지루한 무더위와 장마비와 싸우며
趙健相 씀

어머니의
초상

어머니의 肖像

바람결이 사나우니 나오시지 말라는데도 굳이 대문 밖까지 따라나오는 어머니였다.

지팡이에 의지해서 바장이는 걸음걸이가 금방이라도 허물어질 듯이 위태위태해서 이런 모습을 지켜보는 내 자신의 오금이 그만 뻣뻣하게 굳어버릴 지경이었다.

대문 밖 잔디 마당에 세워 놓은 승용차의 앞문을 열고 코트와 휴대용 가방을 조수석에 아무렇게나 던져 넣은 후, 나는 한 줌밖에 안 되어 보이는 어머니의 왜소한 몸체를 새삼스럽게 돌아다보았다.

여든 여덟, 미수(米壽)의 연륜을 살아온 한 노인이 바람결에 흰 머리카락 몇 오라기를 날리며 을씨년스럽게 대문에 기대듯이 서 있었다. 그리고 지팡이를 잡은 왼쪽 손은 빈약한 가슴팍에 모으고 오른 손은 주먹을 쥐고 있었는데 나는 그 주먹 속에 쥐고 있는 것이 무엇인지를 알고 있다. 한 줌의 소금일 것이다.

충청도 판교에서 서울까지 3시간여를 운전해야 하는 아들의 무사한 상경길을 기원하는 애틋한 모정(母情)을 어머니는 이렇게 한 줌의 소금을 쥐고 있다가 시동을 걸고 출발을 시작하는 승용차의 몸체에 뿌림으로써 부정한 액운을 쫓아내는 의식(儀式)으로 삼았던 것이다.

언젠가 뙤약볕이 쇠를 달굴 듯이 내리쬐는 여름철에도 어머니는 한 움큼의 소금을 승용차에 뿌리는 바람에 땡볕에 녹아 내린 소금이 승용차 색상을 얼룩지게 만든 적도 있어서 나는 이 같은 어머니의 소금세례를 내심 언짢아하면서도 어머니의 신념이 담긴 이 같은 의식을 결코 만류할 수는 없었다.

이때의 어머니는 마치 무슨 신성한 의식을 집전하는 사람에게서나 느낄 수 있는 신비스런 눈빛과 경건한 몸짓으로 승용차를 향하여 꾸벅꾸벅 절을 하며 아무 탈없이 주인님 모시고 부디 잘 가라는 주문까지 읊조리는 통에 아무도 섣불리 범접할 수 없는 어떤 섬뜩한 위엄을 느끼게 되는 것이 사실이었다.

어머니는 연세가 많아질수록 이 같은 의식 절차를 확고한 믿음을 가지고 생활 속에서 실천하고 있는 듯한 인상을 주고 있었는데, 이를테면 마당 한가운데에 있는 화단 앞에 평퍼짐한 돌을 무더기로 쌓아 놓고 그 위에 아침마다 물을 길어서 올려놓은 후에 손을 가지런히 모으고 동서남북으로 돌며 차례대로 꾸벅꾸벅 절을 하는 것으로써 하루를 시작하고 있었으며, 집 주위에 있는 오래 된 나무의 가지 하나를 벨 때도 영험하고 신령스런 나무이니 함부로 손을 대서는 못 쓴다며 손수 왕소금을 볶아서 나무 주변에 뿌린 다음에 베도록 지시했고, 음력 초하루에는 가까운 이웃집의 출입도 삼가는 등 생활의 도처에 이 같은 금기와 기구(祈求)의 의식절차를 세워 놓고 이를 엄격하게 지켜 갔다.

나는 한 때 어머니의 이 같은 행동을 어처구니없는 미신이라며 퉁바리를 먹인 적도 있었지만 이제는 그것이 과학으로 설명될 것이 아니라 어머니가 터득하신 생활 속의 신념이나 지혜려니 여기며 일체 간섭을 하지 않기로 작정을 하고 있었다.

나는 대문 옆에 쓰러질 듯이 기대어 바람결에 흰 머리카락을 날리며 서 있는 어머니의 깡마른 모습에서 시선을 떼며 불현듯 하늘을 올려다보았다.

서럽도록 차가운 초겨울의 파아란 하늘이었다.

그 파아란 하늘의 복판으로 소리도 없이 높이 뜬 제트기 두 대가 하얀 비행운을 그리며 무한대의 공간에 던져진 두 개의 까만 점으로 날고 있었다.

나는 아스라이 드높은 하늘 위에 선명하게 그어진 두 줄기의 비행 운을 눈이 시도록 바라보다가 천천히 차에 올라 시동을 걸었다. 그리고는 기다렸다.

이윽고 어머니가 흩뿌리는 한 줌의 소금이 자동차의 옆 유리와 지붕 위에 싸라기눈처럼 하얗게 떨어지고 있었다. 그것은 마치 어린 시절에 상한 음식을 먹고 내 몸에 온통 두드러기가 났을 때 어머니가 온 몸을 발가벗겨 놓고 소금을 뿌렸을 때의 따끔따끔한 통증처럼 나를 긴장시키고 있었다.

나는 천천히 차를 출발시켰다.

두 손을 모아 쥐고 수없이 머리를 조아리는 어머니의 모습이 자동차의 옆 거울에 자그맣게 비쳐들고 있었다. 나는 어머니의 그런 모습을 외면한 채 가속 페달에 힘을 주었다. 갑자기 콧날이 시큰해지면서 시야가 부옇게 흐려왔다.

나는 언제나 고향에 찾아왔다가 이렇게 어머니를 혼자 남겨두고 떠날 때마다 느끼게 되는 쓰리고 답답한 심정이 정말 견디기 어려웠다.

어머니가 낳아서 기른 6남매가 서울과 대전에서 나름대로의 기반을 다져놓고 살아가고 있는데 어머니는 혼자서 고향의 휑뎅그렁한 종가를 지키며 외롭게 살아가고 있는 것이다.

"답답혀서 아파트에서는 한 시도 못 살겄드라. 논밭으로 쏘다니며 맑은 바깥 공기 마셔야 살지 ……. 내 맘 편혀서 허는 노릇인 게 괘념치들 말어 ……."

혼자서 조석으로 음식 마련하여 잡숫는 것도 그렇고 연세도 연만해서 혼자 지내시기가 조련치 않으실 테니 아들 집 딸 집 돌아가며 자식들 사는 꼴 구경도 하시고 서울에서 지내시면 어떻겠느냐고 자식 중의 누가 은근히 청이라도 할 것 같으면 대뜸 튀어나오는 어머니의 말씀이 이랬다.

남들이 노인네 혼자 버려두고 저희들끼리만 히히덕거리며 지낸다고 손가락질이라도 하면 어떡하느냐고 우스갯소리 반 진담 반으로 의중을 떠보기도 했지만, 누가 남 위해서 사느냐고, 다 자기하고 싶은 대로 사는 것이지, 체면 차리다가 굶어 죽고 남의 눈치 보다가 눈꼽재기 끼는 법이라면서 그 동안은 들은 척도 하지 않고 사뭇 당당하게 일꾼들 건사하면서 조상 대대로 물려받은 밭뙈기며 논마지기 관리해 오던 어머니였는데 근자에는 이런저런 의욕도 욕심도 사그라지셨는지 이젠 갈 준비를 해얄 텐데 하면서 틈만 생기면 죽음타령을 늘어놓는 바람에 주변을 심란하게 만들어 놓고 계신 어머니였다.

당신의 죽음에 대한 관심은 요 몇 년 사이에 부쩍 고조되고 있었는데 그것은 당신 주변의 노인들이 치매나 중풍으로 몇 년씩

자리보전을 하며 자식들을 괴롭히고 있다는 사실을 알고 난 후부터였다.

"서로 못할 짓이다. 당자도 괴롭겠지만 수발을 드는 자식들의 맘 고생이야 오죽 허겄어. 잘 허네 못 허네 말만 듣게 되고 …… 그래서 옛날에도 장병에 효자 없다구 혔겠지. 나는 정말 그러지 말아야 헐텐데 ……."

어머니의 한숨 섞인 장탄식은 말상대만 있으면 밤새도록 되풀이되어 이어지고 있었다. 귀가 어두운 어머니는 켜 놓은 텔레비전 앞에서 말소리는 들리지 않으니까 움직이는 화면 속의 동작만으로 뉴스도 보고 연속 방송극도 보는데 그것이 신통찮으면 계속해서 이렇게 노인들의 병환과 죽음에 관한 얘기로 옆 사람을 괴롭히는 것이다.

"사람이 죽고 사는 것을 마음대로 할 수 있나요, 운명에 맡기는 도리밖에 없지요. 걱정했다고 되는 일도 아닌데 괜한 신경을 쓰고 그러세요."

귀가 어두운 어머니와의 대화는 자연히 음성이 높아지게 마련이었고, 높은 음성으로 대꾸하다 보면 그것이 퉁명스럽거나 짜증스럽게 울려나오기 십상이어서 어머니는 그것이 또 섭섭하신지 아예 입을 닫고 벽을 향해 돌아누워서 썩은 한숨만 내쉬기가 일쑤였다. 그러나 이 같은 침묵 시위도 잠시였다.

어머니는 그 사이에 나름대로의 어떤 생각에 골몰하고 있었던 듯 누운 몸을 틀어 이 쪽을 향하여 또 말을 꺼내놓기 시작하는 것이다.

"니 큰 고모 말인데, 죽었을 때 수의를 입히려고 보니까 글쎄 수의가 여기저기 좀이 쓸어서 흉하게 됐더라는구나. 그런 수의를

입혀서 저 세상으로 보내버렸으니 딱헌 일이다. 그나저나 내 수의
는 괜찮은지 모르겠다."

당신의 죽음에 관한 근심과 걱정은 이처럼 줄기를 뻗고 가지를
쳐서 온갖 잡사까지를 모두 생각하시는 모양이어서 나는 며칠 후
서울의 내 집 다락방에 보관해 두었던 어머니의 수의를 꺼내어
차에 싣고 와서는 어머니의 면전에 그걸 확인 차 펼쳐 보인 적도
있었다. 다행히 수십 년 전에 어머니가 손수 마름질을 해서 지어
놓은 수의는 샛노란 삼베 색상 그대로 어디 한 군데 훼손되지 않
은 채 뻣뻣하게 개켜져 있었는데 어머니는 그걸 하나하나 펼쳐서
거친 손으로 쓰다듬으며 이걸 빨리 입고 가얄 텐데 웬걸 이렇게
오래 사는지 징글징글하다면서 눈물을 비치셨다.

나는 구불구불한 마을의 골목길을 벗어나며 당신의 죽음에 대
하여 조바심에 가까운 근심과 걱정을 보이고 계신 어머니의 마음
을 헤아려 보고 있었다.

인간이 죽음 앞에서 초연할 수는 없겠지만 가능하다면 당신의
뜻대로 죽기를 바라는 마음에서 어머니는 초조해 하고 있는 것이
다.

날씨도 사납지 않아서 장사 치르기에도 좋고, 자식들의 직장이
나 개인적인 사업에도 별 지장이 없는 때, 병들거나 고통받지 않
고 그저 자는 듯이 눈 감고 저 세상으로 갈 수 있다면 더 이상의
바람이 없겠다는 욕심 때문인 것이다. 그런데 어떻게 죽을 것이냐
에 대한 걱정에 앞서서 근자에 어머니가 죽음에 대한 인식을 이
처럼 골똘히 생각하게 된 것은 아마도 외로운 환경 때문이 아닌
가 생각되는 것이다.

사실 토요일 오후에 이곳에 도착하여 일요일 오후인 지금까지

만 하루 동안의 시간 속에서 내가 얼굴을 직접 마주치거나 이야기를 나눈 마을 사람이 아무도 없었다. 먼발치로, 그것도 잠깐, 자기집 울안에서 서성대는 몇몇 마을 사람을 본 일은 있지만 도합 아홉 세대 밖에 되지 않는 작은 마을이긴 하지만 사람의 그림자 찾기도 힘들 지경인 것이다.

하기야 마을 사람이라고 해보았자 모두가 환갑 진갑은커녕 칠순잔치 해먹은 지가 까마득한 늙은이들이 아니면 대부분 홀로 된 노파가 병치레를 하면서 골골대고 살아가는 형편이니 서로 간에 왕래도 뜸하고 그나마 일할 수 있는 사람은 낮에는 바쁘고 밤에는 피곤하여 잠자기에 바쁘니 사람 만나기가 신선 만나기보다 더 어렵다는 말이 나올 법도 한 일이었다.

아이들의 떠드는 소리와 개 짖는 소리가 사라진 지 이미 오래된 마을이었다.

"예순 다섯 살 된 내가 이 마을에서는 제일 어린애니까유"

젊은이들은 모두 도시로 빠져나가고 마을에 사람이 없으니 마을의 자질구레한 일 처리를 도맡다시피 할 수밖에 없는 65세의 어느 마을 사람이 자조적으로 중얼댄 말이었다.

그리고 자신의 몸 하나 추스리기도 힘든데 짐승에게까지 밥 주고 신경 쓰기가 귀찮아서 대부분의 집에서는 소 돼지는커녕 개 한 마리도 기르지 않는데 그러나 몇 집에서 기르고 있는 개조차 낯선 방문객 하나 찾아오지 않는 터수에 짖고 경계할 필요가 없어서 그런지 하루종일 쇠줄에 매인 채 눈만 껌벅이며 누워 있을 뿐 도무지 짖지도 않았다. 개가 심심하면 달을 보고 짖는다지만 이 마을의 개들은 달을 쳐다볼 낭만도 잃어버렸는지 벙어리 개가 되어버렸으니 마을은 그야말로 적막강산인 것이다.

더구나 어머니의 경우에는 여든 여덟의 고령인 데다가 귀도 어둡고 무릎의 관절염 탓으로 보행조차 불편해서 이웃집 나들이마저 수월치 못하니 메뚜기 이마빡만한 마을에서 몇 날 며칠을 바장이며 걸어보아도 사람 구경 못하고 지내는 날이 수두룩하다고 어이없어 하시는 것이었다.

"요즘에는 밤중에 혹시 문을 열고 밖에 나왔다가 마당에 어슬렁거리는 괭이새끼 하나만 보아도 파장에 의붓애비 만난 것처럼 반갑더라. 그래도 저런 짐승이나마 사람 사는 곳이라고 찾아와 준 게 고맙다는 맴이 들어서 ……."

어머니의 외로움은 밤중에 나다니는 도둑고양이도 고맙고 바깥마당의 은행나무에 집을 짓는 까치마저도 고맙다는 것이었다.

적어도 사흘에 한 번씩은 서울에서 문안 전화를 걸지만 어쩌다가 그걸 미루거나 놓치는 날이면 어머니 쪽에서 먼저 전화를 걸어 무슨 일이 있는 거냐고 퉁명스럽게 물어오는 이유를 알 것 같았다. 사람들의 얼굴이 그립고 말에 굶주린 어머니는 자주 찾아오지는 못할 망정 전화마저 걸지 않는 자식들이 고깝고 서운해서 괜한 몽니를 부리시는 것이었다.

구불구불한 마을길을 벗어나자 몇 백년 묵은 느티나무와 팽나무가 어우러져 있는 동구 밖 정자나무 쉼터까지의 넓은 길이 곧게 멀리 뻗어 있었다. 이 길도 원래는 좌우의 논이나 밭의 형태에 따라 제멋대로 구불구불 이어져 있었는데 길을 확장하고 포장을 하면서 곧게 만들어 놓았기 때문에 이제는 제법 마을로 들어서는 버젓한 진입로 구실을 해내고 있는 길이 되었다.

나는 그 길의 중간쯤에서 잠깐 차를 세웠다.

길의 오른쪽으로 내 명의로 된 논이 두어 배미 있었고 왼쪽으로는 빗밋한 밭두덩을 따라 마을을 감싸 안으며 흘러내린 나지막한 종산이 있었는데 거기에 아버지의 산소가 있었던 것이다.

이미 오래 전에 추수를 끝낸 논은 그루터기가 거무튀튀하게 썩어버린 벼포기의 흔적만 있을 뿐 황량하기 그지없었다. 나는 아버지의 산소가 빤히 올려다 보이는 왼쪽으로 눈을 돌렸다. 길에서 불과 이 백여 미터의 거리지만 이미 가을걷이가 끝난 빈 밭두덩 너머로 바라다 보이는 아버지의 산소는 그보다 훨씬 가깝게 다가와 보였다.

어머니의 사후에 마무리를 짓기 위해서 망두석과 상석만 마련해 놓았지만 앞이 확 트이고 햇볕이 잘 드는 양지쪽이어서 투명한 겨울 햇살 속에서 아버지의 산소는 평화로와 보였다.

그 동안 어머니는 아버지의 산소에 이따금 찾아가 평소에 꽃을 좋아하셨다는 아버지를 생각해서 계절에 따라 진달래고 개나리고 과꽃이고 들국화고 가릴 것 없이 한 움큼 꺾어다가 묘소 앞에 놓아 드린 후에 한동안 이런저런 푸념을 하고 돌아오는 때가 많았는데 요즘에는 거길 올라갈 엄두가 나지 않아서 못 가본다고 서운해 하셨다.

아닌게 아니라 몇 년 전까지만 해도 아버지의 산소 앞에는 언제나 시들고 말라비틀어진 채 놓여 있는 꽃묶음이 눈에 띄었는데 요즘에는 그것을 볼 수가 없었다.

그런데 몇 년 전까지 아버지의 산소 앞에서 어머니가 웅얼거리신 푸념은 이렇게 좋은 세상에 그걸 누리지 못하고 일찍 가신 것에 대한 섭섭함이나 생전에 잘 해드리지 못한 데 대한 아쉬움의 헌사(獻辭)가 대부분이었는데 요즘에는 비록 산소 앞에 찾아가지 못하지만 마음속으로 웅얼거리는 푸념이, 왜 자신을 빨리 데려가지 않느냐는 청원과 원망의 헌사인 것 같은 눈치였다.

옆 창문을 통하여 아버지의 산소를 그윽이 올려다보고 있으려니까 아버지의 상석 앞에 웅크리고 앉아 있는 어머니의 모습이 환영처럼 어른거리고 있었다. 어머니는 묘소에 무성하게 돋아난 쇠비름이며 엉겅퀴며 질경이 등의 잡초를 하염없이 손으로 뽑아 내고 있었다. 그리고는 봉분의 한 쪽을 가리키며 나를 향해 돌아서는 듯 하더니 어머니의 모습은 시야에서 나풀 사라졌다.

언젠가 어머니가, 니 아버지 산소에 못 가본 지가 벌써 몇 해가 됐는지 모르겠다고 하시기에 그렇게 가보고 싶으시면 지금 당장 가보시자고 어머니를 앞세웠더니 묘소 근처의 밭두덩까지는 지팡이에 의지하여 겨우 걸음을 옮겼는데 더 이상은 오르지 못한다고 포기하는 것을 나는 등에 어머니를 업고 산소까지 올라간 일이 있었다.

환갑이 지난 아들 등에 업혀서 늙은이가 주책을 부린다고, 누가 보면 웃음거리가 되겠다고 하시면서도 난생처음 내 등에 업힌 어머니는 쑥스러우면서도 흐뭇한 모양이었다.

혹시나 떨어질까 해서 내 목을 감아쥐고 등에 찰싹 달라붙은 어머니의 몸이 마치 마른 장작 하나의 무게로밖에 느껴지지 않을 만큼 앙상하고 가벼워서 나는 속으로 눈물을 삼키며 아버지의 산소 앞에 어머니를 내려 드렸다. 그러자 어머니는 무릎걸음으로 상석 앞에 다가가 상석을 어루만지더니 "잘 있었수, 조금만 더 기다리면 나도 이리로 곧 오리다" 이렇게 흥얼거리면서 묘소 앞에 돋아난 잡초를 손으로 쥐어뜯기도 하고 망두석에 돋아난 이끼를 손톱으로 긁으면서 "벌써 이 십 년 가까이 돼 가니 이끼가 돋을 만도 하지 ……." 하고 아버지가 돌아가신 지가 이 십 년이 가까운 것을 상기하시는 듯 한동안 조용히 눈을 감고 계셨다.

나는 멀찍이 떨어져서 어머니의 이런 모습을 바라보며 담배를 피우고 있었는데 어머니가 갑자기 봉분 앞으로 다가가더니 봉분의 오른쪽 반을 손으로 가리키며 혼잣소리로 "이게 내 자리다"하시더니 나를 돌아다보았었다. 나는 다시 어머니를 업고 산을 내려오면서 사후에 자신이 묻힐 무덤을 바라보는 사람의 심정은 과연 어떨 것인가를 생각한 적이 있었는데 그때의 어머니 모습이 지금 환영처럼 잠깐 시야에 어른거렸던 모양이었다.

"좋은 때 어머니를 불러 가십시오"

나는 아버지의 산소를 향해 또박또박 입 밖으로 소리를 내어 중얼거렸다. 차가운 바람 한 자락이 빗밋한 밭두렁을 타고 산으로 기어오르고 있었다. 내 목소리도 바람에 실려 흘러가고 있었다.

나는 차를 몰고 천천히 마을을 벗어나기 시작했다. 동구 밖의 정자나무 쉼터를 지나며 나는 옆 거울을 통하여 마을의 풍광을 바라보았다. 잎이 떨어진 나뭇가지 사이로 아버지가 생전에 서재로 쓰시던 이층 별채의 새하얀 벽이 잠깐 나타났다가 차가 산굽이를 감아 도는 바람에 시야에서 사라졌다.

고향이라고는 하지만 내가 태어나기 전부터 외지에서 교원생활을 하시던 아버지 때문에 어렸을 때는 물론이요 중학교 시절까지도 방학이나 돼야 할아버지 할머니를 뵙는다고 찾아온 고향이었다. 그리고 고등학교 시절부터는 부모님과도 떨어져 객지로만 나돌았기 때문에 이제까지 내가 고향의 온돌방에서 잠을 자며 지낸 것은 그리 많은 세월이 되지 못한다. 오히려 60년대 초부터 이제까지 살아온 서울에서의 40년 세월이 내 생애의 삼분의 이에 해당되는 셈이니까 내게 있어서 이곳 고향은 호적부에 기재된 행정적 의미에서의 고향에 불과한 지도 모르겠다.

그러나 고향을 지키던 할아버지가 돌아가신 후에 정년퇴직을 하신 아버지가 다시 고향을 지키셨고, 그 뒤를 장남인 내가 다시 이어야 한다는 종가(宗家)의 불문율이 나를 속박하고 있는 것도 아닌데 나이가 들수록 내 마음이 기댈 수 있는 곳은 결국 고향밖에 없다는 생각이 드는 것은 왠지 모를 일이었다.

정자나무 쉼터를 벗어나면서 나는 고향이란 이름으로 맺어진 이 외진 산골마을과 나와의 숙명적인 인연을 가슴 뻐근하게 느끼기 시작했다.

기차역이 있고 관공서가 있는 시내까지는 자동차로 불과 5분 거리다. 초등학교 시절 방학이 되어 고향을 찾아왔을 때 타박타박 흙먼지를 날리며 30분이나 걸어왔던 길인데 이제는 포장된 도로로 5분만 달리며 닿을 수 있는 거리가 무슨 축지법을 쓴 것처럼 신기하기만 했다.

어느 해의 폭설로 중동이 부러지는 바람에 우산처럼 옆으로만 가지가 뻗은 기차역 마당의 노송 앞에서 나는 잠시 차를 멈췄다.

'만남의 장소'라는 팻말을 목에 걸고 늠름하게 가지를 뻗고 서 있는 노송 주변에는 몇 대의 택시들이 한유롭게 손님을 기다리고 있었다. 나는 차에서 내리지 않은 채 택시들을 하나하나 눈으로 더듬어 훑었다.

쌀쌀한 날씨 탓인지 손님을 기다리는 택시 기사들이 모두 운전석에 앉아 있었기 때문에 내가 찾는 택시 기사 김완식 씨를 찾기는 쉽지 않았다. 직접 확인하는 도리 밖에 없다고 생각한 나는 차에서 내렸다. 내가 택시들이 늘어서 있는 곳으로 다가가자 맨 앞에 있던 택시의 창문이 스르르 밀려 내려가며 택시기사가 얼굴을 내밀었다.

"어디에 가실 건데유?"

그러나 그는 김완식 씨가 아니었다. 두 번째 택시도 아니었다. 세 번째 택시에 다가갔을 때에야 운전석의 문이 벌컥 밖으로 제쳐지며 김완식 씨의 둥그런 얼굴이 밖으로 나왔다.

"마침 계셨네요. 손님을 태우고 어디로 가셨으면 어쩌나 했었는데……."

"아니, 교수님 언제 오셨나유?"

김완식 씨의 늠름한 체구가 내 앞에서 허리를 꺾으며 반갑게 인사를 하고 있었다. 나는 그의 손을 다정하게 움켜잡았다. 나의 두 손으로도 감싸지지 않을 만큼 두툼한 손이었다.

"우리 어머니 때문에 늘 수고해 주시고, 이번에도 김치를 담가 다 주셨더군요. 정말 고맙습니다."

"아니 별 말씀을 다 하시네유. 사모님이 꼭 제 차를 이용해 주시니까 저로서는 큰 혜택을 입고 있는 거지유."

김완식 씨는 언제나 어머니를 사모님이라고 불렀다. 어딜 가나 하찮은 노인네 취급을 받기가 일쑤인데 그 사람은 나를 꼭 사모님이라고 부르면서 깍듯이 대접해주니 그것은 아마도 교수 아들 둔 덕택에 그런 것 같다고 언젠가 어머니가 흐뭇해하시며 들려주던 이야기가 생각났다.

관절염으로 보행이 불편하신 어머니는 시내의 나들이 때는 물론이고 자주 찾게 되는 병원을 갈 때도 언제나 택시 신세를 질 수밖에 없었는데 그때마다 어머니는 시내의 수많은 택시 중에서 김완식 씨의 택시를 전화로 불러서 이용하셨다. 그래서 단골이 되어버린 김완식 씨는 이따금 혼자 사시는 어머니를 위해서 김치도 담가다 주고 어머니가 시내에 볼 일이 있어서 나왔을 때는 자기 집으로 모셔다가 점심도 대접하는 사이가 되었던 것이다.

나는 김완식 씨의 손을 잡고 내 차로 걸어갔다. 뒷좌석에 김완식 씨에게 되돌려 줄 빈 김치 항아리가 있었던 것이다. 나는 그에게 보자기에 싼 빈 항아리와 서울에서 준비해 왔던 양주 한 병을 함께 전했다.

"이건 뭡니까?"

그는 한사코 술병을 받지 않으려고 했다. 내 마음의 표시니까 받아달라고 사정을 하다시피 해서 겨우 술병을 전한 후에 나는 그와 헤어졌다.

차를 몰면서 옆 거울을 보니 멀어져 가는 내 차를 하염없이 바라보고 서 있는 김완식 씨의 모습이 오래도록 비쳐지고 있었다. 나는 고맙다고 혼자서 고개를 끄덕여 인사를 보냈다.

나는 잠시 후 '보건약국'이라 씌어진 간판 앞에 다시 차를 세웠다. 언제나 후덕한 인상의 약사 아주머니가 나를 알아보고 말없이 반가운 표정을 지었다.

"저의 어머니가 지난번에 외상으로 약을 가져가셨다면서요, 이천 오백 원만 드리면 된다던데 맞나요?"

나는 지갑을 꺼내들고 곱게 늙어 가는 후덕한 약사 아주머니를 향해 빙그레 웃으며 물었다.

"외상은 무슨 외상이래요? 사모님께서 우황청심원하고 소화제하고 이것저것 사시다가 돈이 좀 모자라다 시기에……."

약사 아주머니는 외상이라는 내 말에 두 손으로 설레발이를 치며 말끝을 흐렸다. 외상이라는 단어가 풍기는 뉘앙스가 곱지 않아서 어머니한테는 불경스럽다고 생각한 모양이었다.

보건약국은 어머니의 단골 약국이다. 활명수 한 병을 사도 꼭 보건약국에 가서 샀다. 그런데 약사 아주머니는 어머니를 지칭할 때 반드시 사모님이란 호칭을 사용했다. 그러나 이 호칭은 교수인 나의 신분 때문에 붙여진 호칭이 아니라 교장선생님이었던 아버지 때문에 붙여진 호칭이라는 것을 나는 알고 있다. 약사 아주머니의 남편과 아버지와는 과거에 사제지간의 친분이 있었던 사이였고 그래서 오래 전부터 어머니의 호칭은 보건약국에서는 사모님이었던 것이다.

그러고 보니 어머니는 당신을 사모님이라고 호칭하며 깍듯이 예우해 주는 사람들하고만 상종을 하고 있는 것은 아닐까 하는 엉뚱한 생각이 들어서 나는 속으로 웃었다.

약사 아주머니는 어머니가 외상으로 남겨놓은 나머지 돈의 액수도 잘 기억하지 못하고 있는 것 같았다. 어머니의 말씀대로 이천 오백 원을 내니까 그런가 보다 하는 무심한 얼굴이었다.

사모님 때문에 걱정이 많으시겠다는 약사 아주머니의 살뜰한 인사를 뒤에 남기고 나는 보건약국을 나섰다.

약국에서 나온 나는 곧장 차에 오르려다가 아차 하는 생각과 함께 자동차의 꽁무니로 돌아가서 차의 트렁크를 열었다.

그런데 트렁크 속은 엉망이었다. 가지런히 넣어 두었던 올망졸망한 짐꾸러미들이 제멋대로 흩어져 어지럽게 널려 있었다. 보자기에 싼 된장 그릇도 있었고 간장 병도 있었고 호박고지와 무말랭이도 있었다. 그리고 이것들이 쏟아내고 있는 야릇한 냄새는 마치 옛날에 어머니가 부엌에서 둘렀던 낡은 행주치마에서 풍겨 나오던 시크름한 냄새를 연상시켰다.

돈으로 따진다면 불과 몇 푼도 안 되는 물건들이지만 어머니는 자식들에게 무엇이든 주고 싶어서 불편한 다리를 끌며 어제 밤에 밤새도록 집 안팎의 여기저기를 뒤져서 이것들을 묶고, 싸고, 담아서 올망졸망한 꾸러미를 만들어 놓은 것이다.

심란하게 흩어져 있는 이것들을 보면서 나는 물에 젖은 가죽옷이 조여오듯이 가슴 한복판이 답답해 옴을 느끼지 않을 수 없었다.

나는 어지럽게 뒤섞여 있는 이것들을 가지런히 정돈해 놓고 트렁크의 뒤쪽에 숨어 있던 두툼한 서류봉투를 겨우 찾아냈다. 다행히 찢어진 서류봉투 속에 나의 소설집 두 권이 들어 있었다. 그러나 거의 일 년 동안 어둡고 지저분한 트렁크 구석에 갇혀서 뇌진 탓이라도 일으킬 정도로 이리 밀리고 저리 뒹굴며 얼마나 혹독한 고초를 겪었는지 책은 납작하게 달라붙어 있었고 모서리의 일부가 일그러져 있었다. 나는 책을 꺼내 들고 부챗살을 펴듯이 여러 차례 책갈피를 좌악 좌악 펼쳐서 균형을 잡았다. 더러워지거나 크게 훼손되지 않은 게 그나마 다행이었다.

트렁크를 닫은 후에 나는 책을 옆구리에 끼고 시장으로 통하는 네거리를 향해 걸어가기 시작했다. 미용실을 경영하며 시를 쓰는 김영자 시인을 찾아가는 길이었다.

이미 전화를 통하여 미용실의 위치는 대강 알아두었지만 손바닥만한 마을에서 '개성연출'이라는 미용실의 간판을 찾는 것은 일도 아니었다.

주인이 시인이어서 그런지 작은 시골 마을의 미용실 상호로서는 너무 멋진 이름을 붙여 놓았다고 생각하며 나는 '개성연출'이라는 큼지막한 간판을 달고 있는 미용실 앞에서 우뚝 걸음을 멈췄다. 그런데 미용실 출입은 난생 처음이어서 선뜻 문을 열고 들어서기가 아무래도 망설여졌다.

머리에 커다란 헬멧 같은 기구를 뒤집어쓰고 비스듬히 의자에 누워서 여성잡지를 뒤적이거나 손톱을 다듬고 매니큐어를 칠하는 미용실 풍경을 길거리를 가다가 우연히 열린 문틈으로 훔쳐본 적은 있지만 미용실에 직접 들어가 본 일이 전혀 없어서 서먹한 것은 사실이었다.

그러나 요즘에는 남자들도 미용실에서 머리를 깎기도 한다니까 금남의 집은 아닐 테고, 그렇다면 여탕에 뛰어든 남자처럼 해괴하게 여기지는 않을 것이라는 생각에 나는 조심스럽게 '개성연출'의 문을 밀고 들어섰다.

그런데 기대가 크면 실망도 크고 소문난 잔치에 먹을 것 없다더니 싱겁게도 잔뜩 긴장했던 것과는 달리 미용실 안에는 손님이 하나도 없었다. 나를 기다리던 김영자 시인만이 소파에서 벌떡 일어서며 어리둥절해서 들어서는 나를 반갑게 맞았다. 생각과는 달리 김영자 시인은 가정주부였다. 미용사라면 으레 미스 김이나 미스 박이려니 했던 내 선입견의 오류였다. 그런데 나는 그녀가 가정주부라는 사실이 더욱 감동적이었다. 나는 아직 그녀의 인간 됨됨이나 그의 시세계에 대하여 아는 바가 전혀 없다. 그러나 미용실을 운영하면서 시를 쓰는 주부가 이런 작은 마을에도 있다는 사실 하나만으로도 그녀는 나에게 감동을 주기에 충분했다.

김영자 시인과는, 고향에서 작품 활동을 하는 몇몇 젊은 문인들이 주축이 되어 지방 문예지를 창간한다고 서울에 있는 나에게 연락이 닿아 출향문인(出鄕文人)의 자격으로 참여해 달라는 권유가 있었을 때 서로 연락을 취하는 과정에서 알게 된 사이였지만 그 동안 전화나 서면으로만 서로 접촉이 있었을 뿐 직접 대면하기는 오늘이 처음이었다. 그러나 우리는 이미 오래 전부터 알고 있었던 사람들처럼 금세 마음이 통하는 것 같았다. 이것이 문학으로 인해 맺어진 인연이라고 생각하니 가슴이 뿌듯해 왔다.

나는 들고 온 내 소설집 두 권을 김영자 시인에게 전했다. 한 권은 김영자 시인 본인에게 주는 것이고 다른 한 권은 이번에 창간되는 문예지의 편집을 담당한 김우영 작가에게 전해달라고 부탁했다.

그런데 내가 새삼스럽게 낯선 고향의 문인들과 이렇게 교류하고 있는 것은 문학이라는 매개체를 통하여 인간관계로 얽힌 고향의 이미지를 찾고자 함이었다. 내게 있어서 고향이라는 이미지는 흘러간 어린 시절의 추억이나 회상하고, 선조의 무덤이나 관리하면서 제사를 지내는 과거 지향적 공간일 수만은 없었던 것이다. 고향은 모름지기 당대를 살아가는 사람들을 위한 미래지향적 공간이 되어야 한다는 것이 내 생각이었다.

그런데 내가 이렇듯 갑자기 고향의 이미지를 마음속에 담아두며 관심을 기울이게 된 것은 그 원인의 제공자가 바로 어머니셨다.

요즘 어머니는 당신의 사후에 벌어질 여러 정황들에 대하여 예언자적 통찰력을 발휘할 때가 많았다.

그 통찰력에 의하면 현재 이 마을에 살고 있는 사람들이 죽고 나면 이 마을은 그대로 빈집만 남고 사람 하나 살지 않으리라는 것이 그 중의 하나였다. 그것은 섬뜩한 말이지만 현재의 정황으로 본다면 그럴 수도 있다는 가능성이 있는 말이었다.

예순 다섯의 나이를 먹은 사람이 가장 나이 어린 사람으로 취급을 받는 고령자의 마을에서 앞으로 십 년, 혹은 길게 잡아서 십

오륙 년이면 현재의 생존자들이 모두 세상을 뜰 수밖에 없을 텐데 그 뒤를 이어 이곳에서 살아갈 사람은 어느 집을 불문하고 눈을 씻고 찾아봐도 없는 형편이었던 것이다.

구부러진 나무가 선산을 지키고 병신자식이 효자 노릇을 한다고, 못 배우고 못나터진 사람만이 고향을 떠나지 못하고 농사를 지을 수밖에 없는 우리의 현실을 돌아다 볼 때 이미 배울 만큼 배워서 외지로 나가 직장 생활을 하며 터를 닦아 놓고 떵떵거리는 잘난 놈들이 이런 농촌 구석에 뭘 빨겠다고 기어들 리가 없으니 자연히 빈집만 남고 사람이 없을 것은 자명한 일이 아닐 수 없는 것이다.

이 마을 출신으로서 잘난 축에 속하는 몇몇 사람들도 이 같은 현실을 개탄하며 고향집을 가꾸는 척하더니 베잠방이에 방귀 새듯 슬그머니 빠져나가서는 영영 돌아오지 않았는데 이유인즉 의기투합하여 함께 놀 사람도, 말 상대자도 없으니 심심하고 답답해서 못 살겠더라는 것이었다.

그러나 나는 심심하지 않고 답답하지 않도록 인간 관계로 얽힌 새로운 고향의 이미지를 스스로 만들어야 한다는 생각이었다. 내가 젊은 고향의 문인들과 교류를 갖고 김영자 시인을 찾은 것도 이 같은 이유 중의 하나인 것이다.

이런저런 이야기 끝에 내가 자리에서 일어서자 김영자 시인은 온장고 속에 넣어 두었던 한방드링크제 두 병을 꺼내어 내 손에 쥐어 주었다.

"가시면서 차안에서 드세요."

고향의 체온처럼 느껴지는 따스한 드링크 병을 나는 목울대가 움찔 하도록 감격스러운 마음으로 고맙게 받았다. 그리고 가슴 밑바닥에 숨어 있던 소중한 말을 그녀에게 전했다.

"고향에 시인이 있어서 흐뭇합니다."

'개성연출'의 문을 나서는 내 발 밑에 초겨울의 햇살이 눈부시게 깔려 있었다.

얼마 후 내 차는 서천군 판교 면의 표지판을 뒤로 하고 부여군 옥산 면의 표지판 앞을 미끄러지듯 달리고 있었다.

옥산 면은 어머니의 고향이었다. 모퉁이 길가에 외종조 할아버지가 한약방을 하시던 낡은 기와집 한 채가 지붕에 뽀얀 먼지를 뒤집어 쓴 채 나지막하게 엎드려 있는 것이 보였다. 그 많은 세월을 견디며 그 자리에 그대로 옛 모습을 간직하고 있는 기와집이 반가웠다. 나는 길가에 잠깐 차를 세웠다.

평소에 어머니는 외종조부에 관한 이야기를 우리들에게 많이 들려주었다.

옥산면의 면장을 지내셨다는 외조부와 형제간으로서 그렇게 의가 좋으실 수 없었다는 이야기로부터, 면사무소와 한약방이 있는 이곳으로부터 이 십여 리는 떨어져 있는 본가에서 아침에 두 분이 함께 출근할 때 그 모습이 너무나 의젓하고 당당해서 동네사람들이 매일 아침 울타리 너머로 넘겨다보며 경주 이씨 아무개 형제만큼만 되라고 자식들에게 입에 침이 마르도록 설교를 했었다는 이야기, 그리고 저녁에 퇴근하여 집에 돌아오실 때 약방에서 썰다가 토막난 자투리 감초를 한 움큼 가져오셔서는 어머니한테만 몰래 주셨다는 이야기 등등 대부분 우리 집과 혼인을 맺기 이전의 처녀 적 이야기를 어머니는 종종 꿈꾸는 듯한 음성으로 들려주었던 것이다.

어쨌든 어머니가 들려준 어머니의 처녀 적 이야기에 근거해 볼

때 그 당시의 나의 외가는 우리 본가에 비하여 사회적인 활동도 좀 있었고 생활 면에서도 윤택했던 모양인데 열 여섯의 어린 나이에 우리 집안에 시집을 와서 몸 고생 마음 고생이 제법 많았을 법한데도 어머니는 여든 여덟이 되신 이제까지 70년 동안을 당시의 어려웠던 심정을 전혀 내색하지 않으시니 웬일인지 모를 일이다. 하기야 우리 본가가 외가보다 가난했을지는 몰라도 내 증조부이신 송암공의 학덕과 인품이며 조부이신 성재공의 근면함과 인자하심은 돈이나 권력과도 바꿀 수 없는 덕목이니까 어머니가 침묵을 지킬 수밖에 없다고 나는 나름대로 판단해 보는 것이다.

외종조 할아버지의 한약방이었던 길가의 외가집은 지금은 사람이 살고 있지 않은지 대문의 문설주가 비딱하게 기울어진 채 달혀 있었다.

나는 도로의 왼쪽 편으로 눈을 돌렸다. 옥산 저수지의 한 자락이 도로에 인접하여 고기비늘 같은 잔 물살을 일으키고 있었다. 수많은 낚시꾼들이 저수지 둘레에 옹기종기 몰려있기 마련인데 계절 탓인지 낚시꾼의 모습은 보이지 않고 물위에 군데군데 조대(釣臺)로 세워놓은 원두막 같은 시설물만이 수면에 그늘을 드리우고 쓸쓸하게 서 있었다. 그리고 몇 년 전의 홍수로 저수지의 일부 둑이 터지는 바람에 이 일대가 물바다가 된 적도 있었는데 지금은 둑이 완전히 복구되어 거대한 성벽처럼 우람하게 눈앞을 가로막고 있었다.

이 둑 밑의 도로를 따라 가다가 언덕에 올라서면 저수지가 한눈에 내려다보이고 어머니의 고향인 목동리가 저 만큼 산자락 밑으로 평화롭게 자리잡고 있을 것이다. 나는 문득 저수지의 언덕길에 올라 어머니의 생가가 있는 목동리를 바라다보고 싶은 생각이 불현듯 떠올라서 차를 돌려 저수지의 둑 밑으로 차를 몰았다.

도로는 노란 페인트로 중앙선을 그어 놓았을 만큼 길도 넓어지고 포장도 다시 해서 몇 년 전에 어머니를 모시고 갔을 때의 울퉁불퉁한 도로가 아니었다.

나는 몇 년 전에 아무런 기약도 없이 그저 즉흥적으로 어머니를 모시고 어머니의 고향 마을과 생가를 둘러본 일이 있었다.

나는 이따금 고향을 찾을 때마다 내 승용차에 어머니를 태우고 무료하고 답답하실 테니 바람이나 쐬자면서 인근의 시골길이나 서천 장항 군산 등지를 드라이브하는 경우가 많았는데 그날도 우연히 차를 몰고 나섰다가 내가 제의하고 어머니가 동의하는 바람에 의기투합하여 갑자기 어머니의 고향을 찾게 되었던 것이다.

나로서는 그날이 생애 두 번째의 방문길이었다. 첫 번째는 아마 중학교 시절이라고 기억되는데 외가에 무슨 일이 있어서 어머니가 하루의 말미를 얻어 다녀오시도록 되어 있었는데 나를 동행시켰던 것 같다. 그때는 초행이었고 외가 식구 아무도 아는 사람이 없어서 서먹하고 불편한 마음에 빨리 집으로 돌아가고 싶다는 생각 밖에 없었다는 기억뿐이다.

그런 이후 40년만에 이루어지는 두 번째의 방문길이니 어머니의 고향에 대한 기억은커녕 모습조차도 전혀 떠오르지 않는 나였다.

"니가 외가집을 찾을 수 있겠니?"

뒷좌석에 앉아 있던 어머니가 몸을 기울여 내 의자 등받이에 손을 얹으며 물었을 때 나는 당연하다는 투로 대답했다.

"마을로 들어가는 저수지 길은 알지만 그 다음부터는 전혀 모르지요."

"니가 언제 가기는 갔었던가?"

어머니는 아주 오래 전 일이어서 나를 데리고 갔었던 기억이 나지 않는지 내게 다시 물었다.

"중학교 땐가 언제 한 번 갔었던 기억이 나요."

"그래도 외가집인데 참 무심도 허다. 허기야 니 아버지도 아마 처가집이라고 가 본 것은 두서너 번 밖에 안 되리라."

내가 모는 차가 저수지가 내려다보이는 언덕길에 올라섰을 때부터 어머니의 눈빛이 환하게 빛나기 시작했던 걸 나는 기억하고 있다.

"그때보다 저수지가 넓어진 것 같다. 물도 많아지고 ……. 이 길도 옛날에는 산비탈에 의지해서 좁아 터졌었는데 ……."

어머니는 그때 70여 년 전의 아련한 기억을 더듬고 있었던 것이다.

"이 길로 니 외할아버지하고 외종조 할아버지가 나란히 면사무소하고 한약방에 다녔느니라."

"그때는 자동차도 없었을 테니까 걸어서 다니셨겠지요?"

"자동차는 무슨 …… 조석으로 걸어서 다니셨지. 그때는 몇 십 리쯤 걸어다니는 것은 예사였으니까."

저수지 옆 길이 끝나고 차가 들길로 들어섰을 때 어머니마저도 고향마을로 들어가는 길을 분간하지 못할 만큼 산천이 변해 있었던 모양이었다.

"이 길인가, 저 길인가 ……. 맞어 이 길로 해서 저쪽 산비탈을 타고 가다가 ……, 아니지, 개울을 건너야 하니까 저 길이 맞는 것 같네."

어머니는 혼란스러운 중에도 소녀처럼 기분이 들떠 있는 것 같았다. 어머니의 혼란은 생가 근처에 와서도 마찬가지였다. 여기 외양간이 있었는데 없어졌다느니, 채전밭이 있었는데 웬 집이 들어섰느냐느니, 그때는 담장이 이쪽으로 쭈욱 뻗쳤었는데 중간에 길이 생겼다느니 하면서 혼란스러워 하다가 퇴락한 어느 기와집 앞에 우뚝 섰다. 그것이 생가였던 것이다.

"큰 조카네가 서울로 이사를 했다더니 집이 비어버렸구나 ……."

어머니의 목소리는 가늘게 떨리고 있었다.

어머니의 생가는 비어버린 정도가 아니라 이미 폐옥이나 다름없었다. 마당은 고사하고 마룻밑 근처까지 잡초가 무성했다. 그러나 무너진 담장 근처에는 옛 주인이 가꿨음직한 꽃들이 잡초 속에서 끈질긴 생명력을 뽐내기라도 하듯 채송화며 맨드라미며 분꽃들이 여기저기 흩어져 피어 있었다.

지팡이에 의지하여 마당을 바장이던 어머니가 힘겹게 토방으로 올라서더니 먼지가 뿌옇게 내려앉은 마루에 털석 걸터앉으셨다. 그리고는 지팡이의 구부러진 손잡이 부분을 이용하여 반쯤 열린 채 매달려 있는 문짝을 앞으로 끌어 당겨서 문을 열었다. 세간 기물은 하나도 없는 빈방이었다. 장판지가 반이나 뜯겨 나갔고 퇴색된 벽지가 습기에 젖어 너덜거리고 있었다.

"이게 니 큰 이모하고 내가 쓰던 방인데 …… 집을 비워두면 못 쓰게 되지."

어머니는 당신이 쓰시던 방이 흉물스럽게 퇴락해 가는 모습을 보고 마음이 언짢은 것 같았다.

어머니는 한동안 말없이 마루에 걸터앉은 채 생가의 여기저기를 둘러보고 있었다.

폐허나 다름없는 생가의 마루에 걸터앉아 만감에 젖어 있는 어머니의 쇠잔한 모습을 바라보니 처연한 생각이 들었다.

생가주변에는 친척과 일가붙이가 살고 있다지만 모두들 들판에 나갔는지 닭 몇 마리가 마당을 어슬렁거릴 뿐 집안은 적막하기 짝이 없었다. 미루나무 가지 끝에서 자지러지게 울어대는 매미 소리만이 마을의 쓸쓸함을 더해주고 있었다.

"그만 돌아가자."

어머니가 기운 빠진 목소리로 나를 재촉했다.

"아는 사람 누구라도 만나고 가야하지 않겠어요?"

"만나기는 뭘 …… 아무도 집에 없는데."

돌아오는 차안에서 어머니는 조용히 눈을 감은 채 아무런 말씀도 하지 않았다. 어머니는 아마도 퇴락해 가는 고향 마을과 버려져 있는 생가의 흉물스런 모습에서 세월의 무상함을 뼈저리게 느끼고 있는지도 모를 일이었다.

그런데 차가 마을을 벗어나서 저수지 모퉁이를 휘돌아 언덕길을 오르고 있을 때 어머니는 고개를 돌려 고향 마을 쪽을 연신 돌아다보며 혼잣말처럼 웅얼거리셨다.

"내 생전에 이게 마지막 길일 텐데 …… 그래도 이렇게 둘러보고 나니 마음이 개운하다."

어머니는 쓸쓸한 표정을 애써 지우며 금세 밝은 표정을 짓고 있었다. 추억은 추억으로서 묻어두고 현실은 현실로서 인정할 수밖에 없다는 단호한 결단을 내린 모양이었다.

어머니는 평소에도 이렇게 맺고 끊는 것이 분명해서 성격이 차갑다는 말을 들어 왔었다. 그런데 근자에 연세가 많아지실 수록 당신의 생각에 미련을 버리지 못하고 집요하게 매달리려는 고집을 피우셨는데 어머니가 언짢은 심기를 눌러 참으며 밝은 표정으로 되돌아 온 것은 참으로 다행스런 일이 아닐 수 없었다.

그날 어머니와 나는 오랜만에 외식을 하자며, 기차역 앞마당의 노송이 바라다 보이는 식당에서 시원한 냉면을 시켜 먹었다. 기승을 부리는 늦더위와 마음을 우울하게 뒤덮고 있던 언짢은 생각들을 말끔히 씻어내기에는 안성맞춤의 음식이었다. 어머니도 평소보다는 훨씬 많은 양의 냉면을 드셨다.

그날 밤 어머니는 참으로 편안한 잠을 주무시고 계셨다. 고른 숨소리를 내며 애기처럼 색색 주무시는 모습을 본 것은 실로 오랜만의 일이었다. 어머니는 마치 꿈속에서 노란 저고리에 남색 치마를 입고 담장 밑 장독대에 쪼그리고 앉아 손톱에 봉숭아물을 들이던 처녀시절을 회상하고 있는 듯 입가에 엷은 미소까지 머금은 채 주무시고 있었다.

그로부터 불과 몇 년이 지난 지금, 어머니는 여린 바람에도 꺼질 듯이 흔들리고 있는 촛불처럼 마지막 심지를 태우며 이승의 질긴 인연을 이어가고 있지만 어머니의 의식은 이미 돌이킬 수 없는 죽음의 심연에 깊숙이 닿아 있었다.

그리하여 어머니는 당신의 모든 일상사를 죽음과 연관시켜 사고하고 행동하고 있는 듯이 보였다. 이를테면 내가 살아야 얼마를 더 살겠느냐느니, 나는 죽어도 여한이 없다느니, 나는 다 산 사람이라느니 하면서 이승에서의 잔류 시간을 카운트다운 하듯 하루하루를 보내고 있었으며 당신의 사후에 벌어질지도 모르는 가족들 간의 불화나 반목에 우려와 걱정을 나타내시는가 하면 당신이 입었던 헌 옷가지며 쓰던 일용품들을 정리해서 불에 태우는 등 어떻게 보면 당신이 이 세상에 살았던 흔적을 모조리 지우고 떠나려는 사람처럼 주변을 말끔히 정리하는 일에 온갖 신경을 쓰고 있었던 것이다.

어머니의 이런 결벽증세로 보아 지금은 생활용품의 가치를 잃고 뒷전으로 밀려버린 옛 물건들이 집안에 하나도 남지 않을 것 같은 우려 때문에 나는 벌써부터 어머니가 쓰시던 참빗이며 비녀며 실패나 골무 등의 바느질 도구는 물론이요 남자들이 상투를 틀 때 쓰던 동곳이며 증조부와 조부 때부터 내려오던 문갑과 벼루, 그리고 장죽과 놋쇠 화로 등을 서울로 옮겨다 놓았고 절구통이나 맷돌, 도롱이와 삿갓, 그리고 항아리와 농기구 등을 창고 안에 보관하여 간수하고 있었다.

나는 이것들을 골동품으로서의 가치보다도 옛 어른들이 사용했던 물건이라는 데 의미를 두어 그냥 모아두려는 생각이었지만 어머니는 이것들을 미련 없이 버리거나 태우는 일에 열중하고 있었는데, 그것은 아마도 어머니가 돌아가신 먼 훗날 현대 문물에 밀려난 이것들이 후손들로부터 아무런 쓸모도 없는 잡동사니로 버림을 받고 집안의 여기저기에 뒹굴고 있을 때의 볼썽 사나운 모습을 예견하고 그러시는 것 같았다.

이런저런 기억을 더듬으며 차를 모는 사이에 저수지 밑의 둑길이 끝나고 눈앞에 빗밋한 언덕길이 나타났다. 나는 언덕 위로 단숨에 차를 몰아 올라섰다.

언덕 위에는 십 여대의 차량이 동시에 주차할 수 있는 널찍한 공터가 말끔하게 포장되어 있었다. 그리고 산비탈을 따라 약간의 경사를 이루며 뻗어 내린 길이 노란 중앙선이 그어진 채 왕복 이차선의 도로로 확장되어 있었다. 몇 년 전에 어머니를 모시고 왔을 때와는 완연히 달라진 모습이었다.

어머니의 생가가 있는 마을을 포함하여 저수지 너머에 있는 마을들이, 주위의 높은 산에 둘러싸여 하나의 분지를 이루고 있는 들판을 가운데 두고 산기슭을 따라 옹기종기 터를 잡고 있는 작은 마을들뿐인데 이처럼 훌륭한 도로가 이들 몇몇 마을을 위해 만들어졌다는 사실은 참으로 놀라운 일이 아닐 수 없었다.

때마침 기웃한 오후의 햇살이 저수지의 수면 위에 쏟아져, 잘게 부서지고 있는 물살의 파편 조각들이 영롱한 보석처럼 반짝이고 있었다.

나는 공터의 가드레일 가까이 차를 세우고 주위의 산자락 밑을 휘감아 돌며 드넓게 펼쳐진 저수지를 내려다보았다. 그리고 언덕 아래 비탈길을 따라 어머니의 고향 마을 쪽으로 시선을 돌렸다.

잎새를 떨군 거뭇거뭇한 나무 사이로 마을의 모습이 멀리 내려다 보였다. 그런데 저수지가 끝난 들판의 여기저기에 수많은 덤프트럭과 불도저가 마치 장난감처럼 붕붕붕 소리를 내며 움직이고 있는 모습이 보였다. 먼 거리여서 자세히 알 수는 없지만 밑쪽에서 무슨 큰 공사가 벌어지고 있는 모양이었다. 그러고 보니 새롭게 잘 닦여진 이차선의 도로도 필시 밑에서 이루어지고 있는 모종의 공사와 서로 관련이 있는지도 모를 일이었다.

이때 공사가 이루어지고 있는 비탈길의 밑에서 덤프트럭 하나가 언덕을 기어오르고 있었다. 그리고 덤프트럭은 내가 서 있는 공터에서 멈췄다. 이윽고 검정색 털스웨터에 빨간 모자를 눌러쓴 우람한 체구의 운전수가 바퀴는 물론 차체가 온통 흙투성이가 된 덤프트럭에서 내렸다. 그는 턱 언저리가 거뭇거뭇한 수염으로 뒤덮인 중년의 운전수였는데 텁수룩한 수염 탓인지 퍽 우락부락한 인상을 풍겼다.

트럭에서 내린 그는 나를 한 번 흘낏 바라보더니 저수지가 내려다보이는 가드레일 근처까지 성큼성큼 걸어가서 담배를 꺼내어 입에 물었다. 그리고는 양손으로 바지 주머니의 여기저기를 뒤지며 라이터를 찾는 시늉을 하고 있었다.

나는 그에게 다가가서 말을 붙였다.

"라이터가 필요해요?"

열심히 바지 주머니를 뒤져대던 그가 나를 바라보며 체구에 어울리지 않게 허리를 굽신거리더니 내가 내미는 라이터를 두 손으로 공손히 받아서 불을 붙이고는 고맙다는 말과 함께 역시 허리를 굽신거리며 라이터를 돌려주었다.

"그런데 저 아래쪽에서 무슨 공사판이 벌어졌나요?"

나는 궁금하던 차에 기회를 놓치지 않고 그에게 물었다. 그러자 맛있게 담배를 빨던 그가 내 쪽으로 몸을 돌리며 아래위로 나의 행색을 살피더니 이 근방에 사시는 분이 아니신 모양이라고 되물었다.

"네에, 외가집이 요 근처에 있는데 몇 년만에 찾아와 보니 길도 넓어지고 많이 변했네요."

"아, 그러시니까 모르시는 모양이구먼 ……. 여기다가 다목적 땜을 만든다고 공사를 시작한 지가 몇 년 됐는데 ……. 저 밑 들판과 마을이 전부 수몰되니까 규모가 굉장할 걸요."

"그래요? 저 마을까지 수몰된다 이겁니까?"

나는 턱짓으로 어머니의 고향마을 쪽을 가리키며 다급한 소리로 물었다.

"이 저수지 물하고 금강 상류의 물줄기까지 합류하며 아마 저 앞에 보이는 산의 중턱까지는 물에 잠길 걸요."

운전수는 대수롭지 않다는 듯이 이런저런 얘기를 주절대더니만 담배꽁초를 발로 눌러 비벼 끄고는 차에 올랐다. 그리고 그가 모는 트럭이 매연을 풀석 풀석 뒤로 내뿜으며 언덕길을 넘어가서 저수지 둑 밑으로 사라진 후에야 나는 다시 어머니의 고향 마을 쪽으로 시선을 돌렸다.

멀리 산자락 밑으로 을씨년스럽게 초라해 보이는 마을의 모습이 가물가물 눈에 들어오더니 갑자기 시야가 뿌옇게 흐려지고 있었다. 그리고 뿌옇게 흐려진 시야 저편에, 넘실대는 저수지의 물이 어머니의 고향마을을 뒤덮고 산의 중턱까지 차 오르는 모습이 환영처럼 떠올랐다.

결국 어머니는 이 세상에 아무런 흔적도 남기지 않고 가실 모양이었다.

그 동안 어머니는 이 세상에 살았던 당신의 흔적을 불로 태워 지워 나가더니, 태어난 생가마저 수몰되어 이 세상에서 흔적을 지우며 사라질 운명이 아닌가.

높새바람 한 줄기가 들판을 가로질러 내가 서 있는 저수지 언덕으로 질풍같이 내달려오고 있었다. 나는 세찬 바람결에 머리칼을 날리며 들판의 허수아비처럼 언제까지나 서 있었다.

(『문학과 창작』, 2001년 5월호)

20년 뒤

1

"저어, 혹시 ……."

때마침 주홍빛 물감을 끼얹은 듯, 빌딩 사이로 내려앉은 저녁 노을이 현란한 색상으로 도시를 물들이고 있는 시간이었다.

간편한 여행 가방 하나를 어깨에 둘러메고 지하철에서 내려 서울역 광장으로 통하는 층계를 오르고 있는 내 앞을 멈칫거리며 막아서는 여인이 있었다.

그러나 노을을 등진 채 내 앞을 막아서고 있는 여인의 얼굴은 역광 탓으로 겨우 윤곽만을 드러낼 뿐 누군지 얼른 알아볼 수 없었다.

오르내리는 인파에 어깨를 부딪히며 내가 겨우 층계의 모서리에 몸을 의지하고 여인과 나란히 섰을 때, 여인이 다시 쭈뼛쭈뼛 입을 달싹거렸다.

"저어, 혹시 ……."

여인은 귀밑까지 치켜세운 바바리코트의 깃으로 가냘파 보이는 목덜미를 감싸고 있었으며 단추를 채우지 않은 바바리코트 사이로 검정색 원피스가 보였고 그 원피스의 가슴팍 근처에 붉은 색 하트 모양의 장식이 달린 큼지막한 목걸이가 대롱대롱 흔들리고 있었다.

나는 얼핏 눈을 들어 선홍색 루즈를 바른 여인의 입술과 오뚝하게 날이 선 콧잔등, 그리고 그늘진 여인의 커다란 눈을 바라보며 무언가 잡힐 듯한 기억의 끄나풀 하나를 초조하게 붙잡으려고 잔뜩 미간을 찌푸렸다.

그런데 여인의 얼굴은 결코 낯설지 않았으나 그렇다고 구름 사이로 성큼 얼굴을 내미는 보름달처럼 속 시원히 정체가 드러나는 것도 아니어서 나는 한동안 고개를 갸웃거리며 어망처망한 표정으로 서 있을 수밖에 없었다.

그런데 어느 순간에 나를 뚫어져라 응시하던 눈빛이 활활 타오르듯 빛나며 숨가쁜 어조로 다그쳤다.

"맞지요? 대전시 선화동에서 살던 학생이 틀림없지요?"

여인이 내 턱 밑에 얼굴을 들이대며 확신에 찬 어조로 다그치는 말을 듣는 순간 나는 가슴 한복판이 그만 뻥 뚫리는 듯한 충격과 함께 오리무중으로 뒤엉켜 있던 내 기억의 끄나풀이 어느새 술술술 매듭이 풀리고 이십여 년의 세월이 시공(時空)을 훌쩍훌쩍 뛰어넘어 비디오 테이프의 화면처럼 유유히 눈앞을 스쳐 지나고 있음을 느끼며 신음처럼 중얼거렸다.

"아, 그럼 ……."

"네, 맞아요. 선화동 문간방에 살던 ……."

여인은 발이라도 동동 구를 듯이 반가워 어쩔 줄을 몰랐다.

그러나 나는 가슴이 뻥 뚫린 듯한 허전한 충격을 느끼면서도 마흔 살도 훌쩍 넘은 중년의 모습으로 홀연히 내 앞에 서 있는 여인의 모습이 왠지 낯설고 서먹했다.

아직도 내 기억 속의 여인은 소녀 티를 채 벗어나지 못한 가냘픈 몸매에 사슴처럼 순한 눈매를 가진, 그리고 그 순한 눈매에 그렁그렁 눈물 방울을 매단 채 대전시 선화동 언덕빼기 골목의 단칸방 툇마루에 걸터앉아 하염없이 먼 허공을 응시하던 그때 그 여인이어야 했던 것이다.

나는 포도에 내려앉은 주홍빛 노을이 점점 암갈색으로 바뀌고 있는 서울역 광장을 쓸쓸히 바라보다가 이십여 년의 세월이 훑고 지나간 자리에 낯선 모습으로 서 있는 여인을 향하여 떨떠름한 음성으로 나지막이 중얼거렸다.

"많이 변했네요, 모습이 ……."

"모습뿐이겠어요 ……."

여인의 입가에 서글픈 웃음이 잠깐 머물다가 스러졌다.

층계를 오르내리는 혼잡한 인파를 피하여 우리는 서울역 광장으로 걸어나왔다.

아슴푸레한 어둠이 두 사람의 서먹한 분위기를 그런 대로 감싸 주고 있어서 다행이었다.

우리는 광장의 한 켠에 마련된 주차장의 원통형 쇠막대기 난간에 얼마간의 거리를 둔 채 나란히 걸터앉았다.

"그래, 그 동안 어떻게 지내셨어?"

한동안의 침묵 끝에 여인은 놀랍게도 다정한 반말 투로 먼저 입을 열었다.

지난 이십여 년의 세월이 여인을 이처럼 곰살갑고 넌덕스럽게 변모시켰나 싶어서 나는 내심 씁쓸한 마음이 들면서도 여인 쪽에서 먼저 소탈스럽게 반말 투로 말의 물꼬를 터놓는 것이 오히려 콧날 시큰한 정감으로 느껴져서 나도 덩달아 반말 투로 대꾸했다.

"나도 나지만, …… 거기야말로 정말 어떻게 지내셨어?"

"산전수전 다 겪었지 …….."

여인의 말투는 이제 완전히 혼자 중얼거리는 듯한 반말이었고 거침이 없었다.

"그때 그 김순경 하고는 그대로?"

"헤어진 지가 언젠데 …….."

나로서는 그때 여인과 함께 동거생활을 했던 김순경에 대하여 이러쿵저러쿵 운을 뗀다는 것이 퍽 언짢고 꺼려지는 말이었지만 여인은 전혀 개의치 않고 주저 없이 대꾸해 왔다.

나는 새삼스럽게 여인의 얼굴을 슬쩍 훔쳐봤다. 어둠 탓으로 여인의 표정을 분명히 살필 수는 없었지만 무엇을 꾸미고 감추려는 의도가 추호도 없어 보이는 여인의 옆모습이 차돌멩이처럼 야무지고 당당하게 느껴졌다.

그때 여인이 내 발 앞에 놓인 여행 가방을 흘낏 내려다보다가 나를 향해 고개를 돌렸다.

"혹시, 기차를 타야 하는데 나한테 붙잡혀서 이러는지 몰라 …….."

여인의 말에 나는 퍼뜩 역사 쪽으로 눈을 돌려 시계탑을 올려다봤다.

시계는 6시 45분을 가리키고 있었다. 나는 내심 당황하지 않을 수 없었다. 기차시간은 15분밖에 여유가 없었다.

사실 나는 내가 근무하는 잡지사의 특집 취재 관계로 7시 기차

편으로 광주에 내려가기로 돼 있어서 잡지사에서 퇴근하자마자 곧장 역으로 나온 길이었던 것이다. 그리고 광주에 내리면 대학 후배인 M군이 역에서 기다리고 있다가 나와 함께 광주에서 일박 하고 다음날 나를 안내하여 담양의 송강(松江) 정철의 유적지 등을 취재하기로 약속이 이미 되어 있었다.

여인의 귀띔이 없었더라면 하마터면 기차를 놓칠 뻔했다는 생각에 나는 안도의 숨을 내쉬면서도 한편으로는 기차 시간에 쫓겨 허둥지둥 자리를 떠야하는 내 모습이 너무나 각박하고 주변머리 없게 느껴져서 나는 어떤 결단도 내리지 못하고 주춤거렸다.

그러자 여인이 단호하게 발딱 자리에서 일어섰다.

"예정에 없던 내가 불쑥 끼여들었으니 오늘은 이만 헤어지고 나중에 시간을 내어 만나지 뭐."

그리고 여인은 핸드백 속에서 명함 하나를 꺼내어 나에게 내밀었다.

"내가 하고 있는 업소 명함인데 전화도 있고 약도도 뒷면에 그려져 있으니까 ⋯⋯."

나는 보통 명함보다는 크기가 좀 작고 네 모서리가 둥그스름하게 잘려져 앙증스럽게 보이는 명함을 손바닥 안에 받아들고, 주인에게 야단맞고 꼬리를 내린 강아지 새끼처럼 여인의 눈치를 살피며 취재여행에서 돌아오는 대로 곧장 찾아가겠다는 말을 몇 번씩이나 다짐하듯 되뇌이며 여인과 헤어졌다. 그리고 나는 등을 돌려 멀어져 가는 여인의 모습이 지하도 계단으로 사라져 안 보일 때까지 그 자리에서 초조하게 지켜보다가 호남선 개찰구를 향하여 미친개처럼 내달리기 시작했다. 그리하여 출발 직전의 열차에 겨우 매달린 나는 땀투성이의 몸을 식히며 턱에까지 차 오르는 가쁜 숨을 달래느라고 열차가 용산역을 지나 한강철교에 진입할 때까지 세찬 바람에 옷깃을 날리며 승강대에 서 있었다.

열차는 기세 좋게 철교를 지나고 있었다. 철교의 난간에 부딪친 열차의 바퀴소리가 강물 속으로 곤두박질을 치다가 수면에 부딪쳐서 다시 허공으로 소용돌이를 치며 튀어 오르듯 요란한 소리를 내며 흩어졌다. 멀리 강변도로를 따라 자동차의 불빛이 긴 행렬을 이루며 도도한 강물처럼 흐르고 있었다.

바야흐로 도시는 어둠 속에서 수많은 불빛과 함께 장엄하게 눈을 뜨고 되살아나고 있는 거대한 짐승 같았다.

나는 세차게 불어오는 바람결을 등지고 담배 하나를 뽑아 물고 새우처럼 등을 구부려 불을 붙였다. 그리고 나는 한동안 달디달게 담배를 빨며 어둠 속에 뒤로 밀리는 도시의 야경을 꿈결처럼 바라보고 있었다.

그 도시의 야경 속으로 한 여인이 터덜터덜 걷고 있었다.

2

나는 고등학교 시절에 나 자신을 퍽 불행한 사람으로 생각하고 있었다.

그런데 내가 말하는 불행이라는 것은 집안이 가난하여 경제적인 어려움이 있다거나 가족 중의 누가 아프거나 죽었기 때문에 받는 마음의 상처 따위를 의미하는 것은 아니었다. 오히려 이 같은 외형적이고 일상적인 시련과 고통은 얼마든지 감수하여 전화위복의 전기로 삼을 수 있다고 생각하는 나였다. 물론 그 당시에 우리 집안이 경제적인 궁핍이 느껴질 만큼 가난하지도 않았고 가족 중의 누구도 불행한 처지에 있지 않았기 때문에 나의 이 같은 불행타령은 젊은 패기에 괜히 부려보는 감상적인 허세나 배부른 놈의 반찬투정이라고 생각할 수도 있겠지만 적어도 그 당시에 내가 느끼는 불행은 이 같은 형이하학적 불행이 아니라 이를테면 고독과 절망이라는 정신세계에 줄을 대고 있는 형이상학적 불행이었던 것이다.

내 생애 처음으로 집을 떠나 남의 집 눈칫밥을 얻어먹으며 객지생활을 시작한 것은, 좋은 대학에 가기 위해서는 좋은 고등학교에 진학해야 한다는 집안 어른들의 등쌀에 밀려 집을 떠나 대전이라는 도시에 발을 들여놓게 됨으로써 시작되었고, 생판 얼굴도 본 적이 없고 근본도 모르는 남의 집에 하숙생으로 들어가는 것보다는 얼쩍지근하나마 알음알음이 있는 친척집이 낫다 하여 외사촌형 집에 기숙을 시작한 그날로부터 나의 고독과 절망은 시작되었던 것이다.

그런데 외사촌형이란 사람은 사십대 초반의 나이로 대전의 중앙시장에서 건어물 도매상을 하면서 웬만큼 돈을 벌었으나, 여포라는 별명에 걸맞게 생김새도 우악스러웠지만 성깔도 만만찮아서 싸움질과 욕지거리가 다반사였고, 노름에도 손을 대고 동해안의 속초나 주문진 등으로 직접 건어물을 구입하러 간다고 집에 들어오지 않는 날도 많았다. 그러므로 이런 위인이 알뜰살뜰한 가정적 남편이 될 수는 없었다. 그런데 집에 혼자 남아 있는 외사촌 형수라는 사람도 집안살림은 내팽개치고 옷치장이나 하고 동네방네 쏘다니며 수다떨기가 일쑤여서 집안 꼴이 말이 아니었다.

집안 꼴이 이렇듯 엉망진창이니 외사촌 내외는 부부싸움이 잦

앉고 그 사이에 끼어서 숨도 제대로 못 쉬고 눈치만을 살펴야했던 나는 항상 마음이 조마조마해서 공부가 제대로 될 리가 없었다. 나의 성적은 점점 떨어져서 바닥을 헤매게 되었고 대학입시에 대한 불안과 초조 속에서 짜증만 늘어갔다.

그래도 1년에 두 차례, 여름방학과 겨울방학이 있어서 부모님이 계신 집으로 돌아갈 수 있다는 것이 나에게는 유일한 위안이요 즐거움이었다. 그러나 고등학교 3학년이 되고 나서는 과외수업이니 보충수업이니 해서 방학도 없다고 했다. 나의 고독과 절망은 극에 달할 수밖에 없었다. 한 번 곤두박질 친 나의 성적은 좀처럼 회복되지 않아서 좋은 대학의 진학만을 교육 목표로 삼고 있는 고등학교의 생활에서 나는 항상 뒷전으로 내밀렸고, 누구 하나 나를 격려하고 반갑게 대해 줄 사람이 없는 외사촌의 썰렁한 하숙집은 그야말로 기어들어 오기조차 싫은 곳이었다.

이럴 즈음에 외사촌 집의 문간방에 세를 들어 찾아온 것이 그 여인이었다.

외사촌 집은 멀리 도청이 내려다보이는 선화동 언덕빼기에 백여 평이 넘는 대지에다가 ㄱ자 형태로 지은 낡은 단층 기와집이었지만 곧 재개발이 이루어지면 땅 값이 엄청나게 뛰어오를 금싸라기 땅이라고 주변에서는 부러워하고 있었다. 그런데 외사촌 내외는 웬일인지 아직 자식도 없이 그 큰집에서 단 둘이 살아오고 있었는데 친척인 내가 하숙생으로 뛰어들긴 했지만 나의 존재가 횅뎅그렁한 집안에 어떤 변화를 줄 리가 없어서 적막하기가 겨울 절간이나 다름없기는 마찬가지였다. 그래서 외사촌형수가 머리를 짜낸 것이 집을 비우고 나들이하는 동안 집을 지켜줄 수 있는 셋방을 놓는 것이었고 여기에 첫 번 째로 걸려든 것이 그 여인이었던 것이다.

그런데 이 같은 사실을 사전에 알 리가 없는 나였다. 어느 날 학교에서 돌아오니 웬 낯선 소녀 하나가 그 동안 비워두었던 문간방의 툇마루에 앉아 있는 것이 눈에 띄었고 그 소녀가 대문을 밀치고 들어서는 나를 빠안히 쳐다보는 바람에 숫기가 없는 나는 그녀의 눈길을 피하며 허겁지겁 내 방으로 숨어들 듯 들어오고 말았었다. 그리고 그날 밤에서야 나는 외사촌형수로부터 셋방을 놓게 된 경위와 사정을 전해 들을 수 있었고 툇마루에 앉아 있던 소녀가 실은 대전 근교에 있는 어느 지방에서 파출소 순경으로 근무하고 있는 경찰관의 아내라는 사실도 알게 되었다.

나는 그 소녀 같은 여인이 한 남자의 아내라는 사실이 놀라웠다. 생머리 그대로 길게 늘어뜨린 모습도 그렇고 사슴같이 가느다란 목이며 호리호리한 체구가 누구의 아내로서는 전혀 어울리지 않는 앳된 모습이었던 것이다.

여인의 소녀 같은 외모는 나로 하여금 그녀와의 대면을 더욱 서먹하게 만들었다. 그녀가 나보다 훨씬 나이가 든 수더분한 아주머니였더라면 인간적인 정에 굶주려 있는 내가 이런저런 이야기라도 나누며 친해질 수 있을 것 같은데 나와 비슷한 나이의 소녀로밖에 여겨지지 않는 그녀와의 대면이 쑥스럽고 어색해서 나는 한동안 말조차 건넬 수가 없었다. 그러나 여인은 소녀 티를 채 벗어나지 못한 겉모습과는 달리 행동거지가 사뭇 침착하고 담대해서 나를 더욱 당혹스럽게 하고 있었다. 그녀는 참으로 불가사의한 여인이었다. 그런데 그녀에 대해 더욱 아리송한 호기심과 의구심을 갖게 된 것은 그녀의 남편이라는 위인을 목격하고 나서였다.

대전시의 근교에 있는 어느 지방에서 그가 경찰관으로 근무하고 있다는 말은 들었지만 오랜만에 여인을 찾아와 하루 밤을 묵고는 새벽녘에 빠져나가는 사복 차림의 그를 어느 날 우연히 내 방의 문틈으로 엿보고는 깜짝 놀라고 말았던 것이다.

그는 누가 보더라도 여인의 남편이라고 하기에는 너무 나이가 들어 보이는 40대의 중년이었고, 작달막한 키에 생김새도 투박스러워서 여인과는 도무지 어울리지 않는 사내였던 것이다. 그들이 정녕 부부라고 한다면 무슨 사연이 있는 부부임에 틀림없다는 의혹이 들었다. 이 점에 대해서는 외사촌 내외도 나와 같은 생각인 것 같았다. 이것은 물론 내가 우연히 엿들은 말이었지만, 문간방 여자가 아무래도 세컨드나 무슨 그런 부류의 여자 같다는 외사촌 형의 말에 외사촌 형수도 이내 맞장구를 치며 동조를 했던 것이다.

"당신도 그렇게 생각했어요? 나도 첩이나 무슨 그런 여자로밖에 생각이 안 들더라구요. 나이 차이도 그렇고 …… 생김새도 영 안 어울리고 …….''

"젊은애가 …… 아까워 …… ''

"아깝긴 뭐가요?''

"돼지가 진주를 가지고 노는 꼴이니 …….''

"당신, 또 무슨 엉뚱한 생각을 하고 있는 거예요?''

"김순경, 그 사람이 부럽다는 얘기지 뭐.''

"뭐예욧!''

어느 날 밤 우연히 마당에 바람을 쏘이러 나왔다가 안방에서 외사촌 내외가 시덥잖은 농지거리를 주고받는 소리를 듣고 나는 발소리를 죽여 생쥐처럼 내 방으로 기어들어 오고 말았다. 그리고 나는 밤새 잠을 이루지 못하고 엎치락뒤치락 끙끙거렸다. 문간방 여인의 모습이 자꾸만 눈앞에 어른거렸다. 나는 이불을 뒤집어쓰고 내 가슴 한 구석의 생살이 뜯기는 듯한 어떤 고통에 밤새 눈물을 흘렸다.

계절이 어느새 가을로 치닫고 있었다.

여인이 문간방에 세를 들어 살기 시작한 지 다섯 달이 지났다. 그리고 나는 중병 앓듯이 가을을 앓고 있었다. 점점 다가오는 대학입시가 엄청난 무게로 나를 짓누르고 있었지만 나는 이미 그런 것과는 거리가 먼 사람이었다. 내 몸은 꼬챙이처럼 야위고 핏발선 눈에는 야릇한 광채가 번득였다. 여인을 위하여 무언가 결단을 내려야 하는데 내 입장에서는 아무 것도 할 수 없다는 사실이 미치도록 안타깝고 초조할 뿐이었다.

지난 다섯 달 동안 여인은 내 생활의 전부였다. 그리하여 나는 인간이 가질 수 있는 최대한의 모든 감정을 여인을 통하여 느끼고 확인할 수 있었다. 그것이 사랑이든 미움이든, 혹은 슬픔이든 기쁨이든, 그 동안 무력하게 잠자고 있던 내 감정의 촉수들이 일제히 고개를 들고 나를 흔들어 깨운 것은 오로지 한 여인이 촉발시킨 내 감정의 부활이요 혁명이었던 것이다.

객지에 홀로 떨어져 나와 인정에 굶주렸던 탓도 있었겠지만 한 울타리 안에서 내 또래의 젊고 아름다운 여인이 함께 살아가고 있다는 사실만으로도 나는 가슴이 설레었고, 더욱이 그녀가 풍기고 있는 쓸쓸하고 애잔한 분위기는 나로 하여금 무조건적인 보호본능과 동류의식(同類意識)에 빠져들도록 유혹하고 있었다. 그러나 그녀가 전적으로 남의 보호본능만을 유발시키는 섬약하고 동정적인 여인만은 아니었다. 그녀는 의외로 천연덕스러울 만큼 대범함을 보이기도 하고 때로는 당돌하리만큼 야무지기도 해서 나를 놀라게 했다.

그녀가 나의 양말과 팬티를 빨아서 내 방문 앞에 얌전히 개어 놓고 천연덕스럽게 시치미를 떼며 모른 척 했던 일이 그 한 예가 될 것이다.

그 동안 나는 외사촌 형수가 집안에 머물면서 요모조모 알뜰하게 살림을 꾸려나가는 성격도 아니고 가까운 살붙이도 아닌 나에게 잔정을 쏟는 위인도 아니어서 항상 떨떠름하게 지내는 터수에 옷 빨래까지 내어놓을 수가 없어서 웬만한 세탁물은 내 손으로 해결해 왔었다. 그런데 그 때는 무슨 바쁜 일이 생겨서 벗어 놓은 팬티와 양말을 미처 세탁하지 못하고 마루 구석에 쑤셔 박아 놓고 한가한 일요일을 기다렸던 것이다.

그런데 어둑어둑할 무렵, 학교에서 돌아와 보니 내 방 문 앞에 세탁된 팬티와 양말이 곱게 접혀져 놓여 있었던 것이다. 나는 퍼뜩 외사촌형수를 떠올려 보았지만 그건 천부당만부당한 생각이었다. 외사촌형수가 그런 선행과 미덕을 발휘할 위인도 애시당초에 아닐 뿐더러 친척집에 볼 일이 있어서 밤늦게 돌아올 테니 저녁은 찬밥으로 그냥 해결하라고 당부하고 아침에 떠나서 아직 돌아오지 않은 외사촌형수인데 도저히 그가 선행의 주인공일 수는 없었다.

그렇다면 집안에 남아 있던 사람은 문간방의 여인밖에 없는데 그녀가 어쩌자고 그런 일을 했다는 말인가. 나는 어둠 속에서 가슴이 콩닥콩닥 뛰고 얼굴이 활활 달아오르는 부끄러움을 느꼈다. 방안에 들어온 나는 불도 켜지 않은 채 한동안 책상 앞에 쪼그리고 앉아서, 알몸으로 치부를 드러냈을 때의 부끄러움과 누군가의 관심 속에서 나의 존재가 확인되고 있다는 떨리는 감동이 어지럽게 교차되는 기묘한 감정 속에서 말갛게 전등이 켜진 채 적막 속에 가라앉아 있는 마루 건너 문간방에 언제까지나 귀를 기울이고 있었다.

여인이 내 팬티와 양말을 세탁한 일을 놓고 나와 여인 사이에는 약속이나 한 듯이 그에 대하여 서로 입을 다물고 있었다. 나로서는 새삼스럽게 고맙다는 인사말로 말을 걸기도 쑥스럽고 부끄러운 일이었지만 여인으로서도 당사자인 내가 쑥스러워 내색을 하지 않는데 구태여 이러쿵저러쿵 말을 꺼내지 않으려는 배려에서였을 것이다.

그러나 이런 일이 있은 이후로 두 사람 사이에 서먹한 거리감이 사그라진 것은 사실이었다. 우선 나를 바라보는 여인의 눈길이 마치 손아래 동생을 대하는 듯한 부드러움과 여유가 있어 보였고 나 역시 여인에 대한 관심이 단순한 호기심이나 감상적 차원을 넘어서서 여인이 느끼고 있는 모든 고통과 기쁨을 함께 공유하고 싶은 능동적이고 적극적인 마음을 갖게 되었던 것이다.

그런데 나와 여인과의 관계가 걷잡을 수 없는 격랑 속으로 빠져들기 시작한 것은 어느 날 밤 여인의 방에서 끊어진 전구를 갈아 끼우던 중에 일어난 사건이 사단이 되었다.

나로서는 그것이 정말로 엄청난 사건이었고 충격이었다. 그리고 나는 이 충격의 파장 안에서 헤어나지 못하고 그후 수많은 사건을 일으키고 파란을 겪었던 것이다.

그날은 이른 저녁을 서둘러 마친 외사촌 내외가 영화구경을 간다면서 외출 중이어서 집안에는 나와 여인만이 있었다. 나는 책상 앞에 앉아 오랜만에 느긋한 마음으로 이런저런 생각에 잠겨 있었다. 외사촌 내외의 외출로 집안이 적막 속에 빠져드니까 내 마음도 덩달아 맑게 가라앉는 것 같아서 나는 조용한 집안 분위기를 야금야금 즐기고 있었던 것이다. 그런데 마루 건너 여인의 방이 아까부터 캄캄하게 불이 꺼져 있었고 이따금 조용한 인기척과 함께 플래시 불빛이 창문에 잠깐 나타났다가 꺼지고 있는 것이 눈에 띄었다. 그대로 캄캄한 채 인기척이 없다면 여인이 불을 끄고 자고 있다고 생각할 수도 있겠지만 이따금 플래시 불빛이 깜박거리는 것이 아무래도 이상하여 나는 밖으로 나왔다.

역시 마루에 접한 여인의 창문에는 불빛이 전혀 보이지 않았고 방에서는 아무런 인기척도 새어 나오지 않았다.

나는 마당에 내려서서 어둠에 덮인 문간방을 바라보며 한동안 그대로 서 있었다.

바로 그때 또 한 번 플래시의 불빛이 창문에 잠깐 비쳤다가 스러졌다. 나는 의아한 생각이 들어 마당을 가로질러 대문 옆에 있는 문간방의 출입문 쪽으로 다가가서 여인에게 말했다.

"왜, 전기가 고장났나요?"

그러자 여인이 플래시를 켜서 출입문 쪽을 잠깐 비추며 응답해 왔다.

"전구가 끊어졌나 봐요."

"그럼 전구를 갈아 끼워야지요. 내가 전구를 사 가지고 오겠어요."

"아니예요, 전구는 있어요. 그런데 너무 높아서……."

나는 퍼뜩 밑에 있는 스위치를 이용하여 천장에 높이 매달려 있는 백열등을 켜도록 되어 있는 문간방의 전기 시설을 생각하고 그제서야 고개를 끄덕이며 내 방에서 의자를 들고 나왔다.

"그럼 나한테 말씀을 하지 않고 ……."

"밤에 별로 할 일도 없는데 …… 낮에나 갈아 끼우려고 ……."

어둠 속에서 들려오는 여인의 목소리가 너무나 차분하게 가라앉아 있어서 나는 의자를 든 채 출입문 앞에서 잠시 멈칫거렸다. 그리고는 살며시 미닫이문을 열었다. 여인이 켜 놓은 플래시의 불빛이 천장에 동그란 원을 그리며 떠 있을 뿐 방안은 캄캄한 어둠에 뒤덮여 있었다.

한참 만에야 어둠에 익숙해진 시야에 방안의 모습이 어슴푸레한 윤곽을 드러내고 있었다. 그럴듯한 가구 하나 놓여 있지 않은 방 한가운데 이부자리가 깔려 있었고 그 위에 누워 있던 여인이 엉거주춤 몸을 일으키는 것이 보였다.

"괜찮은데…… 괜히 …… 번거롭게 해서 ……."

여인의 목소리가 토막져서 들려오고 있었다.

그 순간 나는 여인이 원하지 않는 일인데 내가 괜히 호의를 베푼답시고 오히려 여인을 번거롭게 하고 있는 것은 아닐까 하는 생각에 선뜻 방안에 들어설 용기가 나지 않았다.

"옷차림이 이렇지만 …… 그냥 들어와요."

여인은 하늘하늘해 보이는 흰색의 짧은 잠옷 차림으로 방 한가운데 서서 플래시의 불빛을 내 발치에 보냈다. 나는 의자를 들고 후둘거리는 다리로 방안에 들어섰다. 여인의 플래시 불빛이 천천히 전등에 매달려 있는 천장으로 향했다. 나는 방안에 깔려 있는 하얀 이부자리를 피하여 의자를 놓고 그 위에 올라섰다. 등줄기로 땀이 흘러내리며 다리가 후둘후둘 떨리고 있었다. 여인이 하얀 팔을 뻗어 올려 전구를 내 손에 전해주었다. 전구를 갈아 끼우는 동안 여인이 밑에서 비춰주는 플래시 불빛에 눈이 부신 탓도 있었지만 어찌된 영문인지 나는 갑자기 눈앞이 깜깜해지면서 중심을 잡을 수 없어서 자꾸만 비틀거렸고 그럴 때마다 낡은 의자가 삐거덕거리며 위태롭게 흔들렸다.

"조심해요."

여인의 손이 난데없이 후둘거리는 내 다리를 감아쥐며 속삭이듯 말했다.

그 순간 나는 갑자기 노랗게 눈앞을 가로막는 아찔한 현기증에 그만 무너지듯 주저앉으며 여인과 함께 이부자리 위로 나뒹굴었다.

3

내가 광주역에 내린 것은 밤 11시가 가까워 오는 시간이었다.

서울에서 이곳까지 오는 4시간 동안 나는 열차 안에서 캔 맥주 세 개를 안주도 없이 홀짝거리며 줄곧 이십 여 년만에 만난 그 여인에 대하여 생각하고 있었다. 그것은 정말 뜻밖의 해후였고 놀랄 만한 사건임에 틀림없었다. 어느새 40대의 중년으로 변해버린 여인이 홀연히 내 앞에 나타나서 이십 여 년 전의 기억을 되살려주고 있었고 나는 생각을 정리하지 못한 채 엉겁결에 쫓기듯이 열차에 뛰어 올랐었다. 물론 취재여행이라는 임무가 주어지고는 있었지만 각박한 일상생활에 쫓기고 있는 모습으로 이처럼 황망히 여인과 헤어져 열차를 타야만 했던가. 그러나 역시 여인에 대한 내 감정의 정리를 위해서 만남의 시간을 뒤로 미루었다는 것은 잘했다는 생각도 들었다. 낯선 얼굴의 사내 하나가 창가에 앉아서 캔 맥주를 마시고 있었다. 나는 그 사내를 향해 씨익 웃어주었다.

사내도 역시 같은 표정으로 씨익 웃었다. 나는 창문에 비친 내 얼굴을 지그시 노려보았다. 창문에 비친 내 얼굴도 나를 지그시 노려보고 있었다.

내가 역사에 들어섰을 때 약속대로 출찰구에 나와 있던 M군이 손을 번쩍 들어 반가운 웃음을 보냈다.

"저녁식사도 어설펐을 것인디 ......"

내 어깨에 얹힌 가방을 빼앗듯이 냉큼 들어다가 제 어깨 위에 걸친 M군이 대합실을 빠져나가면서 내 의중을 떠보고 있었다. 밥이냐 혹은 술이냐를 물어오는 말이었다.

밤이 이토록 기울었는데 격식 갖춘 밥이야 먹을 수도 없겠지만 우리 처지에 무슨 밥 따로 술 따로 구분해서 먹은 적이 있기는 있었느냐고 슬쩍 비틀어 꼬아 주었더니 M군은 걸음을 우뚝 멈추고 하얗게 눈을 치떴다.

"그래서 이 명철이를 형님은 아직도 우습게 본다 이런 말씀이요, 시방?"

"그 명철이가 그 명철이지 무슨 현철이나 병철이가 됐을라구, 시방."

그의 말투를 흉내내어 다시 한 번 비틀어 꼬았더니 M군은 제 어깨 위에 걸쳤던 가방을 벗어서 아예 내 어깨 위에 얹어주며 샐쭉하게 토라진 시늉을 했다.

"이런 야심한 밤에 그래도 형님이라고 마중 나온 내가 미친놈이지. 형님, 나 안 만난 셈치고 우리 이만 헤어집시다. 나 그만 가볼라요."

"그러든지 말든지 ...."

나는 어깨에 얹힌 가방을 힘차게 끌어당겨 거머쥐고 스적스적

앞서서 걸음을 옮겼다.

그런데 내가 대여섯 걸음도 옮기기 전에 M군의 우악스런 손이 내 가방을 낚아채며 나를 돌려 세웠다.

"왜 이라요 정말. 형님 꽈배기 성깔은 여전하시구려. 내가 잘 모시겠다고 이러는디 시방."

"그만 헤어지자면서."

나는 여전히 앞만 보며 이죽거렸다.

"정말 형님만 아니라면 그냥 ……."

그의 큼지막한 주먹이 내 옆구리를 아프지 않을 만큼 건드렸다.

"자네, 사람까지 치는구나."

나는 M군을 향해 눈을 부라리는 시늉을 했지만 이내 입가로 피식 웃음을 흘리고 말았다.

대학 졸업 후 고향에 내려와 향토문화원에 근무하면서 부지런히 전통문화와 지방문화재의 알림이 역할을 하고 있는 M군이었다. 대학시절에 같은 동아리에서 활동을 함께 했고 졸업 후에도 내가 근무하는 잡지사에 호남 일대의 문화유산을 소개하는 글을 써서 인연을 끊지 않고 있는 후배였다. 이번에도 담양에 있는 송강 정철의 유적지를 취재하는 나를 기꺼이 안내하겠다고 나선 M군이니 나로서는 고맙고 소중한 그였다. 그런데 그를 대하기만 하면 언제나 장난기가 발동하고 약을 올리고 싶어서 온 몸이 근질거리는 나였다. 그도 역시 흐물흐물 웃으며 나의 이 같은 장난기에 곧잘 맞장구를 치며 따르는 통에 우리는 죽이 맞아서 오랜 유대관계를 맺어오고 있었던 것이다.

M군이 나를 안내한 곳은 금성장이라는 이름의 모텔이었다. 2층부터 5층까지는 숙박시설이 있고 1층과 지하는 식당과 까페가 차

려져 있는 아담한 건물이었다.

M군은 이미 주인과 친분이 있는 듯 우리가 모텔에 들어서자마자 카운터에 앉아 있던 여인이 반색을 하며 우리를 맞았다.

"귀헌 손님인께 각별히 모셔주시오."

M군이 나지막한 소리로 허세를 부리자 맥주회사 달력에서 본 듯한 요염한 몸매의 여인이 곱게 눈을 흘기며 웃었다.

"몇 번째나 허시는 말씀인디 어련히 알아서 모실까봐 그러시오."

M군은 둘러메고 있던 내 가방을 여인에게 맡기며, 이 가방은 손님 것이니까 방에다 올려다 놓고 아래층 별실에다가 조촐한 술상이나 보아달라고 당부하고는 나를 끌고 아래층 계단을 성큼성큼 내려가기 시작했다.

까페로 꾸며놓은 지하에는 테이블 서너 개가 은은한 붉은 색 조명 속에 깔끔하게 놓여 있었고 한 구석에 별실로 보이는 방이 있었다. 종업원으로 보이는 아가씨 하나가 우리를 별실로 안내하여 실내등을 켰다. 은은한 조명이 비치는 까페와는 달리 별실은 고풍스런 병풍이 둘러쳐진 온돌방이었고 눈이 부시도록 전등이 밝았다.

"기생집 안방 같구나."

내가 바닥에 깔린 보료에 앉으며 혼잣말처럼 중얼거리자 M군이 대뜸 내 말에 딴지를 걸었다.

"기생집 안방이 아니구 선비님 서재 같지요. 남농(南農)의 산수화 걸려 있는 기생집 안방 보셨시오, 형님은?"

M군의 눈길을 따라 한 쪽 벽을 바라보니 아닌 게 아니라 남농의 산수화 한 폭이 휘굽은 노송 사이로 바람 소리를 내며 걸려 있

었다.

"아까 그 여자 그냥 숙박업이나 해 먹는 보통여자 아닙니다. 예술에 대한 안목도 수월찮구요, 지역 주민 위해서 기분도 낼 줄 아는 ……."

M군이 아까 카운터에 앉아 있던 여인을 지칭하는 듯 턱짓으로 위쪽을 가리키며 칭찬을 엿가락 늘이듯 하고 있었다.

"사람이 경망스럽게 호들갑스럽기는 …… 남농 그림 하나 걸어 놓았다고 예술에 대한 안목 어쩌구 하는 거 아냐?"

"형님은 괜히 내 얘기라면 불뚝심지가 나서 그라요? 그런 여자가 아니란께."

정색을 하고 여인을 비호하려는 M군의 태도가 하도 우스워서 입가에 피식 웃음을 날렸더니, 제발 좀 소개시켜달라고 나중에 매달리지나 말라며 M군은 사뭇 당당한 거드름까지 피웠다.

"오늘은 웬일로 내가 여자와 인연이 많은가 보다. 옛날에 대전에서 학교 다닐 때 같은 집에 살던 여자 하나를 서울역에서 20여 년만에 우연히 만났다가 시간이 없어서 후일을 기약하고 지금 헤어져 오는 길인데 이제는 또 예술에 안목이 높은 미인을 두고 이러쿵저러쿵 하고 있으니 ……."

내가 무심코 여인에 관한 이야기를 꺼낸 것이 잘못이었다.

사냥개처럼 한 번 물고 늘어졌다 하면 끝까지 결판을 내고 마는 M군이 나의 이 말을 그냥 흘려 보낼 리가 없었던 것이다. 샌님 같은 형님에게 숨겨 놓은 여자가 다 있다니 참으로 경천동지(驚天動地)할 사건이라느니 뉴스감이라느니 하면서 이실직고하라고 천방지축으로 나를 얼러대기 시작했다. 숨겨놓은 여자는 다 무엇이며 이실직고라니 더더욱 가당찮다고 설레발이를 치며 사냥개를 물리치려 했지만 물러설 M군이 아니었다.

때마침 금성장의 주인인 카운터의 여자가 종업원 아가씨에게 민속주와 홍어찜을 쟁반에 들려 함께 들어오는 바람에 이야기가 잠깐 중단되었지만 M군의 집요한 호기심은 몇 잔 술과 함께 다시 되살아나서 나는 기어이 여인에 관한 이야기를 털어놓을 수밖에 없었다.

내 이야기는 맛갈스런 술안주와 민속주의 은근한 취기에 편승하여 밤새도록 이어졌는데 간간이 끼어든 M군의 추임새가 이야기의 분위기를 더욱 늘펀하게 만든 것은 물론이었다.

"사춘기의 통과제의(通過祭儀)치고는 참말로 걸쭉하네요. 고등학생의 어린 나이에 그런 일을 벌였다는 그 자체가 놀랍고 대견시럽구요. 나 이제부터는 형님 다시 봅니다. 인제 보니 형님 무서운 사람이네요."

M군이 다분히 허풍 섞인 목소리로 내 이야기의 중동을 치고 결론을 내리는 바람에 우리는 오랜만에 의기투합하여 코끝에서 썩은 감내가 나도록 밤새도록 술을 마셨다.

그런데 여인의 방에서 전등알을 갈아 끼워주다가 의자에서 떨어져 여인과 함께 이부자리 위로 굴렀다는 대목에서 M군이 꼴깍 소리가 나도록 침을 삼키며, 그것은 여인의 계획적인 유혹과 형님의 엉큼스러움이 합작으로 빚어낸 간통이 아니냐고 추임새를 넣다가 나한테 호된 핀잔을 먹었는데 곰곰이 생각할수록 그것은 M군의 말이 옳다는 생각이 들었다.

그때 나에게 새로 산 전등알을 건네주느라고 여인이 위로 손을 뻗었을 때 느슨한 여인의 앞섶이 벌어지며 보얀 맨살이 드러났을 때의 아찔한 현기증 때문에 내 다리가 후둘거려서 의자에서 떨어진 것은 사실이지만, 내가 여인과 함께 이부자리 위로 무너져 내린 후에 여인과 나는 한동안 땀투성이의 몸을 서로 부둥켜안은 채 일어서지 않았고, 이윽고 여인의 리드로 숨이 턱에 닿는 첫 경험을 했던 것은 합작에 의한 간통이라고 해도 할 말이 없는 상황이었다.

그런데 그날 밤의 사건 이후로 나는 한동안 정면으로 여인을 바라볼 수 없었다. 부끄러움 때문이었다. 그리고 여인의 뒷모습만 보아도 얼굴이 활활 달아오르고 기침소리만 들어도 가슴이 콩닥콩닥 뛰는 바람에 아무 일도 손에 잡히지 않았다.

아무리 잠을 청해도 한 떼의 풍물패들이 머리 속에 들어앉아 상모를 돌리며 징과 꽹과리를 신나게 쳐대는 것처럼 머리 속이 온통 벌집을 쑤셔 놓은 듯 어수선한 불면의 밤이 계속 됐다.

그런데 어느 날 보충수업을 끝내고 밤이 이슥하여 집에 돌아와 보니 문간방의 툇마루에 큼지막한 군화 하나가 놓여 있었다. 옆에 놓인 여인의 분홍색 슬리퍼가 애처롭게 보이도록 우람한 군화였다. 몇 주일만에 이따금 들르는 여인의 남자가 찾아온 것이 분명했다.

나는 갑자기 가슴 한복판이 쿵 소리를 내며 무너지는 소리를 들었다. 그리고 온 몸의 피가 곤두서서 혈관이 터지도록 도도하게 얼굴 쪽으로 역류하고 있음을 느꼈다. 나는 정신없이 내 방으로 뛰어들었다. 그리고는 불도 켜지 않은 채 캄캄한 어둠 속에서 황소같이 가쁜 숨소리를 내며 문간방을 노려보고 있었다.

얼마나 시간이 지났을까, 두런두런 말소리가 들리는 것 같던 문간방이 조용해지더니 이윽고 불이 꺼졌다. 나는 어둠 속에서 귀를 곤두세웠다. 귓속에서 와글거리는 이명(耳鳴)소리가 들리는 것 같더니 그 소리는 어느새 누군가의 칭얼거리는 소리와 신음소리에 섞여 산란기의 개구리 울음소리로 자지러지고 있었다. 나는 주먹을 불끈 쥐고 안타깝게 몸을 뒤틀다가 이불더미 위에 몸을 내던지며 얼굴을 묻었다.

개구리 울음소리는 어느새 바람을 가르며 벌판을 내달리는 야생마의 거친 숨소리로 변해 있었다. 그리고 거친 숨소리와 함께 갈기를 휘날리며 나를 향해 돌진해 오고 있는 한 마리의 시커먼 짐승이 환영처럼 떠올랐다. 나는 적의가 가득 찬 눈으로 놈을 노려보다가 놈의 돌진에 정면으로 부딪치듯이 벌떡 몸을 일으켜 방문을 박차고 마루에 나섰다. 나도 어느새 한 마리의 성난 짐승이었다. 생각 같아서는 그대로 문간방으로 뛰어들어 흉물스런 짐승처럼 여인의 몸을 탐하고 있을 놈을 발길로 걷어차고 이빨로 물어뜯어 보기 좋게 동댕이친 후에 여인을 들어 안고 어디론가 도망치고 싶었다.

그러나 조용한 어둠 속에 잠긴 문간방은 마치 완벽한 방음벽이나 차단막처럼 이쪽의 격앙된 감정을 싸늘하게 무시한 채 완강히 접근을 거부하고 있었다.

나는 발소리를 죽여 문간방의 출입문 쪽으로 도둑고양이처럼 다가갔다. 문간방의 툇마루에 우람한 사내의 군화가 여전히 자신만만한 거드름을 피우며 놓여 있었고 그 옆에는 잔뜩 주눅이 들어 떨고 있는 강아지처럼 여인의 슬리퍼가 납작 엎드려 있었다. 나는 이미 제정신이 아니었다. 마치 사내의 목덜미라도 낚아채듯이 두 손에 군화를 한 짝씩 움켜잡고 마당 구석에 있는 수돗가로 다가가서 물이 가득한 함지박에 군화를 처박고는 사내의 목이라도 누르듯이 우악스럽게 입을 악물며 군화를 짓눌렀다.

이 대목에서 M군은 고개를 절레절레 흔들며 혀까지 불쑥 내밀어 질렸다는 표정을 지었다.

"그러고 봉께 여인을 사이에 두고 김순경이라는 사람과 삼각관계의 그 뭐시냐, 라이벌 의식이 생겨 갖고 한 판 붙어보자고 시비를 걸었던 판국인디…… 어린 나이에 그런 배짱이 어디서 나왔는지 참말로 당차십니다."

"내 정신이 아니었다니까"

"그렁께 옛말에도 증오와 질투는 사랑과 사촌간이라고 했던 모양인디, 참말로 사랑이란 것이 징한 것이네요"

엉겁결에 물에 처박았던 김순경의 군화를 내려다보며 난감해하다가 퍼뜩 머리에 떠오른 것이 군화를 어디다가 치워야겠다는 생각이었는데 그때만 해도 간간이 신발을 훔쳐 가는 좀도둑이 있던 시절이라 아예 흔적도 없이 치워버린다면 도둑의 소행으로 치부할 수 있을 테니까 완전범죄를 위해서도 그게 낫겠다는 생각에 군화를 골목길 시궁창에 쑤셔 넣고 꾹꾹 밟아버렸다는 내 말에 M군과 금성장의 주인여자는 배를 잡고 웃었다.

"형님은 지능범의 소질도 다분혀. 그러나저러나 순경이 군화를 도둑맞아 뿌렸으니 그 다음날 아침에 어떤 낯짝을 했을까가 쪼깨 궁금헌디 ……."

"글쎄, 문간방 쪽에서 두런두런 소리가 들리기는 했었는데, 나야 겁이 나서 이불을 뒤집어쓰고 자는 척 했으니까 알 길이 없지만 순경 체면에 도둑맞은 걸 떠벌이기도 창피해서 그랬는지 아침에 보니까 그 김순경이 벌써 가버려서 그림자도 안보이더라구"

"형님 말대로 완전범죄였네요 잉"

M군은 무엇이 그리도 유쾌하고 좋은지 무릎을 쳐가며 히히덕

거리다가 거푸 술잔을 나에게 권하며 이야기를 재촉하는 바람에 금성장의 주인여자까지 끼어든 우리들의 술판과 이야기판은 숙소로까지 자리를 옮겨 밤새도록 이어졌는데 미모의 여성이 낀 술판은 점입가경으로 무르녹아서 이튿날로 예정된 송강 정철의 유적지 탐방은 우리들의 뇌리에서 사라진 지 오래였다.

특히나 금성장 여주인이 M군과 맞장구를 치며 내 이야기에 심취된 모습을 보여주고 있다는 사실이 취기가 오른 나에게 괜한 객기를 불러일으켜서 나는 물색 없이 신이 나서 떠들어댔다.

"참말로 물불을 안 가리는 화끈한 연애였네요. 부럽네요, 그런 사랑을 받을 수 있었던 그 여인이 ……."

내가 어느 날인가 용기를 내어 문간방의 여인에게 함께 도망을 치자고 제안을 했다는 이야기를 듣고 금성장의 주인여자가 정말로 부러워서 죽겠다는 눈빛으로 나를 그윽이 올려다보기까지 하는 것이었다.

"그런데 그런 제안을 했던 것이 그 여인과의 환상적인 사랑의 종말이 될 줄은 꿈에도 몰랐었는 걸요"

"아니 왜요?"

금성장의 주인 여자가 무릎걸음으로 다가들며 안타깝다는 표정으로 물었다.

나는 이 대목에서 그 동안의 취기가 싹 가시고 이상스럽게도 정신이 말짱해 오는 것을 느꼈다. 그날 밤의 정황들이 너무나 선명하게 내 기억의 도화지 속에 하나의 슬픈 그림으로 그려져 있기 때문이었다.

그날 밤도 집안에는 여인과 나만이 있었다. 외사촌 내외가 친척 누군가의 혼사로 고향에 다니러 갔기 때문이었다. 물론 김순경은 몇 주일만에 이따금 들렀다가 이튿날 새벽에 빠져나가는 존재니까 언제나 부재중인 위인으로 취급할 수밖에 없었고 외사촌 내외가 집을 비우면 집안에는 여인과 나만이 남게 되는 것은 당연한 일이었다. 어쩌다가 토요일 오후나 일요일 낮에도 집안에 두 사람만 남아 있게 되는 경우가 있었지만 언제 누가 들이닥칠지 모르는 불안감과 대낮의 쑥스러움 탓으로 나는 언제나 방안에 처박혀 여인 쪽에서 혹시 무슨 핑계로 말을 걸어오거나 그날처럼 나를 리드하여 숨이 턱에 닿는 또 한 차례의 경험을 갖도록 해줄지도 모른다는 초조한 기대 속에 가슴만 할딱거릴 뿐이었다. 그러나 여인도 무모한 모험을 선뜻 감행하지 않았다. 역시 대낮의 쑥스러움과 언제 들이닥칠지 모르는 외사촌 내외의 존재가 꺼림칙하기 때문일 것이라고 나는 생각했다.

그런데 그 날 밤은 누군가에 대한 두려움이나 쑥스러움이 없는 우리만의 세계였다, 그리하여 나는 사전에 어떤 묵계나 담합이 있었던 것도 아니면서 당연히 그래야 되는 것처럼 불쑥 찾아올지도 모르는 외부인의 출입을 막기 위하여 초저녁에 이미 대문을 걸어 잠근 후에 여인 몰래 손발을 씻고 내복을 갈아입고 정성들여 양치질을 하는 것으로 여인과의 사이에 벌어질 어떤 상황에 은밀히 대비하고 있었다. 그런데 여인도 왠지 평소와는 달리 허둥거리는 몸가짐으로 일찌감치 방안에 들어가더니 이따금 조용한 인기척을 내어 자지 않고 깨어 있는 자신의 존재를 은밀히 알리고 있었다.

재깍거리는 시계소리에도 가슴이 뛰고 초조함 속에서 시간은 덧없이 흐르고 있었다. 방안에서 안절부절을 못하고 서성거리던 나는 방문을 열고 마당에 나섰다.

여인의 방에서 말갛게 불빛이 새어 나오고 있었다. 그러자 갑작스런 오한처럼 온 몸을 훑고 지나는 전율이 느껴졌다. 나는 후 둘거리는 다리로 여인의 방 문 앞으로 다가갔다.

"지금 …… 자요?"

턱이 떨리고 이빨이 딱딱 소리를 내며 부딪치는 바람에 내 목 소리는 측은하리만큼 바닥으로 잦아들고 있었다. 그러자 잠깐 동 안의 침묵이 흐른 후에 방문은 열리지 않은 채 여인의 목소리만 이 나지막이 새어 나왔다.

"아뇨, 안 자요."

내가 툇마루에 올라서서 가쁜 숨을 몰아쉬는 동안에도 방문은 열리지 않았다. 들어와도 좋다는 여인의 의사표시였다. 파르르 떨 리는 손으로 미닫이문을 여는 순간 내 몸은 어느 새 여인의 방에 들어서 있었다.

여인은 전혀 당황해 하는 기색도 없이 방 한 가운데에 다소곳 이 앉아서 눈을 내리깔고 있었다. 여인과 눈이 마주치지 않은 것 이 얼마나 다행스런 일인가 싶으면서도 환한 불빛이 쑥스럽고 부 끄러워서 나는 출입문 가까이에 있는 전기 스위치를 내려버렸다. 지난번에 전구를 갈아 끼울 때 스위치의 위치를 알았기 때문에 내 손으로 불을 끌 수 있었던 것은 또 얼마나 다행한 일인지 몰랐 다. 그러나 막상 불을 끄고 보니 어둠이 더욱 쑥스러워서 나는 우 두커니 문 앞에 어쩔 줄을 모르고 서 있었다.

"이리 와요"

여인이 몸을 반쯤 일으켜서 어둠 속에서 손을 뻗어 내 손을 더 듬어 잡았다. 여인의 손이 촉촉한 물기로 젖어 있었다. 나는 무너 지듯 여인 앞에 무릎을 꿇고 주저앉았다.

그날 밤 여인은 두 차례나 숨이 턱에 닿는 경험을 나에게 선물

했다. 그리고는 눈에 그렁그렁한 눈물을 비치며 이래서는 안 되는데, 안 되는데 하면서 자꾸만 미안하다는 말을 되풀이했다. 나는 미안하다고 말하는 여인의 말을 도무지 이해할 수 없었다. 미안한 쪽은 오히려 나라고 생각되는데 여인 쪽에서 미안해하는 이유를 도무지 이해할 수 없었다.

여인의 나이가 나보다 한 살 위라는 것을 안 것은 그날 밤이었다. 그리고 여인이 겨우 중학교를 마칠 무렵에 봉고 차에 일용품을 싣고 행상을 하던 부모가 교통사고를 당하여 사망하는 바람에 일시에 부모를 잃고 고아가 된 여인이 이 집 저 집 식모살이를 전전하다 어느 식당에서 일하게 되었는데 우연히 그 식당에 들른 김순경의 눈에 띄어 방직공장에 취직시켜 준다는 꼬임에 빠져 따라 나섰다가 이 지경이 되었다는 사실도 그날 밤에 알게 되었다.

"학생은 부모님도 계시고 앞으로 공부해서 훌륭한 사람이 돼야할 텐데 일시적인 호기심으로 나 같은 여자와 이래서는 안 되는 일인데 ……."

내 알몸을 바스라져라 껴안으며 바르르 몸을 떠는 여인의 품속에서 나는 어리광을 부리듯이 고개를 가로 저으며 대들듯이 말했다.

"나, 일시적으로 이러는 거 아냐. 그러니까 맘에도 없는 남자한테 붙잡혀서 살지 말고 나하고 함께 멀리 도망가면 되잖아"

이때 여인이 내 등을 토닥거리며 피식 웃었던 것 같았다.

"정말 철 없네. 산다는 것이 애들 소꿉장난인 줄 알어?"

천연덕스러운 여인의 말에 나는 찔끔 했지만, 하면 했지 안될 것은 뭐냐는 오기가 발동하여 나는 한사코 함께 도망치면 무슨 수가 생기지 않겠느냐고 고집을 부렸다.

"남자라고 자존심을 내세워서 배짱을 부려보는 거야? 김순경과 싸워서 나를 빼돌릴 자신이 있어? 그리고 나를 어떻게 먹여 살릴 수 있다는 거야?"

여인의 말소리는 너무나 태연자약하고 어른스러워서 나는 이미 풀이 죽어 있었는데 더욱이 윽박지르듯이 이것저것을 따져 묻는 여인의 말에 대하여 나는 하나도 자신 있는 대답을 할 수가 없어서 완전히 기가 꺾이고 말았다.

김순경과 싸워서 이긴다는 것은 힘이나 재산이나 권력이나 어느 하나도 우월한 것이 없어서 애시당초부터 승산이 없었고 더구나 여인을 먹여 살릴 수 있다는 것은 상상도 할 수 없는 일이었다. 결국 내 힘으로 할 수 있는 일이 아무 것도 없다는 사실이 드러난 이상 나는 여인에게 아무런 일도 행사할 수 없는 존재가 되어버린 것이다.

나는 무능한 나 자신이 서글퍼서 눈물을 질질 흘리며 울어버렸던 것 같았다. 그러자 여인이 철 든 누나처럼 내 등을 또다시 토닥거려주며 그냥 이대로도 좋지 않느냐고, 나도 학생이 좋지만 현실적으로 어떻게 할 수 있는 일이 아니잖느냐고, 좋은 인연으로 만났더라면 이보다 기쁘고 행복한 일이 어디 있겠느냐며 꽃잎 같은 입술 사이로 한숨을 포옥 내쉬는 바람에 나는 영문도 모른 채 고개를 끄덕이며 북바치는 설움을 입술을 깨물어 달래고 있었다.

그런데 내가 여인과 헤어진 것은 그로부터 한 달쯤 뒤였다. 대전 시내로 근무처를 옮길 줄 알았던 김순경이 더 먼 어느 시골로 발령이 나는 바람에 여인을 데리고 이사를 가버린 것이다.

여인이 살던 문간방에는 건축 일을 한다는 중년의 사내가 미욱스럽게 생긴 부인과 초등학교에 다니는 사내아이를 데리고 세 식구가 살기 시작했다. 사내는 새벽녘에 집을 나서면 밤이 돼서야 돌아오니 집에 머무는 시간이 많지 않았지만 집에 남아 있는 부인은 심술궂고 미욱스럽게 생긴 외모와는 달리 얼마나 바지런하게 마루며 마당이며를 오르락내리락 훔치고 쓸어대는지 외사촌형수는 오랜만에 집안이 훤해졌다며 좋아하는 눈치였고, 사내아이가 좀 극성스럽고 시끄럽기는 해도 집안이 왁자지껄해서 그래도 사람 사는 맛이 난다며 과히 싫은 기색을 하지 않았다.

그러나 나는 여인이 떠난 문간방에 대해서는 눈길조차 주지 않았고 텅 비어버린 가슴에다가 남몰래 깊은 슬픔 하나를 키우며 고등학교 시절의 마지막 겨울을 보내고 있었다. 참으로 혹독한 상심의 겨울이었다. 코앞에 닥쳐온 대학입시의 중압감에다가 여인이 떠나고 난 자리에 황량하게 남아있는 공동(空洞)에 함몰되어 나는 수없이 허우적거렸고 비틀거렸다. 그러나 내가 이같이 혹독한 상심의 겨울을 이겨낼 수 있었던 것도 가슴에다가 남몰래 묻고 키워온 슬픔이 의외로 나를 지탱해 준 힘이 되었다.

나는 슬픔 속에서 외로움을 배웠고, 외로움의 심연 속에서 사랑과 증오의 천형(天刑)을 앓았다. 그리고 나는 비로소 이제까지 내가 미처 생각하지 못했던 세상살이의 이치에 눈을 뜰 수 있었다. 문간방의 여인이 내게 준 선물이었다.

4

송강의 유적지 취재는 오후에서야 이루어질 수 있었다.

간밤의 술기운 탓으로 나는 이튿날 오전 내내 비몽사몽 속에서 잠자리에 누워 있었는데, 평소에 애주가였던 송강선생의 유적지를 탐방하는데 방문객이 술에 취해 가는 것도 격에 맞을 거라며 M군이 자꾸만 약을 올리듯이 부추기는 바람에 겨우 자리에서 일어나기는 했지만 유적지 취재보다는 한 컵의 냉수가 더 절실했고 한 시간의 잠이 더 간절해서, 취재는 나중에 해도 좋으니까 나 좀 이대로 내버려 둘 수 없겠느냐고 나는 M군에게 통사정을 하다시피 했다.

"긍게 웬 술을 그렇게 무지막지허게 마신다요?"

차가운 생수 한 병을 가져다주며 M군이 딱하다는 표정으로 나를 내려다보더니만 혀를 끌끌 찼다.

"술은 같이 마셔 놓고서 웬 딴소리야?"

"어라, 그게 같이 마신거유? 그렇게 말려 싸도 소주를 병째로 나발 분 게 누군데 ……."

"소주를 나발 불어?"

"그럼 아무 기억도 읎다 이거유 시방?"

나는 게슴츠레한 눈을 깜박거리며 생각을 모아 보았지만 소주를 병째로 마신 기억은 전혀 나지 않았다. 민속주를 표주박으로 떠서 김치 보시기만한 잔에 따라 마신 기억은 나지만 소주를 마셨다는 것 자체가 기억에 없었다.

"우리가 민속주를 마셨는데 소주는 웬 소주?"

"이거 어제 밤에 형님이 완전히 가뿌렸구먼. 민속주는 배만 부르고 싱겁다면서 소주를 가져오라고 고래고래 소리를 질러 쌓는 통에 옆방에서 잠자던 투숙객들이 뛰어나오고 한바탕 난리를 쳤는디 ……."

"그랬어?"

"이따가 장여사한테 죄송시럽다고 사과나 하소."

"장여사? 장여사가 누군데?"

"허어, 이거 참, 산너머 산이라더니 …… 어젯밤에는 그렇게 오매불망 불러 쌓더니 누구긴 누구라요. 이 집 금성장 여주인이 장여사지."

M군의 설명에 의하면 내가 어제 밤에 대전의 문간방 여인 이야기를 하면서 나중에는 통곡을 하더라는 것이다. 불쌍하고 예쁜 그 여인을 구원했어야 했는데 나이 어린 학생의 신분이라서 돈도 없고 힘도 없고 사회적 통념상으로도 용납되지 않아서 결국은 그 여인이 김순경한테 노예처럼 끌려가는데도 빤히 보고만 있었으니 자신이 얼마나 용기 없는 바보였느냐고 눈물까지 흘리면서 통곡했다는 것이다.

그래서 보다 못해 M군이, 순진한 학생 꼬셔서 정념이나 불태우다가 실속 다 차리고 꼬리를 감춘 여우같은 여자인데 형님은 순진하게 아직도 그 여자를 곱게 보느냐고 슬그머니 어금 막히는 소리를 했더니, 눈을 부라리고 식식거리면서 한 번만 더 그따위 소리를 했다가는 죽을 줄 알라고 길길이 뛰는 바람에 M군이 무릎을 꿇고 싹싹 비는 시늉을 하고서야 겨우 진정시켰다는 것이다.

"내가 어제 밤에는 완전히 실성을 했었구면 ……."

내 입에서는 부지중에 자탄의 소리가 흘러 나왔다.

근자에 드물게 폭음을 했던 것은 사실이지만 M군의 말대로라면 취중의 실수와 행패가 이만저만이 아니었던 모양이었다. 나는 심한 부끄러움에 눈앞이 캄캄해지는 것을 느꼈다.

"그때, 장여사도 옆에 있었고?"

금성장 여주인이 장여사라는 사실도 처음 듣는 말 같은데 아마 어제 밤 취중에 통성명을 했는지도 모른다는 생각을 하며 불안한 얼굴로 M군의 눈치를 살폈다.

"형님이 놓아주어야 가지요."

"무슨 실수는 안 했나?"

"아슬아슬했지요."

"어떻게?"

"달력 속에서 방금 뛰쳐나온 여자처럼 예쁘다는 것까지는 좋았는디, 그런 낯짝을 무기 삼아 남농의 그림이나 벽에 걸어 놓고 예술을 사랑하는 문화인입네 허면서 얼빠진 남정네들 홀리는 여우가 아니냐고 헐 적에는 머리빡에서 진땀이 다 납디다."

"내가 완전히 미쳤었구먼, 미쳤어 ……."

나는 정신이 아찔했다. 장여사라는 금성장 여주인한테 그런 추태를 부렸으니 무슨 낯으로 그를 대할 수 있을 것인가. 나는 견딜 수 없는 부끄러움에 이불을 머리까지 뒤집어 쓴 채 벌렁 자리에 누워버렸다.

"그깐 일루 형님답잖게 맥이 풀려 갖고 이건 또 뭔 일이라요 시방."

M군이 훌러덩 이불을 벗겨 치우는 바람에 나는 하는 수 없이 다시 자리에 일어나 앉았으나 입안은 소태를 머금은 것 같이 쓰고 가슴에 찬바람이 와 닿는 것처럼 몸이 부르르 떨렸다.

그때 노크소리가 나며 문밖에서 장여사의 목소리가 들려왔다.

"들어가도 괜찮겠어요?"

내가 불에 덴 듯이 놀라며 M군에게 손을 내저으며 들어오지 말도록 하라는 신호를 보냈으나 M군은 본 척도 하지 않고 자리에서 벌떡 일어나더니 거침없이 벌컥 문을 열었다.

"일어나셨세요? 인젠 좀 괜찮아요? 그렇게 밤새도록 술을 자셨으니 ……."

생글생글 웃으며 방 문 입구에 서 있는 장여사와 다시 눈이라도 마주칠까봐 나는 아예 벽 쪽으로 고개를 돌리고 두 손으로 머리칼만 쓸어 올렸다.

"형님이 부끄럼 탈 때가 다 있구, 하루 밤사이에 인간성이 많이 변해 뿌렀는디 ……."

남의 속도 모르고 씨부렁대는 M군이 죽이고 싶도록 얄미워서 허옇게 눈을 치뜨고 노려보다가 장여사와 눈이 마주치는 순간 나는 고개를 푹 숙이며 중얼거렸다.

"간밤엔 너무 취해서 …… 이거 죄송하게 됐습니다"

장여사가 손으로 입을 가리며 웃는 사이에 M군이 또 속 뒤집는 소리로 느물느물 지껄였다.

"술 취하면 무슨 짓인들 못 하것나요. 취중 실수닝께 한 번 용서해 주십시다. 본인도 저렇게 죄송하다고 손이 발이 되도록 빌어 쌓는디 ……."

"자네, 입 못 닥쳐!"

견디다 못한 내가 M군을 향해 소리를 버럭 지르자 방안이 온통 웃음바다가 되고 썩은 물이 고여 있던 것처럼 답답하던 분위기가 조금은 시원하게 숨통이 트이는 것 같았다.

휘갑을 잘 치는 M군 덕택에 쥐구멍이라도 들어가고 싶은 위기는 다행히 모면했지만 요강 뚜껑으로 물 떠먹은 기분은 오래도록 찜찜하게 사그라들지 않았다.

장여사가 끓여낸 얼큰하고 시원한 콩나물 해장국으로 쓰린 가슴을 달랜 후에 담배 한 개비를 달게 피우고 있는데 문갑 위에 놓인 전화가 귀뚜라미 소리를 내며 울었다.

　M군이 수화기를 들고 저쪽의 누군가와 몇 마디 통화를 하더니 이내 수화기를 내려놓으며 자동차가 왔다니까 준비하고 나가자며 서둘렀다. 용의주도한 M군이 이미 운전기사까지 딸린 승용차 한 대를 준비해 놓고 있었던 것이다.

　M군은 자신이 운전기사의 옆자리에 앉고 뒷좌석에는 장여사와 나를 앉혔다. 장여사가 동행하리라고는 전혀 예상치 않았는데, 이번에는 맥주회사의 달력에서 금방 튀쳐나온 듯한 모습이 아니라 레저스포츠 잡지의 표지모델 같은 간편한 캐주얼 복장에다가 모자까지 쓴 모습으로 나타나서 나를 감동시켰다.

　어제 밤에 저질렀다는 나의 실언과 실수에 전혀 내색을 하지 않고 해맑은 모습으로 나의 심기를 편안하게 해 주고 있는 그녀의 마음 씀씀이가 너무나 무던하고 고마웠던 것이다.

　아직 철이 일러서 단풍이 곱게 물들지는 않았지만 가로수로 심어놓은 단풍나무 잎새들이 가을 햇살 속에 발갛게 타오르고 차창으로 흐르는 가을 들녘의 풍경들이 옛 정취를 자아내는 담양의 시골길은 상쾌하기 그지없었다. 역시 무리를 해서라도 자리를 털고 일어나 취재 길에 나선 것이 잘했다는 생각이 들었다.

　대나무가 있는 곳마다 마을이 있고, 마을이 있는 곳마다 대나무가 있는 곳이 이곳 담양이라고 하는데 차창 밖으로 얼핏얼핏 스쳐 지나는 풍광 속에 거대한 뭉게구름을 연상시키는 대나무 숲이 자주 눈에 띄었다. 그래서 이곳 사람들이 어려서부터 귀에 못이 박히도록 들으면서 자라온 말이 '대쪽 같은 선비정신'이라는 글을 어디에선가 읽은 적이 있는데 그래서 그런지 바로 인근에 있는 광주라는 대도시의 영향권에서도 비교적 초연하게 옛 풍물들을 지켜나갈 수 있는 기개를 지니고 있는지도 모를 일이었다.

차는 어느 새 창평을 지나 송강의 유적지가 산재되어 있는 남면의 지실 마을로 들어서고 있었다.

그런데 이때였다. 여기까지 오는 동안 너무나 조용히 입을 다물고 있던 M군이 뒤를 향해 고개를 반쯤 돌리며 누구에게랄 것도 없이 말을 걸었다.

"도란도란 정담이라도 나누시라고 두 사람을 뒷좌석에 나란히 앉혀드렸더니만 각각 고개를 외로 꼬고 앉아서 창밖만 바라보고 있으니, 벙어리 마빡을 쳤나 왜들 그러쿰 입을 봉하고 있당가요?"

혀까지 차며 느물느물 이죽거리는 품이 이제부터 슬슬 멀쩡한 사람을 건드려놓고 심심풀이로 삼으려는 모양이었다.

나는 아예 못 들은 척 아무런 대꾸도 하지 않고 눈을 감고 있다가 흘낏 옆자리에 앉아 있는 장여사의 표정을 살피려고 고개를 돌리는 순간, 그녀 역시 잠자코 있는 내가 궁금했던지 내게로 고개를 돌리는 참이어서 두 사람의 시선은 우연히 중간에서 마주쳤고, 남의 말에 놀아나서 상대방의 동태를 살피다가 서로 마주친 시선이 어색하여 둘이는 재빨리 원래의 모습대로 좌우의 창밖으로 시선을 돌렸는데 서로의 그런 꼴이 갑자기 우스워져서 둘이는 약속이나 한 듯이 동시에 킥 소리를 내며 기묘한 웃음을 터뜨리고 말았다. 그런데 이번에는 뒤쪽에서 동시에 터지는 기묘한 웃음소리에 놀란 앞좌석의 두 사람이, 한 사람은 운전석 바로 위에 달린 룸미러로, 또 한 사람인 M군은 아예 몸통 전체를 틀어서 뒤를 넘겨다보며 영문을 몰라 휘둥그레진 눈을 껌벅거리고만 있었는데 그 꼴들이 하도 우스워서 뒷좌석의 두 사람이 또 거의 동시에 이번에는 폭소를 터뜨릴 수밖에 없었다.

"뭔 일이간디 시방 웃고 야단들이래요?"

종내 궁금증을 풀 길이 없는 M군이 다그치듯 추궁을 해왔지만 뒷좌석의 두 사람은 묵묵부답이었다. 그러자 M군은 심통이 나서 볼멘 소리로 혼자 중얼거리기 시작했다.

"내가 도란도란 정담이나 나누라니께, 공자님 앞에서 문자 쓰고 자빠졌다고 비웃는 거 아니오? 우리들은 그 이상의 짓거리를 진즉부터 허구 있는디 시시하게 뭔 소리냐고 비웃는 거가 아니냐 이런 말이오. 참말로 그렇다는 뜻이오? 그 방정맞은 웃음소리가?"

M군의 속수무책으로 터져나오는 입을 막으려면 내가 나서지 않을 수 없었다.

"자네, 눈치 하나는 귀신이네. 어쩌면 그렇게 족집갠가? 그렇지 않아도 뒤에서는 벌써 손목을 마주잡고 무릎 맞대고 했는데 자네 말대로 공자님 앞에서 문자 쓰기도 유분수지, 그런 사람들한테 도란도란 정담이나 나누라니 우습지 않고 배기겠나?"

내 농담에 M군은 약이 오를 대로 오른 모양이었다. 한동안 식식거리더니 또 되알지게 퍼부어 댔다.

"형님이라넌 사람은 워너기 태생이 그렇게 헐 수 없는 인생이지. 머리에 피도 안 말랐을 때부터 유부녀와 통정을 허구 야반도주허자고 꼬셔댄 전력도 있으니께 …… 장여사님도 옆에 있는 전과범 조심하십시오, 괜히 ……."

어제 밤의 내 이야기를 빗대서 심통을 부리며 독설을 퍼붓는 M군이 괘씸했지만 맞대놓고 화를 낼 수도 없어서 나는 점잖게 타이르듯이 한 마디 해줬다.

"자네, 샘이 나서 그러는 거지?"

"샘이구 우물이구 …… 이쪽은 영문도 모르는디 둘이서만 킥킥

거리고 웃어대니까 영 기분이 상해서 안 그라요 시방"

"그러니까 점잖게 가는 사람을 왜 놀리느냐 이거야."

한바탕의 소란으로 가득 찼던 차내가 때마침 장여사가 가방 속
에서 귤을 꺼내어 일행에게 골고루 벗겨주는 바람에 이번에는 차
내가 향긋한 귤 향기로 가득 찼다.

그리고 내가 M군과 티격태격 시답잖은 객담을 주고받으며 식
영정(息影亭), 서하당(棲霞堂), 환벽당(環碧堂), 그리고 소쇄원(瀟
灑園)을 둘러 본 후에 돌아오는 길에 송강정(松江亭)과 면앙정(俛
仰亭)까지 들러서 이모저모 사진을 찍고 광주에 되돌아온 것은
서울행 마지막 열차의 출발을 30여 분 앞둔 저녁시간이었다.

송강의 유적지는 학생시절에도 몇 차례 여행을 하면서 찾아온
적이 있었고, 문헌이나 소개 책자를 통하여 이미 접한 바 있어서
과히 생소한 곳은 아니었지만 조선시대의 대문호였던 송강이 관
직에서 밀려나 은둔생활을 할 때 기라성 같은 당대의 학자들과
어울려 호방한 풍류의 기상을 떨쳤던 곳이어서 항상 내 마음이
머물고 싶어하던 곳인데 간밤의 과음으로 유적지로의 출발이 늦
어진 데다가 이번의 취재 목적이 문화재의 보전 실태를 돌아보고
주변 풍광의 훼손 여부를 파악하는 일이어서 주로 사진을 찍거나
눈으로 확인하는 일로 취재를 끝낸 것이 못내 아쉽긴 했지만 M군
의 배려와 장여사의 호의로 잠시나마 서울생활의 찌든 때를 벗겨
낼 수 있었다는 것이 보람이었다.

역에까지 배웅을 나온 일행과 헤어져 열차에 오른 나는 그 동
안의 피로에 지쳐 그대로 눈을 감아 버렸다.

내가 여인이 준 명함을 들고 서울역 맞은편 세브란스 빌딩 뒤편으로 해서 남산길을 오르는 빗밋한 언덕을 더듬어 까페 '민들레 꽃씨'를 찾은 것은 광주에서 돌아온 이틀 후였다.

광주에서 오는 길에 곧장 여인의 까페를 찾을 생각을 안 한 것은 아니었지만 그날 내가 서울역에 내린 것이 밤 11시가 넘은 시간이었고 간밤의 과음에다가 기차여행의 피로가 나를 녹초로 만들었기 때문에 여인과의 만남을 뒤로 미루고 나는 곧장 집으로 향했던 것이다.

그러나 솔직히 말해서 몸의 컨디션이 엉망이어서 여인을 만나지 않았다는 것은 변명의 일부에 지나지 않을는지 모른다. 그보다는 오히려 마음의 준비가 전혀 되어 있지 않았기 때문이라는 것이 보다 솔직한 이유가 될 것이다.

그런데 새삼스럽게 마음의 준비가 왜 필요한지 나는 딱히 그 이유를 댈 수는 없었다. 아니, 이유를 댈 수가 없는 것이 아니라 그 이유를 잘 모르고 있었다. 그저 막연히 여인과의 해후를 위해서는 무언가 준비가 필요하다는 생각이 나를 망설이게 하고 있었던 것이다.

그러나 막상 여인을 찾아 나서기로 결심을 한 순간까지도 나는 전혀 내 마음을 정리하고 준비할 아무런 단서도 찾지 못하고 있었다.

여인은 전화도 걸지 않은 채 난데없이 불쑥 찾아온 나를 조금도 당황해하지 않고 무척 담담한 표정으로 맞았다.

"어, 왔네 ……."

카운터에서 몸을 일으키며 나를 맞이하는 여인의 말씨가 너무나 차분해서 자주 들르는 단골손님에 대한 일상적인 인사치레로 들릴 지경이었다.

여인은 바바리 코트만 벗었을 뿐 며칠 전에 서울역에서 만났을 때의 복장 그대로 검정색 원피스에 하트 모양의 목걸이를 늘이고 있었다.

9시가 임박한 시간이었지만 예닐곱 개의 테이블이 놓여 있는 실내에는 한 편 구석자리에 연인으로 보이는 젊은 남녀 한 쌍만이 이마가 거의 맞닿을 듯이 마주보고 앉아서 생맥주 잔을 기울이고 있을 뿐 손님이 없었다.

"손님이 별로 없네"

업소에 손님이 가득 차서 왁자지껄하면 여인과 이야기를 나눌 분위기도 아닐 텐데, 그러면 어쩌나 하는 마음으로 까페에 들어섰던 나는 의외로 조용한 실내에 우선 마음이 가벼워진 나머지 가볍게 한 마디 던져놓고 나서 금세 후회했다. 듣기에 따라서는 남의 장사하는 데 와서 손님이 없다고 입을 놀린다는 것이 얼마나 실례되는 망발인가 싶어서였다.

"초저녁에 한 차례 빠져나갔지 …… 여긴 원래가 그래. 초저녁에 반짝 하고는 ……."

여인이 입구에서 주춤거리는 나를 향해 대수롭지 않다는 음성으로 대꾸했다.

그때 주방 쪽의 커튼이 들춰지며 종업원인 듯한 아가씨 하나가 불쑥 얼굴을 내밀었다.

"손님이 오셨어예?"

"아냐, 고향손님이야."

여인의 단호한 한 마디에 아가씨의 얼굴이 다시 커튼 뒤로 숨어들고 주방 쪽에서 물소리와 함께 달그락거리며 그릇 부딪치는 소리가 들려왔다.

젊은 연인들이 앉아 있는 구석자리를 피하여 나는 출입문 근처의 자리에 앉아 실내를 눈으로 더듬었다. 대여섯 평의 조붓한 실내는 붉은 빛 조명 탓으로 동굴 속같이 아늑해 보였는데 건물을 받치고 있는 네 모서리의 기둥에 해물칼국수니 스파게티니 과일주스니 하는 메뉴 쪽지가 붙어 있는 것으로 미루어 보아 본격적인 까페라기 보다는 낮에는 간단한 음식과 음료를 팔고 밤에는 주로 술을 취급하는 업소 같았다.·

"혼자서 하는 건가?"

내가 턱짓으로 앞에 다가와 서 있는 여인을 가리키며 묻자 여인도 역시 턱짓으로 주방 쪽으로 가리키며

"낮에는 주방 아주머니가 있고 밤에는 저 애가 도와주고 있으니까 ……."

했다.

"두 사람이나 고용해서 꾸려나가려면 만만찮을 텐데 ……."

"돈 벌자고 하는 짓이라면야 미친 짓이지 ……."

여인이 쓸쓸한 표정을 지으며 입가에 잠깐 웃음을 머금는 듯하다가 이내 지워버렸다.

며칠 전 서울역에서 20여 년만에 여인을 만났을 때의 충격이 그 동안의 며칠 사이에 많이 사그라진 것은 사실이었지만 여인과 내가 이런 사무적인 이야기로 화제를 끌어가고 있다는 사실이 못마땅해서 나는 가슴이 답답함을 느꼈다. 그러나 이런 답답한 분위기를 역전시킬 만한 뚜렷한 화두가 머리에 떠오르는 것도 아니어

서 나는 여인의 시선을 외면한 채 실내의 여기저기를 두리번거리는 것으로써 어색함을 모면하고 있었다.

그때 구석 자리의 젊은 연인들이 자리에서 일어섰다. 그리고 비틀거리는 여자를 부축하며 남자가 계산을 치르고 두 사람은 실내를 빠져나갔다.

"고향손님이라카더니 언니는 손님 대접이 뭐 이렇노?"

주방의 커튼을 젖히고 내가 앉아 있는 테이블 쪽으로 다가온 아가씨가 빈 테이블 앞에 멀거니 앉아 있는 나를 한동안 빠끔히 쳐다보더니 여인을 향해 눈을 흘기며 애교 섞인 핀잔을 먹이고 있었다.

사실 내가 이곳에 들어온 지 십 여분밖에 되지는 않았지만 그동안 여인은 나에게 엽차 한 잔 가져다주지 않은 것은 사실이었다.

"우선 맥주라도 가져올까예?"

스스럼 없이 내 의향을 물어오는 아가씨의 심성이 하도 티 없이 맑고 고와 보여서 내가 말없이 빙그레 웃고만 있을 때 또다시 여인의 단호한 음성이 끼어 들었다.

"아냐, 그만 둬. 오늘은 이만 문을 닫자."

"벌써예? 고향 손님도 오셨는데예?"

"우리 나갈 테니까 명희도 퇴근 준비해"

주춤거리던 아가씨가 여인의 눈치를 알아채고 젊은 연인들이 앉아 있던 구석자리의 테이블을 치우고 빈 잔을 들고 커튼 너머 주방으로 들어갔다. 이윽고 물소리와 달그락거리는 그릇소리가 들려오더니 얼마 후에 아가씨는 퇴근 차림으로 코트를 차려입고 주방에서 나왔다.

"고향 손님 덕분에 일찍 퇴근하니까 좋긴 좋네예."

명희라는 아가씨는 여인과 나의 얼굴을 번갈아 쳐다보며 생글거렸다.

"까불지 말고 어서 퇴근해. 밤길 조심허구 ……."

"그럼 먼저 가겠어예."

예절 바른 초등학생처럼 꾸벅꾸벅 고개를 숙여 인사를 하고 돌아서는 명희라는 아가씨의 모습이 너무나 귀엽게 느껴져서 나는 또다시 빙그레 웃었다.

"아가씨가 밝고 명랑해서 좋네."

카운터 뒤쪽에 걸려 있는 바바리 코트를 내려서 몸에 걸치고 있는 여인의 등뒤에 대고 내가 말을 건네자 여인은 천천히 옷깃을 여미며 돌아서더니 내 앞의 의자에 무너지듯 털썩 주저앉았다.

"불쌍한 애야. 나처럼 어린 시절에 부모를 잃고 지금은 고등학교에 다니는 남동생 뒷바라지까지 하느라고 ……."

여인이 한숨을 포옥 내쉬며 멍한 시선으로 나를 건너다보았다. 초점이 흐린 여인의 시선 속에 무수한 이야기가 담겨져 있었다. 나는 여인의 시선 속에서 혼선된 감정의 실타래들을 하나하나 가려 뽑아 건져 올리기 시작했다. 그러나 혼선된 감정의 실타래들은 좀처럼 뽑혀 올라오지 않았다. 나는 여인의 시선을 피하여 문득 천장에 별처럼 촘촘히 박혀 있는 붉은 빛깔의 전등알들을 무연히 올려다보았다. 그런데 한동안 고개를 젖히고 천장을 올려다보고 있으려니까 붉은 전등알이 박혀 있는 천장이 마치 무한대의 하늘처럼 아스라이 높아 보이면서 갑자기 부옇게 눈앞을 가로막는 현기증과 함께 순간적으로 여인이 세를 들어 살았던 대전시 선화동의 문간방에 매달려 있던 백열등의 기억이 머리를 스쳤다. 백열등은 꺼져 있었다. 프래시의 동그란 불빛이 천장에 무늬를 그리고 있었다. 백납 같은 여인의 팔이 허공으로 뻗어 올랐다. 벙긋하니 열리는 앞섶 밑으로 여인의 가슴이 복숭아 빛으로 타고 있었다. 후끈한 한 줄기의 무더운 바람이 다리를 타고 기어오르고 있었다. 아찔한 현기증과 함께 내 몸이 공중제비를 하듯이 무너지고 있었다.

"무슨 생각을 그렇게 ……."

초점을 찾은 여인의 시선이 바로 눈앞에 있었다. 나는 돌이질을 치며 여인의 강렬한 시선을 피했다.

"아냐, 아무 것도 ……."

나는 수없이 돌이질을 치며 눈을 감아 버렸다. 그리고 나는 내 마음을 들켜버렸다는 부끄러움에 한동안 눈을 뜰 수 없었다.

여인이 테이블 위로 손을 뻗어 내 손목을 잡은 것은 이때였다. 여인의 손은 불같이 뜨거웠다. 나는 번쩍 눈을 뜨고 순간적으로 자리에서 일어나서 여인을 끌어안았다.

팽팽하게 긴장한 여인의 몸이 내 품속에서 장작불처럼 뜨겁게 타오르다가 벌건 숯덩어리가 되어 바닥으로 주저앉고 있었다. 내 몸도 이글거리는 숯덩이가 되어 여인과 함께 바닥에 쓰러졌다. 그리고 우리의 몸은 칡넝쿨처럼 뒤엉켰다.

바닥의 흙모래가 까끌까끌한 감촉으로 몸에 와 닿았지만 그것은 오히려 신선한 유혹이었다. 우리는 엎치락뒤치락 테이블 사이의 공간을 헤엄치듯 빠져들며 출입문 근처의 넓은 공간까지 굴러 와 있었다.

"잠깐만 ……."

여인이 내 몸을 가볍게 밀어내며 출입문에 손을 뻗었다. 찰칵

소리를 내며 출입문의 잠금장치가 닫혔다. 여인은 출입문 옆에 붙어 있는 전기 스위치도 내렸다. 천장에 박힌 붉은 빛깔의 전등알만이 하늘의 별처럼 떠 있을 뿐 실내는 포근한 어둠에 휩싸였다. 이제 실내는 외부와 차단된 우리들만의 밀실이었다.

거기에는 까끌까끌한 모래 바닥과 전등알이 별처럼 촘촘히 박혀서 은밀한 빛을 뿌리는 하늘이 있었다. 그것은 마치 밤의 들판 같았다. 그리고 우리는 들판을 무대로 뒹굴고 있는 야생의 짐승들이었다. 짐승들은 거추장스런 옷가지들을 허겁지겁 테이블 위에 벗어 던지고 벌거숭이가 되어 별빛 쏟아지는 들판을 숨이 턱에 차도록 내달리다가 밤나무 꽃향기에 취해서 비틀거렸고, 드디어는 짭짤한 땀투성이의 가슴에 얼굴을 묻으며 깊은 바다 속으로 빠져드는 듯한 나른함 속에서 눈을 감아 버렸다.

부드러운 미역 줄기 하나가 내 가슴에 휘감기고 있었다. 여인의 팔이었다. 그리고 내 허벅지 근처에도 한 움큼의 미역 줄기처럼, 여인의 다리가 물살에 밀린 듯이 조용히 밀려와 얹혀 있었다. 우리는 한동안 파도에 떠밀려 온 난파선의 생존자들처럼 몽롱한 의식 속에서 서로의 숨소리를 꿈결처럼 듣고 있었다.

그리고 얼마나 시간이 지났을까, 어디 먼 데서 들려오는 풀 여치의 울음소리처럼 여인의 목소리가 들려왔다.

"내가 …… 우습지?"

"……."

"내가 …… 우스운 여자로 안 보여?"

"무슨 말이야?"

"우스울 거야."

나는 여인의 얼굴을 끌어다가 가슴에 묻었다. 여인은 고분고분한 아이처럼 한동안 입을 다물었다. 그런데 자는 듯이 고른 숨소리를 내던 여인이 어느 순간에 가냘픈 풀피리 소리를 내며 흐느끼기 시작했다.

어안이 벙벙해진 내가 상체를 비스듬히 일으키려 하자 여인은 더욱 깊숙이 내 가슴으로 파고들며 울음을 그치지 않았다.

갑작스런 여인의 울음으로 격정의 뒤끝이 싸늘하게 식어가고 있었다.

나는 테이블 위에 어지럽게 나둥그러져 있는 옷가지 중에서 여인의 코트를 찾아내어 옹송그린 여인의 몸을 감싸서 일으켜 앉혔다. 그러자 여인은 부끄러운 듯 발딱 몸을 일으키더니 주섬주섬 옷가지를 집어들고 맨발로 허겁지겁 주방 쪽의 커튼을 들치고 안으로 뛰어들었다.

어슴푸레한 천장의 불빛에 드러난 나의 알몸이 부끄러워서 나도 허둥대며 옷을 입었다. 주방 너머에서는 한동안 아무런 기척도 없더니 이윽고 수돗물 소리가 새어 나왔다.

나는 의자에 엉거주춤 걸터앉아 담배를 피웠다. 입안이 소태를 머금은 듯 쓰고 목젖이 타는 듯한 심한 갈증이 느껴졌다. 나는 아무렇게나 담배를 눌러 끄고 어둑어둑한 실내를 초조하게 서성거리기 시작했다. 그러자 왈칵 부끄러운 생각이 고개를 들었다. 나는 뒤늦게나마 여인이 흘린 눈물의 의미를 알 것 같았다. 격정의 뒤끝에 흘린 여인의 눈물은 자신의 행위에 대한 비탄과 회의가 아니었을까. 여인은 나에게 몇 차례나 자신이 우습지 않으냐고 물었었다. 그리고는 울음을 터뜨렸다. 그것은 바로 순간적인 욕망의 포로가 되어 버린 자신이 얼마나 한심스러운가를 생각하며 흘린 자책의 눈물이었다고 생각할 때 상대적으로 나는 아무런 부끄

러움조차 느끼지 못하고 있었으니 얼마나 치신머리 없는 사람인
가.

물론 함께 만들어낸 추억일망정 당사자에 따라 그 추억에 대한
색깔이 다르고 부여하는 의미가 다를 수 있지만 적어도 여인에
관한 나의 추억은 순수하고 신비스러워야 했고 도전적이고 패기
넘치는 젊은이의 이상으로 기억되어야만 했다.

그런데 오늘의 나의 행동은 도무지 이해할 수 없는 것이었다.
이곳에 찾아오기 전에 나는 무언가 마음의 정리가 절대적으로 필
요하다는 것을 느꼈었다. 그것이 가식이어도 좋고 진실이어도 좋
았다. 그러나 나는 종내 정리된 마음을 준비하지 못한 채 불쑥 여
인을 찾아왔던 것이고 그 결과는 여인을 한갓 정욕의 대상으로
삼았을 뿐이었다. 그렇다면 나는 얼마나 비열한가.

커튼 너머에서는 수돗물 소리도 그친 지 이미 오래였다. 여인
은 지금 어떤 모습으로 무슨 생각을 하고 있을까. 곤혹스런 경황
중에도 여인에 관한 궁금증이 나를 볶아대고 있었다. 나는 커튼이
쳐진 주방 가까이 다가섰다.

"저어, 들어가도 돼?"

"……."

그러나 커튼 너머에서는 아무런 소리도 들려오지 않았다. 잠시
멈칫거리던 나는 커튼을 들치고 안을 들여다보았다.

예상보다는 널찍한 공간이 거기에 있었다. 그릇을 씻는 개수대
가 있었고 요리를 위한 가스레인지가 있었고 맥주박스가 켜켜로
쌓여 있었고 유리컵과 커피 잔을 정돈해 놓은 선반이 거의 천장
높이로 여러 층이 마련되어 있었다. 그리고 이처럼 오밀조밀하게
짜여져 있는 공간 구도의 중앙에 문이 달리지 않은 방이 하나 있

었고 여인이 그 방의 문턱에 시설물의 일부처럼 미동도 하지 않고 고개를 숙인 채 앉아 있었는데 여인의 까만 원피스와 얼굴을 덮어 내린 머리칼 때문에 여인은 마치 하나의 까만 물체 같았다.

여인의 모습이 가장 먼저 눈에 띄지 않았던 것도 까만 색의 물체처럼 보이는 여인의 모습 때문이었다.

내가 여인에게 다가가 두 손으로 여인의 머리칼을 쓸어 넘기며 얼굴을 들어 올렸을 때 여인의 얼굴은 담담하게 가라앉아 있었다.

"미안해 ……."

나는 진정으로 미안한 마음을 음성에 담았다. 그러자 여인이 가볍게 얼굴을 틀어서 내 손을 벗어나더니 앉은자리에서 그대로 몸을 돌려 방안으로 들어서며 말했다.

"들어와서 얘기해."

두 사람이 겨우 누울 만한 크기의 방이었다. 작은 책상 하나가 벽에 붙어서 놓여 있을 뿐 다른 가구는 없었다. 책상 위에는 전화기와 메모지가 놓여 있었고 사진틀 하나가 세워져 있었지만 천장에 매달린 형광등의 불빛이 사진틀의 유리에 반사되어 사진 속의 주인공이 누군지는 알아볼 수 없었다.

여인이 몸을 일으켜 주방으로 나가더니 맥주 두 병과 마른안주를 접시에 담아 들고 들어왔다.

갈증으로 졸아들었던 목줄기가 시원한 맥주 한 잔에 뻥 뚫리는 것처럼 개운했다.

여인도 단숨에 맥주 한 컵을 다 비웠다. 둘이는 마치 심한 말다툼 끝에 심통이 뻗친 사람들처럼 묵묵히 맥주 컵만을 기울였다. 잠시 후 여인이 다시 주방으로 나가더니 맥주 세 병을 들고 들어왔다.

나른한 몸 속에 술기운이 빠르게 번져가고 있었다. 그런데 몸 속에 잠입한 술기운이 그 동안 떨떠름한 분위기에 덜미를 잡혀 잔뜩 주눅이 들어 있는 두 사람에게 한 가닥 여유의 물꼬를 터 주었던 탓인지, 여인의 표정이 아까보다는 한결 차분해 보였고 나 역시 곤혹스럽던 기분에서 서서히 풀려나고 있음을 느낄 수 있었다.

그리하여 몸 속에 잠입한 술기운에 편승하여 우리는 밤새도록 '민들레 꽃씨'의 좁은 뒷방에서 이십여 년의 세월 속에 묻힌 뒤안 길의 이야기들을 털어놓을 수가 있었다.

그런데 나는 주로 청순하고 가련해 보이는 여인에 대하여 무조건적인 동경과 호기심을 품지 않을 수 없었던 그 당시의 내 감정을 고백하면서, 지금 생각해 보아도 아무런 대책도 없는 무모한 제안이긴 했지만 함께 도망치자고 했을 때 왜 당신의 태도가 그처럼 쌀쌀하게 표변하여, 산다는 것이 애들 소꿉장난인 줄 아느냐, 철이 없다, 나를 어떻게 먹여 살릴 수 있겠느냐는 둥, 오직 순수한 감정 하나로 버티고 있는 나에게 찬물을 끼얹고 내 순수성을 무자비하게 박살내는 말을 그렇게 거침없이 할 수 있었느냐고, 지금까지도 풀리지 않는 의구심을 털어놓았다.

그러자 여인이 공허한 웃음을 피식 날렸다.

"글쎄, 그때 내가 무슨 말을 어떻게 했는지 자세한 기억은 없지만 정내미 떨어지는 말을 지껄이지 않으면 자기의 그 무모하고 당돌한 생각을 뿌리칠 수가 없겠다고 느꼈기 때문이야. 모진 마음을 먹지 않으면 안 되겠구나 싶어서 ……."

"왜 그래야만 했는데?"

"자기를 위해서 그게 가당키나 한 얘기야? 정말 철없는 생각이지 ……."

여인이 어이없다는 표정으로 나를 빤히 쳐다보면서 가벼운 한
숨을 쉬었다.

"철없는 생각일지라도 그때는 정말 진정이었는데 ……."

"그러니까 문제라는 거야. 일시적인 호기심도 아니고 ……."

내 마음을 떼어놓기 위해서 일부러 모진 소리로 내 환상을 박
살내지 않을 수 없었다는 여인의 말을 듣는 순간 나는 코끝이 찡
하게 아려왔다.

나는 지그시 눈을 감은 채 그때 만일 여인과 함께 도망을 쳤었
다면 지금의 내가 어떤 모습으로 살아가고 있을까를 얼핏 머리
속에 그려봤다. 그러나 그것은 어림짐작으로나마 전혀 윤곽조차
그려지지 않는 내 모습이었다. 나는 주머니에서 담뱃갑을 꺼내들
고 쭈그러진 갑을 펴서 담배 한 개비를 뽑아 입에 물고 불을 붙였
다. 너울너울 흘러가는 담배연기 속으로 지난 이십여 년의 세월이
가물거리며 함께 흐르고 있었다.

그런데 재떨이라도 어디 있을까 하여 두리번거리다가 책상 위
에 놓여 있는 사진틀에 우연히 나의 시선이 멈췄다. 아까는 형광
등 불빛에 반사되어 사진틀 속의 주인공이 누구인지 몰랐었는데
앉은 위치가 달라서인지 사진틀 속의 주인공 모습이 눈에 들어왔
다.

의자에 앉아 있는 사람은 지금보다는 훨씬 젊게 보이는 여인이
었고 뒤에는 중학생 또래의 소년 하나가 여인의 어깨 위에 한 손
을 얹고 해맑은 얼굴로 웃고 있었다.

"아들인가?"

내가 무심코 사진틀을 끌어다가 눈 가까이 대며 물었지만 여인

은 아무런 대꾸도 없었다. 사진틀 속의 여인은 검정색 옷차림이어서 단아하면서도 어딘지 모르게 차갑고 쓸쓸한 모습이었고 뒤에 서 있는 소년은 똘망똘망한 눈과 선이 뚜렷한 콧날의 인상이 퍽 이지적이고 똑똑해 보였는데 입 꼬리를 살짝 치켜올리며 웃는 모습이 어디선가 많이 본 듯한 낯익은 모습을 하고 있었다.

저 혼자 타 들어가던 담배가 기어이 길쭉한 담뱃재를 방바닥에 떨어뜨렸다. 나는 손가락 끝에 침을 묻혀 떨어진 담뱃재를 낚아 올려서 빈 맥주병의 주둥이 근처에 조심스럽게 갖다 대고 밀어 넣다가 너무나 조용한 여인 쪽이 궁금하여 흘낏 돌아다보았다.

여인은 언제부터인지 눈 하나 깜짝하지 않고 나의 거동을 똑바로 쏘아보고 있었는데 술기운 탓인지 여인의 눈언저리가 유난히 벌겋게 달아 있었다.

나는 여인한테서 시선을 거두어 다시 사진틀 속의 두 사람을 한동안 뚫어지게 응시하고 있었다.

"그 사진 …… 이리 줘"

얼마 후 가랑잎처럼 메마른 여인의 목소리가 들려왔다.

그리고 사진틀을 건네 받은 여인은 무릎 위에 그걸 올려놓고 마치 묵념이라도 하는 자세로 고개를 꺾었다. 흘러내린 머리칼이 옆얼굴을 가린 탓으로 여인이 지금 사진을 보고 있는지 눈을 감고 있는지 표정을 살필 수는 없었다. 그런데 어느 순간에 여인의 고개가 더욱 앞으로 기울어진다 싶더니 볼을 타고 흘러내린 눈물이 사진틀 위에 뚝뚝 떨어지고 있었다.

나는 갑작스런 여인의 태도에 당황하지 않을 수 없었다. 그러나 아무런 영문도 모른 채 이러쿵저러쿵 끼여들 상황이 아닌 것 같아서 나는 난감한 기분으로 여인의 눈치만 살피고 있었다.

여인은 소리 내어 울지는 않았다. 가슴속에 묻힌 슬픈 사연을 진한 눈물 방울로 말끔히 씻어내고 있는 모양이었다.

여인은 눈물이 많았다. 불과 한 시간도 채 안 된 사이에 나에게 보이는 두 번째의 눈물이었다. 한 때는 나의 무모한 정을 떼기 위해서 칼날처럼 모진 말로 인연을 끊을 수 있었던 다부진 여인이 이제는 세월의 풍상에 쇠진한 탓인지 여리고 여린 풀잎처럼 간들거리고 있는 모습이 애처롭기까지 했다.

얼마 후 여인이 고개를 발딱 젖히고 얼굴을 들었다.

"내가 오늘은 왜 이렇게 눈물이 흔하지? 이러지 않기로 했는데 ······."

쑥스러운 듯 나를 바라보지도 않은 채 중얼거리는 여인의 눈이 벌에 쏘인 듯 벌겋게 부어 있었다.

그런데 한동안 나를 외면한 채 멀거니 천장을 쳐다보고 앉아 있던 여인이 자리에서 벌떡 몸을 일으키더니 주방으로 나갔다. 그리고는 얼굴이라도 씻는지 수돗물 소리에 섞여 푸득거리는 소리가 들려왔다. 여인은 잠시 후 오늘밤엔 정신을 잃도록 취해보자면서 양주 한 병을 들고 들어왔다. 그리고 여인은 두 개의 맥주 컵에 반이 넘도록 콸콸콸 소리를 내며 거칠게 양주를 따른 후에 나머지는 맥주로 채웠다. 폭탄주였다.

여인의 돌연한 호기(豪氣)에 나는 잠깐 어리둥절했지만 이내 여인의 행동에 간섭하지 않기로 했다.

두 개의 술잔에서는 색깔은 비슷하지만 성분이 서로 다른 액체들이 뒤섞이면서, 들끓어 오르는 격앙된 감정처럼 무수한 물방울들이 튕겨져 올라오고 있었다.

이윽고 우리는 굉장한 술꾼들처럼 거칠게 서로의 잔을 부딪치며 벌컥벌컥 술을 마셨다.

꼬장꼬장하던 여인의 앉음새가 무너지며 푸념처럼 넋두리가 흘러나온 것은 두 번 째의 폭탄주가 시작될 무렵이었다. 그러나 여인은 혀가 말을 따라잡지 못할 만큼 취해 있었으나 의식은 분명했고 이야기의 논리도 정연했다.

"이제 피차가 말이야 나이도 들만큼 들었고 …… 서로가 부담을 가질 필요가 없으니까 …… 그래서 하는 말인데 ……."

여인은 넋두리의 서두를 이렇게 시작했다. 그리고 때로는 비분강개한 어조로, 때로는 담담하게 김순경을 따라 대전을 떠난 이후 이제까지 이십 여 년 동안의 이야기를 폭탄주의 술기운에 실어 쏟아놓기 시작했다.

여인이 대전을 떠나 살게 된 곳은 충북 영동의 추풍령이라는 산골 마을이었다. 구름도 쉬어 넘는다는 추풍령의 한적한 풍광이 처음에는 낯설고 외롭기도 했지만 시간이 지날 수록 번잡스런 도시보다는 오히려 정을 붙이기가 쉬워서 여인은 그런 대로 마음을 의지하며 살아갈 수 있었다. 그런데 여인이 임신을 하고 나서 사단이 벌어졌다. 임신 소식을 전해 듣고 당연히 좋아할 줄 알았던 김순경이 눈을 흡뜨고 길길이 뛰면서 마치 화냥년 취급을 하더라는 것이다.

처음에는 괜한 트집이려니 생각하고 상대도 하지 않았지만 김순경은 자기가 이미 오래 전에 정관수술을 해서 생식 능력이 없는데 누굴 속이려고 하느냐고 자신의 신체적인 비밀까지 털어놓으며 윽박지르더라는 것이다. 배는 불러오는데 김순경의 구박과 추궁은 날로 심해져서 견디지 못한 여인이 김순경을 대동하고 병원을 찾아가서 사실 여부를 검사해 보았는데 결과는 김순경의 말이 옳게 나왔다는 것이다.

"김순경이 병원과 짜고 일부러 혐의를 씌우려고 했는지도 모르지"

내가 이야기의 중간에 뛰어들어 이의를 달았지만 여인은 이내 고개를 저었다. 김순경이 정관수술을 한 것은 사실이라는 것이었다. 나중에 알게 된 사실이지만 김순경은 고향에 이미 결혼한 아내가 있었고 두 명의 자식까지 두고 있었는데 그 당시에 산아제한이라는 정부시책에 따라 공무원부터 솔선수범하라는 지시에 의하여 정관수술을 단행했다는 것이었다. 그런 처지에 당신과 동거생활을 시작한 것은 순전한 사기가 아니냐고 내가 언성을 높였더니 이번에도 여인은 고개를 가로 저었다. 본 마누라와 뜻이 맞지 않아서 언젠가 기회를 보아 이혼하고 자기와 정식 결혼을 하려는 것이 김순경의 속셈이었다는 설명이었다.

어쨌든 화냥년의 혐의를 벗을 수 없었던 여인은 임신한 몸으로 도망치듯 집을 빠져나올 도리밖에 없었고, 미혼모 보호소에서 남자 아이를 낳은 후로는 남의 집 식모살이며 공장의 직공노릇이며 식당의 주방 일이며 궂은 일 힘든 일 가릴 틈도 없이 오늘날까지 살아왔다는 여인이었다.

"그럼 그 아이가 이 앤가?"

김순경의 아이가 아니라면 그럼 아이의 아버지가 누구냐고 묻고 싶었지만 그것은 여인의 부정을 캐묻는 것이나 다름없는 것이어서 나는 아직도 여인의 발치 근처에 엎어진 채 놓여있는 사진틀을 턱으로 가리키며 화제를 돌릴 수밖에 없었다.

"그런데 죽었어. 5년 전에 ……. 학교에서 지리산에 캠핑 갔다가 폭우에 불어난 냇물을 건너다가 실족해서 ……."

그리고 여인은 엎어져 있는 사진틀을 잠깐 내려다보다가 나를 향해 얼굴을 돌리며 싱겁게 픽 웃으며 말을 이었다.

"저 애 아빠에 대해서 궁금하지 않아?"

"사생활인데 뭐 ……."

나는 대범한 척 우물쭈물 얼버무렸지만 궁금한 것은 사실이었다.

여인은 말없이 술잔을 끌어다가 몇 모금 마시더니 방바닥에 엎어져 있는 사진틀을 집어들고 한참을 내려다보고 있었다. 그리고는 내 얼굴로 시선을 옮겨 뚫어져라 쳐다보다가 가볍게 고개를 살랑거리며 돌이질을 치다가 혼잣소리처럼 중얼거렸다.

"너무 닮았어 ……."

그 순간 내 머리 속으로 무언가 섬광처럼 후딱 스쳐 지나는 예감이 있었다. 나는 갑자기 발끝으로부터 거세게 역류해 흐르던 피가 가슴 근처에서 탁 멈춰 서는 듯한 화끈한 충격을 느끼며 여인이 들고 있던 사진첩을 낚아채어 들여다보기 시작했다.

사진틀 속에서는 입꼬리를 살짝 치켜올린 소년이 조용히 웃고 있었다. 그러자 나의 시야가 갑자기 몽롱한 안개에 휩싸인 것처럼 흐려지고 있었다. 그리고 안개 너머 몽롱한 시야 저편에 역시 입꼬리를 살짝 치켜올린 어린 시절의 내 사진이 환영처럼 떠올랐다.

"아니, 그럼 ……."

내 목소리가 황량한 광야에 울려 퍼지는 들짐승의 포효처럼 적막하게 들려왔다.

(『조선문학』, 2001. 6~7월호)

눈 뜬 짐승 하나 가슴 속에 키우며

손가락 끝에 지그시 힘을 주어 마지막 숫자인 8을 누르자, 뜨끔한 통증처럼 손끝을 타고 온 몸으로 퍼져 흐르는 짜릿한 전율이 느껴졌다.

이윽고 전화의 신호음이 주욱주욱 줄을 그으며 달려가고 있는 소리가 들렸다. 그리고 그것은 미묘한 내 감정의 편린들이 그의 몸 어딘가에 부딪쳐서 강렬한 불꽃을 튕기며 무수한 스파크를 일으키고 있는 것처럼 나에게 또 한 차례 저릿저릿한 전율을 가져다주고 있었다.

나는 수화기를 귓바퀴 근처에 밀착시킨 채 그 동안 단절되었던 삼십 여 년의 세월이 전화선 하나로 다시 이어지고 있다는 사실에 가슴을 두근거리며 신호음 소리를 마음속으로 세고 있었다.

이윽고 서너 번의 신호음 끝에 전화기 저쪽에서 착 가라앉은 목소리가 흘러나왔다.

"네에, 강현굽니다."

강현구(姜賢九), 바로 그 남자였다.

이번에는 명치끝이 뜨끔하면서 숨이 콱 막히는 듯한 충격이 왔다. 나는 바짝 타 들어가는 입술에 침을 바르며 떠듬거리는 목소리를 냈다.

"저어 …… 배정주라고 …… 잊혀지지 않았나 모르겠네요."

떠듬거리는 내 목소리도 못마땅했지만 이쪽의 이름까지 대면서 상대방의 기억을 구걸하려는 듯한 내 말투에 은근히 짜증이 나서 나는 순간적으로 괜히 전화를 걸었다는 후회가 들었다.

그런데 저쪽에서는 잠깐 동안의 침묵 끝에 이내 들뜬 듯한 음성으로 반응이 왔다.

"아니, 정주씨 …… 이거 얼마 만입니까?"

"참 오랜만이네요."

상대방의 반응이 의외로 곰살갑게 나오는 바람에 까실까실 털이 돋았던 내 목소리가 문득 촉촉하게 물기를 머금은 듯 부드러워지고 있었다. 그리하여 나는 부드러운 그의 음성 몇 마디에 잔뜩 긴장했던 마음이 장마비에 흙담 무너지듯 스르르 주저앉음을 느끼며 자기의 전화번호를 어떻게 알았느냐는 강현구의 말에, 한번 만났으면 좋겠다는 말로 대답을 얼버무렸고, 벌써 삼십 여 년의 세월이 흘렀으니 서로 알아볼 수나 있을지 모르겠다는 말까지 횡설수설 지껄이고 말았다.

결국에는 내 핸드폰의 번호까지 또박또박 그에게 불러주고 전화를 끊었을 때, 나는 체면이고 자존심이고 모조리 팽개친 듯한 허탈감 속에서 한동안 멍하니 창문 밖에 뻗어 있는 감나무 가지의 무성한 잎들을 바라다보고 있었다.

유월의 햇살 속에서 기름을 바른 듯이 번들거리는 감나무 잎새들은 바람이 불 때마다 갓 잡아 올린 생선처럼 파득거리며 뒤척이고 있었다. 나는 싱싱하고 발랄한 계절 앞에서 까실하게 늙어가고 있는 내 모습이 문득 너무나 초라하게 느껴져서 나도 모르게 한숨이 새어 나왔다.

하기야 여자 나이 쉰 일곱이면 이미 할머니 소리를 들어도 섭섭할 나이가 아니지만 강현구에게 전화를 걸고 난 뒤끝이어서 그런지 세월의 덧없음이 새삼스럽게 서글픔으로 다가오고 있었다.

물론 내가 이십대의 처녀 적 모습을 언제까지나 그대로 유지할 수는 없겠지만 강현구와 나 사이에 기억되고 있는 서로의 모습은 여전히 이십대의 모습으로 남아 있을 수밖에 없는데 어느 날 갑자기 내가 쉰 일곱의 모습으로 그 앞에 나타났을 때를 상상한다는 것은 달갑잖은 일이어서 나는 내심 내 외모에 대하여 신경이 쓰이지 않을 수 없었다.

나는 허둥거리는 걸음으로 현관문 근처에 걸려 있는 체경 앞으로 다가가서 거울에 비친 내 모습을 찬찬히 들여다보았다.

눈가의 잔주름과 얼굴 여기저기에 이끼의 포자처럼 달라붙어 있는 기미는 어쩔 수 없는 세월의 흔적이라 하더라도 헐렁한 홈웨어 속에 감춰져 있는 내 몸의 두리뭉실한 살덩이가 이미 남들의 입방아에 심심찮게 오르내리는, 이른바 여편네의 모습이 역력했다.

나는 도망치듯 얼른 체경 앞을 벗어나서 거실의 소파에 털석 몸을 주저앉혔다.

그 동안 나는 너무나 오래 동안 나를 잊으며 살아왔었다는 생각이 들었다. 그리고 목표도 없이 그냥 내달려온 듯한 내 인생이 새삼스럽게 초라하고 서글프게 느껴졌다.

식어버린 커피 잔을 기울여 말라붙은 입안을 축이며 나는 거실을 서성거리기 시작했다. 조금 전에 강현구와 통화했다는 사실이 다시금 믿어지지 않는 현실로 내 마음을 뒤숭숭하게 뒤흔들어 놓고 있었다.

며칠 전, 대학 동창인 영미가 빅뉴스라면서 호들갑을 떨며 강현구의 소식을 전화로 알려 왔을 때만 해도 나는 반신반의 속에서 무덤덤하게 전화를 받았었다.

영미의 전화에 의하면 신간 소설을 소개하는 신문의 문예란에서 강현구의 이름을 발견하고 곰곰이 생각해 보니 아무래도 나의 옛 애인이었던 그 사람이라는 심증이 가더라는 것이다. 그래서 사실을 확인하기 위해 곧장 서점으로 달려가 강현구의 소설집을 샀는데 불행히도 작가의 사진은 실려있지 않아서 더 이상 확인할 수는 없었지만 여러 가지 정황으로 미루어 보아 틀림없다는 것이었다.

"강현구라는 사람이 이 세상에 어디 한둘이겠니?"

내가 심드렁한 음성으로 영미의 호들갑에 대수롭지 않다는 반응을 보이자 영미는 펄쩍 뛰는 시늉을 하며 자기의 예리한 추리력이 빗나갈 리가 없다며 바득바득 우겨댔다.

"그 사람이 K대학 국문과 출신이니까 K대학 교수가 됐을 테고, 연애시절에 너한테 보냈던 편지를 내가 기억하고 있으니까 하는 말이지만 그 사람이 쓴 소설과 편지의 문체가 일치한다는 것쯤이야 단박에 알아챌 수 있지. 그 강현구가 이 강현구에 틀림없어. 아니라면 내 손에 장을 지지마."

영미의 호들갑은 이쪽의 분위기는 전혀 개의치 않은 채 혼자서 의기양양했고 기고만장했다.

대학시절의 영미는 문학에 관심이 많아서 일상적인 대화에도 곧잘 문학작품의 어느 구절을 인용하거나, 환상적인 소설의 세계와 현실의 세계를 혼동하는 듯한 돌출된 행동을 보여줌으로써 주변을 놀라게 하거나 난감하게 만드는 일이 잦았었는데 이번의 경우도 신문의 문예란에 소개된 기사를 근거로 강현구가 K대학의 교수이며 작가라는 사실을 알아내어 나에게 전화로 그의 소식을 전해주었던 것이다.

누가 시킨 것도 아닌데 자진해서 강현구의 소설집을 사서 읽고, 전화까지 걸어준 영미를 비난할 수는 없었지만 이산가족의 만남을 주선하는 일도 아니고 잃어버린 가족을 찾는 일도 아닌데 남의 일에 그처럼 관심을 가지고 흥분하는 영미의 성격은 옛날이나 지금이나 변함이 없다는 생각에 나는 씁쓸한 마음이 들어서 아무런 감정도 실리지 않은 무덤덤한 어조로 그저 고맙다고만 했더니, 영미는 눈치도 없이 한 술 더 떠서 남의 비위를 긁어놓는 소리를 하고 있었다.

"왜, 만나기 싫어서 그러는 거야? 그쪽이 교수가 되고 소설가가 됐다니까 자존심이 상해서 그러니?"

"자존심은 무슨 ……."

상대편의 마음은 전혀 고려하지 않고 자신의 기분 내키는 대로 지껄이는 영미의 말이 불쾌해서 나는 몇 마디 싫은 소리로 쏘아줄까 하다가 그의 성격이 원래 그럴 뿐 악의적으로 하는 말이 아니라는 것을 알기 때문에 나는 가슴으로 치밀어 오르는 울화를 겨우 눌러 참으며 입안으로 웅얼거렸다.

그러나 영미는 내 기분을 도무지 모르는 것 같았다.

"니가 만나기 어색하면 내가 한 번 먼저 만나볼까?"

영미의 이 말에 나는 더 이상 참을 수가 없어서 퉁명스럽게 쏘아붙였다.

"만나서 어떻게 할 건데?"

"어떻게 하긴 뭘 어떡해? 궁금하잖니, 어떻게 변했는지 보고 싶기도 하고 ……."

"너도 참 악취미다. 별걸 다 궁금해 하고 별걸 다 보고 싶어하니 ……."

"별것도 아닌데 왜 그렇게 화를 내고 그러니?"

"화를 내는 게 아니라 니가 한심해서 그런다."

"한심하다구? 너를 생각해서 정보를 제공했을 뿐인데 ……."

"그게 나를 생각해 주는 거니? 이만 전화 끊자."

나는 더 이상 전화로 수작을 하다가는 무슨 험한 말이 나올지 몰라 매몰차게 수화기를 놓아버렸다.

그런데 다음날 영미가 다시 내게 전화를 걸어왔다. 본의 아니게 기분을 언짢게 했으면 사과한다는 것이었다. 영미의 무던한 점이 바로 이런 성격에 있었다. 토라져서 심통을 부리거나 뒷전에서 입방아 찧지 않고 솔직하게 자신의 잘못을 인정하고 언제 그랬냐는 듯이 살갑게 구는 것이 영미였다. 이 같은 그의 붙임성 때문에 우리는 서로 다른 성격에도 불구하고 대학시절부터 이 나이가 되도록 나름대로의 친구로서 지내고 있는지도 모른다.

하루가 또 흘렀다. 그리고 새로운 하루가 또 시작되고 있었다.

아침식사를 마친 남편이 언제나처럼 이쑤시개를 입에 문 채 서둘러 차를 몰고 공사현장으로 떠나고 나자 집안이 절간처럼 적막하게 느껴졌다.

남편은 몇 달 째 정릉 유원지 입구에 다세대 주택 여러 채를 신축하고 있었다. 명색이 건축회사의 사장이면서 도무지 양복이라고는 몇 년 동안 걸쳐볼 생각도 안 하고 겨울에는 가죽점퍼 하나로, 그리고 여름에는 반소매의 남방셔츠나 티셔츠로 살아가면서 공사판을 무대로 인부들과 어울려 돈과 술에만 매달려 있는 남편의 모습이 이날 따라 그렇게 천박해 보일 수가 없었다.

남편의 나이도 이제 예순이다. 결혼해서 이제까지 이십 팔 년을 함께 살아오는 동안 온갖 풍상 다 겪어 오면서 경제적인 여유는 그런 대로 찾았다 하지만 정서적으로 겨울 잔디밭처럼 메마른 남편은 아등바등 돈에만 매달려 멋없이 살아가는 사람이었다.

그런 사람과 부부라는 인연으로 함께 살아왔다는 사실이 나에게는 남의 일처럼 낯설었다. 그 동안 나는 남편이라는 사람의 성격이나 풍모에 대하여, 혹은 그의 생활신조나 취향에 대하여 전혀 관심을 두지 않고 남남처럼 살아왔던 것이 사실이다. 그런데 새삼스럽게 늘상 하던 버릇대로 이쑤시개를 입에 물고 일터로 나가는 남편의 뒷모습을 바라보며 천박스러움을 느끼고, 이십 여 년에 걸친 그와의 부부생활을 낯설어한다는 것은 강현구의 소식을 전해 준 영미의 전화가 촉발시킨 의식의 반란이라는 생각이 들어서 나는 내심 흠칫 놀라지 않을 수 없었다. 나는 무의식 중에 마음속으로 강현구와 남편을 서로 비교하고 있었던 것이다.

나는 등줄기로 벌레라도 기어가는 것처럼 스멀거리는 가려움증을 느끼며 부르르 몸을 떨었다.

그리고 무슨 전설 속의 까마득한 옛 이야기처럼, 그의 얼굴을 마지막으로 보았던 30여 년 전 중서부 전선 가까이 있던 Y읍의 여관방과 철모 속에서 초점을 잃고 흔들리던 그의 불안한 눈빛을 선연히 떠올리고 있었다.

주위는 온통 검푸른 수림(樹林)의 바다였다.

서울에서 덜컹거리는 버스로 두 시간 여를 달려 중서부전선 가까이 있는 Y읍에 도착한 나는 버스에서 내리자마자 눈앞을 가로막는 첩첩한 산줄기와 검푸른 녹음에 완전히 숨이 막힐 지경이었다.

길거리에도 온통 검푸른 국방색의 물결이었다. 군용 트럭과 찝차와 대오를 지어 행진하는 군인들이 만들어내고 있는 국방색의 물결이 두렵고도 낯설었다. 감색 스커트에 흰 블라우스의 평범한 내 옷차림이 오히려 눈에 띄는 거리였다.

나는 속 날개가 뽑히고 다리가 잘린 풍뎅이처럼 제자리에서 맴을 돌며 주위를 두리번거렸다. 지나가던 군용트럭 위에서 쏟아져 내리는 야비한 휘파람 소리가 내 몸에 가래침처럼 달라붙고 있었다. 뽀얀 흙먼지를 날리며 멀어져가는 트럭 위에서 구리빛 얼굴에 이빨만 하얗게 보이는 병사들이 주먹으로 허공을 내지르며 나를 향해 기성을 지르고 있었다.

길 건너편에 김이 모락모락 피어오르는 찻잔을 그려 넣은 '서울다방'이라는 간판이 보였다. 나는 길을 가로질러 다방의 주렴을 손으로 걷어올리며 겁에 질린 표정으로 주춤주춤 실내에 들어섰다. 거기에도 국방색 복장의 군인들이 테이블의 여기저기를 차지하고 앉아 있다가 들어서는 나를 향해 일제히 시선을 꽂았다.

나는 뻣뻣하게 굳어진 몸을 겨우 지탱하며 구석진 자리 하나를 발견하고 그리고 발을 옮겼다. 내가 자리에 앉자마자 소매 없는 셔츠에 손바닥만한 헝겊조각으로 겨우 아랫도리를 가린 듯한 미니스커트의 아가씨가 질겅질겅 껌을 씹으며 다가오더니 테이블 위에 엽차를 내려놓으며 빤히 나를 내려다보고 곁에 섰다. 주문을 받으려는 자세였다.

"여기 시원한 걸로 주시고요 ……."

나는 그녀에게 마실 것을 주문하고 내가 찾아가는 부대의 위치를 물어보려던 참이었다. 그러나 아가씨는 내 말을 다 듣기도 전에 녹음 테이프를 틀어놓듯 칼피스, 냉커피, 콜라, 사이다 등을 숨 가쁘게 주절거린 뒤에 내 얼굴을 또 빤히 내려다보았다.

"칼피스로 주시고요 …… 그런데 혹시 …… 7279부대 12중대를 찾아가려면 어느 쪽으로 가야하는지 아시나요?"

돌아서려는 아가씨를 향해 내가 빠른 어조로 이렇게 물었을 때, 건너편 자리에 홀로 앉아서 꼬깃꼬깃 접은 신문을 뒤적이고 있던 젊은 군인 하나가 아가씨보다도 먼저 말을 거들고 나섰다.

"12중대요? 면회 오셨나요?"

나는 젊은 군인을 향해 그렇다는 표시로 고개를 잠깐 끄덕여 보였다.

"누굴 면회 오셨습니까? 제가 12중대에 있거든요."

젊은 군인은 아예 몸을 반쯤 일으키며 따지듯이 물었다.

"강현구 소위라고 ……."

"아, 강소위님요, 바로 우리 소대장님이신데 ……."

군복 가슴팍에 김영호라고 새겨진 하얀 명찰을 달고 있는 그 젊은 군인은 처음에는 단순한 호기심에서 나에게 말을 걸었을 텐데 내가 강현구의 이름을 대자마자 깍듯한 태도로 나를 대하기 시작했고, 자기는 휴가가 끝나서 지금 귀대하는 길이니 부대 앞 위병소까지 안내하겠다며 내가 칼피스를 다 마실 때까지 기다렸다가 내 음료수 값까지 지불하고는 다방 문 앞의 건들거리는 주렴을 한 손으로 거머쥐고 내가 나오기 좋도록 배려하는 등 온갖 친절을 다 베풀었다.

병촌(兵村)의 분위기가 낯설고 두려워서 애가 씌우던 차에 김영호 일병을 만난 것은 구세주를 만난 셈이어서 나는 땀 냄새를 풀풀 날리며 앞서서 걸어가는 김영호 일병의 꽁무니를 종종걸음으로 뒤쫓으며 마치 손아래 동생을 앞세우고 나들이 떠나는 누나처럼 마음이 포근해짐을 느꼈다.

부대의 위병소까지는 십분 거리였다. 군화가 유난히 번쩍거리고 말쑥한 복장을 한 병사 두 사람이 총을 멘 채 부동자세로 마주보며 위병소의 정문을 지키고 있고, 위병소의 건물 벽에는 '3인 이상 집단 행동하라' '일몰 이후 무단 행동자는 적으로 간주한다' '이상 위반자는 무조건 발포한다' 등의 경고문이 붉은 페인트로 씌어 있어서 나를 바짝 긴장시켰다.

"저기 앉아서 잠깐 기다리십시오."

김영호 일병이 소나무와 단풍나무 몇 그루가 서 있는 잔디밭을 턱으로 가리키며 나를 돌아다보았다. 위병소 앞에 작은 공원처럼 가꿔놓은 잔디밭이 있었다. 나는 그가 시키는 대로 잔디밭으로 걸어가 단풍나무 밑에 있는 녹색 벤취에 걸터앉았다. 위병소의 건물 쪽으로 다가간 김영호 일병이 무슨 구호를 외치며 절도 있게 거수경례를 하고 주머니에서 무언가를 꺼내 보였다. 아마 휴가증명서일 것이라고 나는 생각했다.

위병소 뒤쪽으로 산기슭의 여기저기에 군인들이 기거하는 듯한 막사가 멀찌감치 바라다 보였다. 그런데 얼룩무늬로 위장된 나지막한 단층의 막사들은 와글와글한 병사들의 함성으로 들끓고 있으리라는 내 기대와는 달리 너무나 조용한 정적 속에 숨을 죽인 채 엎드려 있었다.

나는 문득 강현구가 저 막사 어딘가에서 병영생활을 하고 있으리라는 생각을 하니 갑자기 눈시울이 달아오르고 코끝이 찡하게 아려오는 듯한 서글픔이 느껴졌다. 그러나 그것은 비단 강현구 그 사람 하나만을 생각해서 느껴지는 서글픔만은 아니었다. 때마침 서쪽 산봉우리에 걸린 저녁 해가 산기슭의 반을 그늘로 채우고 나머지 반은 빨간 노을로 불태우고 있는 대각선의 낯선 구도가 왠지 모르게 나를 처연한 분위기로 몰아넣고 있었고, 강현구 그 사람에게 아무런 연락도 취하지 않은 채 불쑥 이 곳을 찾은 나의 행동에 대한 후회와 연민이 함께 뒤섞이면서 나를 이처럼 초조(初潮)를 맞은 소녀처럼 우울한 서글픔 속에 몰아넣고 있었던 것이다.

위병소의 창문에 붙어 서 있던 김영호 일병이 내 쪽을 흘낏 뒤돌아보며 안에 대고 무슨 말을 하고 있었고, 창문 안에서 누군가의 머리가 반쯤 밖으로 나오며 역시 내쪽을 바라보는 모습이 보였다.

나는 그들의 시선을 의식하자 몸이 굳어짐을 느꼈다. 그들은 강현구 소위의 애인쯤으로 나를 생각하고 있을 것이었다.

나는 풀어진 자세를 고쳐 앉으며 발끝으로 잔디밭을 비벼댔다.

뽀얀 흙먼지가 내려앉아 있는, 굽이 낮은 내 구두 코 위로 개미 한 마리가 기어오르고 있었다. 나는 핸드백 속에서 티슈 한 장을 뽑아 들어 개미를 떨어내고 내친 김에 구두의 흙먼지까지 쓸어내렸다.

그때 위병소의 창문에 붙어 섰던 김영호 일병이 빠른 걸음으로 내게로 오고 있었다. 그는 거의 뛰다시피 내게로 다가와서 퍽 난감한 표정을 지으며 말했다.

"강소위님이 지금 부대훈련에 참가 중이셔서 밤에나 돌아오신다는데 …… 오늘 주무시고 가실 거면 여관방을 하나 잡아놓고 기다리시는 것이 ……."

그날 밤, 나는 다른 여관보다 값은 좀 비싸지만 시설도 괜찮고 깨끗해서 주로 부대의 장교님들이 이용한다고 김영호 일병이 안내해준 여관방에서 밤늦도록 강현구를 기다렸다.

방에는 이불 하나가 정갈하게 깔려 있었고, 그 이불 머리에 베개 두 개가 나란히 놓여 있었는데, 수줍은 듯이 이불자락으로 반쯤 가려져 있는 베개의 모습이 퍽 야릇하게 느껴져서 나는 이불자락을 끌어다가 베개를 덮어 버렸다. 그리고 나는 여관방의 창가에 붙어 서서 산기슭의 부대 막사 쪽에서 마치 반딧불이의 야광체처럼 발갛게 흘러나오는 불빛을 건너다보며 울컥 가슴을 치며 목구멍으로 기어오르는 서러움에 부르르 몸을 떨었다.

하늘이 붉은 색 페인트 통을 통째로 쏟아 부은 듯, 노을이 처연한 빛깔로 타오르던 저녁나절부터 이 창문 앞에서 몇 시간을 홀로 창밖을 내다보고 있는 동안 나는 몇 번이나 그냥 서울로 돌아가 버릴까 하는 생각을 떠올려 보기도 했다.

그것은 자존심이기도 했고, 비참하도록 초라하게 느껴지는 나 자신에 대한 증오 같은 감정 때문이기도 했다.

그러나 내 뱃속의 생명에 대한 이야기를 나 혼자만의 비밀로 가슴에 묻어 둘 수만은 없었다. 그렇다고 무슨 다짐을 받자는 생각에서 여기까지 찾아온 것도 아니었다. 그저 막연하게나마 나의 임신 사실에 대한 강현구의 반응이라도 살펴보는 것이 순서일 것 같다는 생각 끝에 어렵게 내린 결단이었다. 그러나 역시 아무런 예고도 없이 불쑥 찾아와서 나의 임신 사실을 그에게 알린다는 것은 여러 모로 찜찜하고 서글픈 일임에 틀림없었다.

그날 밤 자정이 가까워서야 땀에 절어 있는 군복을 채 갈아입지도 못한 채 강현구가 허겁지겁 여관방으로 찾아왔고, 철모의 그늘 속에 감춰진 피곤한 그의 눈이 나의 동태를 요모조모 훑어 내리며 무슨 낌새를 채려고 부산히 움직이고 있었다.

이윽고 그는 여전히 의심이 가시지 않은 시선으로 나를 바라보며 방 한가운데 우뚝 서 있다가 천천히 철모를 벗으며 힐난에 가까운 퉁명스런 음성으로 물었다.

"무슨 일이야? 연락도 없이 ……."

나는 시선을 들어 그의 얼굴을 정면으로 바라다보았다.

그의 얼굴은 눈썹 근처의 이마를 경계로 위쪽은 비교적 하얀 제 모습을 유지하고 있었으나 유난히 광채가 번쩍이는 눈의 아래 부분으로부터 목덜미까지는 햇볕에 그을려서 구리빛으로 번들거렸는데 그의 얼굴에서 그처럼 무섭고 엄격한 표정을 본 것은 그 때가 처음이었다.

그러나 아무런 연락도 하지 않고 갑자기 찾아온 나의 잘못이 얼마나 큰 것인지는 몰라도 여자의 몸으로 혼자 이런 산간벽지까지 찾아왔는데 다짜고짜 이처럼 무서운 표정으로 죄인 다루듯이 몰아세우는 그의 태도가 섭섭하여 나는 그만 눈물이 핑 돌았다.

내가 눈물을 글썽거리는 것을 본 그가 잠시 몸을 움찔 사리는 듯하더니 아까보다는 훨씬 부드러운 음성으로 혼잣소리처럼 중얼거렸다.

"무슨 일인가 해서 깜짝 놀랐잖아. 그리고 여기가 어딘데 연락도 하지 않고 갑자기 찾아오면 어떡한단 말이야."

그의 말에도 일리가 없는 것은 아니었다. 오늘 일만 해도 그가 부대훈련을 나갔다가 마침 돌아왔으니 망정이지 며칠 후에 돌아온다고 가정했을 때 나는 첩첩산중에 찾아 왔다가 허탕을 치고 돌아갔을 것은 뻔한 일이었다. 그렇다면 나의 행동은 얼마나 무모한 짓이 돼버렸을까. 그렇다. 그것은 무모한 짓이었다. 아니, 지금 그를 만나고 있는 이 자체가 무모한 짓이라는 생각이 들었다. 애시당초에 이런 일로 그를 찾아올 일이 아니었다. 그와 상의할 일도 아니었고, 그를 회유할 일도 아니었고, 그에게 매달려 하소연할 일은 더구나 아니었다. 그것은 오로지 나의 독자적인 판단에 의하여 내 스스로 결정해서 결행할 나만의 일이었던 것이다.

이처럼 생각의 가닥이 잡히니 뜻밖에도 모진 마음이 불쑥 고개를 들었다.

"미안해요. 연락도 없이 불쑥 찾아와서 ……."

다분히 비꼬는 듯한 쌀쌀한 대꾸에 강현구는 찔끔하는 눈치를 보이며 당황해하는 표정이 역력했다.

나는 내친 김에 한술 더 떴다.

"곧 날이 밝으면 첫 버스로 떠날 테니까 내 걱정 말고 부대에 들어가 보세요. 피곤할 텐데 괜히 나 때문에 헛걸음 했네요."

강현구의 표정이 참담하게 일그러지는 모습을 곁눈질로 바라보며 나는 방에 붙어 있는 세면장으로 들어가서 언짢은 감정의 퇴적물들을 쓸어내듯 오래도록 손과 얼굴을 뽀드득뽀드득 소리가 나도록 씻었다.

그리고 내가 세면장에서 나왔을 때였다. 그때까지 방 한가운데에 팔짱을 낀 채 서 있던 강현구가 갑자기 내 어깨를 두 손으로 잡아 자기 몸 안에 나를 끌어들였다.

"미안해. 연락도 주지 않고 갑자기 찾아왔기 때문에 당황할 수밖에 없었던 거야."

내 머리 위에서 그의 목소리가 더운 콧김에 묻혀 들려오고 있었다. 나는 그의 품을 벗어날 것인가 말 것인가를 생각하며 엉거주춤한 자세로 한동안 그대로 서있었다. 그러나 뒤늦게나마 그의 품에서 벗어나야 한다고 생각하는 순간, 그의 팔에 힘이 가해지며 나를 이부자리 위에 쓰러뜨렸다.

실로 순간적인 일이었다. 나는 싸늘하게 식어 있는 내 몸 위에 엄청난 무게로 실려 있는 그의 몸이 숨이 막힐 듯이 답답해서 그의 가슴팍을 완강히 밀어내며 이부자리 위에 발딱 일어나 앉았다. 그리고는 또박또박한 음성으로 그에게 말했다.

"연락도 주지 않고 갑자기 찾아온 것을 자꾸만 미심쩍게 생각하고 있는 현구씨 생각이 맞아요. 나, 현구씨 보고 싶어서 찾아온 것 아니에요. 할 말이 있어서 찾아왔던 거예요."

나에게 가슴팍을 떠밀린 수치심에 떫은감이라도 씹은 듯이 멀쓱한 표정으로 앉아있던 강현구가 이번에는 몹시 불안한 눈으로 나를 건너다보았다.

"나, 임신했어요. 그래서 알려드리기라도 해얄 것 같아서 찾아왔을 뿐이에요."

끝내 참으려 했던 마지막 말이 나도 모르는 사이에 새어나오자 나를 바라보던 강현구의 시선이 풀썩 꺾이며 갈팡질팡 흔들렸고 무릎을 감싸 안았던 손끝이 가늘게 떨리고 있었다.

내가 처음으로 강현구와 만난 것은 K대학의 ROTC 축제가 있던 2년 전의 5월 어느 날이었다.

그때 강현구는 대학 3학년인 1년차 후보생이었는데 2년차 후보생인 4학년 선배들이 다분히 의식적이라 하리만큼 어깨를 뒤로 발랑 젖히고 막대기처럼 뻣뻣한 자세로 축제가 열리고 있는 교정의 잔디밭을 직각보행으로 누비고 있는 데 반하여 잔뜩 주눅이 들어 있으면서도 어딘가 흐늘거리는 자세를 버리지 못하고 있는 1년차 후보생들의 무더기 속에서 그는 금방 눈에 띨 정도로 소년처럼 해맑은 얼굴의 귀공자 모습을 하고 있었는데, 친구 영미가 강현구를 손가락으로 가리키며 저기 키가 크고 멋쟁이로 생긴 사람이 너의 파트너라고 했을 때에야 나는 비로소 강현구의 모습을 멀리서 바라볼 수 있었다.

며칠 전에 파트너로 짝이 지어진 사람들이 사전에 함께 만나는 예비 모임이 있었는데 나는 회사의 야근에 걸려 그 모임에 참석치 못했던 관계로 파트너로 정해진 강현구의 모습을 축제날의 현장에서 먼 발치로 처음 보게 된 것이었다.

"어때, 멋있지? 네 파트너만 아니었으면 당장 가로채고 싶었다니까."

영미는 정말로 당장에 가로채고 싶은 표정으로 호들갑을 떨었다. 그녀의 평소 성격대로라면 그만한 일쯤은 하고도 남을 거라고 생각하며 나는 영미에게 등을 밀려 강현구 일행이 둥그런 원을 그리며 서 있는 잔디밭의 중앙으로 주춤주춤 걸어 들어갔다.

그 동안 영미는 서울 시내 몇몇 대학의 학생들이 참여하고 있는 문학서클에 나가서 알게 된 K대학의 이정기라는 사람과 가까이 지내더니 그의 부탁으로 ROTC 축제의 파트너로 초청을 받았고, 이정기의 친구인 강현구의 파트너로서 나를 천거했던 모양이어서 나는 엉겁결에 등을 밀려 축제장에 나오긴 했지만 축제의 분위기가 자꾸만 낯설고 서먹해서 괜히 따라왔다는 후회가 들기 시작했다.

그런데 그날 나는, 무덤덤한 표정으로 시종 말 없이 축제마당의 한 구석에서 감정이 실리지 않은 미소를 입가에 띠고 앉아 있는 강현구에게서 어떤 편안함을 느끼며 신선한 충격 속에 빠져들고 말았다.

엉겁결에 등을 밀려 축제장에 나온 탓으로 옷차림도 그렇고 마음도 안정되지 않아서 바늘방석 같던 축제마당이었는데 강현구는 이 같은 내 심정을 속속들이 헤아리고 있다는 듯이 떨떠름한 내 마음을 편안하게 해주고 있었다.

그는 파트너인 나에 대해서 매너나 말솜씨가 결코 세련된 것은 아니었다. 오히려 서툴고 더듬거리는 편이었다. 그러나 서툴고 더듬거리는 그에게서 나는 삶의 진솔함과 편안함을 느끼고 있었던 것이다.

스케줄에 따라 축제는 무르익어 갔고 조명이 비춰지는 무대 위에서는 파트너끼리 춤을 추는 순서가 시작되고 있었다. 그러자 질서와 규율의 사슬을 풀고 무대 위로 뛰어오른 후보생들이 광란의 춤판을 벌이기 시작했다. 막대기처럼 뻣뻣하던 후보생들의 몸이 문어발처럼 유연하게 흐느적거리고, 도도한 척 새침을 떨던 여성 파트너들이 내숭스런 가면을 벗고 함께 어우러져 어지러운 춤판을 벌이기 시작했던 것이다. 강현구가 이런 혼란의 와중에서 슬그머니 나를 데리고 축제마당을 벗어난 것은 이때였다.

처음에 그가 자리에서 벌떡 일어서며 '우리 나갑시다'했을 때 나는 당연히 무대 위의 춤판을 생각했기 때문에 다소 의외라는 생각에 멈칫거렸던 것이 사실이었지만 그가 성큼성큼 무대와는 반대쪽의 어둠 속으로 걸어 들어가는 것을 보고 나는 자석에 끌려가는 가벼운 쇠붙이처럼 자리에서 발딱 몸을 일으켜 그의 뒤를 따르지 않을 수 없었다.

그날 밤 축제마당을 빠져나온 강현구는 교문 앞 중화요릿집에서 자장면 두 그릇과 군만두 한 접시, 그리고 성냥불을 켜 대자 파란 불꽃을 넘실대며 타오르는 독한 배갈 한 병을 시켰다.

"군대는 개인 행동을 금한다는데 이렇게 혼자 빠져나와도 괜찮겠어요?"

강현구의 갑작스런 일탈 행위가 불안하여 내가 조심스럽게 물었지만 강현구는 보일 듯 말 듯한 웃음을 입가에 흘리며 고개를 저었다.

"괜찮겠지요, 오늘은 ……."

우리는 처음 만난 사람들인데도 거리낌 없이 마주앉아 자장면 그릇을 깨끗이 비웠다. 그런데 술 안주용으로 시킨 군만두에 손을 대지 않는 나를 보고 강현구는 붕어 눈깔 만한 하얀 사기그릇의 술잔을 내 앞에 들이밀며 한 잔만 마셔보라고 권했다. 아마도 군만두를 먹게 하려는 배려 같았다. 몇 번의 사양 끝에 나는 술잔을 집어들었다. 코끝에 스치는 냄새만으로도 독한 술인 줄 짐작하고 있었지만 워낙 앙징스럽게 작은 술잔이어서 이 정도는 괜찮겠지 했는데 목줄기를 타고 흐르는 술기운이 화끈한 통증처럼 목줄기를 훑어 내리는 바람에 나는 갑자기 눈알이 튀어나오도록 심한 기침을 쏟았다.

"독한 술이니까 처음 마실 때는 혀끝에 바르듯이 해서 넘겨야 되는 건데 ……."

그러면서 강현구는 얼마나 독한 술인가를 보여주기라도 하려는 듯 배갈 병을 기울여 재떨이에 술을 조금 따르더니 성냥을 켜서 불을 붙였다. 그러자 파르스름한 불꽃이 뱀의 혓바닥처럼 넘실대며 타오르기 시작했다. 그런데 이상스럽게도 술이 제 몸을 불살라 피워내는 불꽃이 나에게 전혀 두려움을 주지 않고 황홀한 아름다움으로 느껴지는 것이었다.

이윽고 나는 내 앞의 술잔에 남아 있던 배갈을 입안에 털어 넣고 군만두 한 개를 우적우적 씹었다. 목줄기가 따끔했지만 아까처럼 기침은 전혀 나오지 않았다. 강현구가 그런 내 모습을 건너다보며 역시 보일 듯 말 듯한 청량한 웃음을 입가에 그렸다.

그날 이후 강현구와 나는 서로에게 생활의 일부가 되었다. 그 것은 이성(異性)인 여성이나 남성으로서의 일부라기보다 빈 공간을 채우는 바람처럼 내가 가지지 못한 것을 그가 채워주고 그가 가지지 못한 것을 내가 채워주는 그런 의미로 그와 나는 서로에게 생활의 일부였던 것이다.

그는 내가 가지지 못한 것을 너무나 많이 가지고 있었다. 그는 누워서 뒹굴며 책을 읽고 잠을 잘 수 있는 자기만의 방을 가지고 있었고, 그 방에는 시내버스 정류장까지의 가파른 언덕길을 오르내리지 않아도 누구와 언제든지 통화할 수 있는 전화가 있었다. 그리고 그는 빗물이 스며들지 않는 베이지색 바바리코트가 있었고, 단추만 누르면 절로 펴지는 자동우산이 있었다.

그뿐만이 아니었다. 그에게는 외과의사인 아버지와 산부인과 의사인 어머니가 있었고 교양 있고 격조 높은 가정과 저택이 있었다.

그러나 그에게도 없는 것이 있었다. 세상을 너그럽게 포용하는 넓은 가슴이 없었고 미래를 향한 강인한 도전의 꿈이 없었다. 그는 언제나 폐쇄된 자신의 울타리 속에서 자기 멋대로 살아가는 사람이었다. 그가 남에게 간섭하는 일도 없었지만 남한테서 간섭

받는 것을 그는 너무나 싫어했다. 부모님은 그가 의사나 은행가가 되기를 원했지만 그는 국문과를 택했다. 그는 사람들이 모여서 와 자지껄 떠들거나 패거리를 지어 활보하는 것을 기피했다. 그의 친구 이정기나 나의 친구 영미가 관여하고 있는 문학서클에도 그는 전혀 발을 들여놓지 않은 채 언제나 혼자였다.

이 같은 그의 성격은 나의 성격과 일치하는 바가 많았다. 극단적으로 서로 다른 환경에서 살아가면서 성격이 일치한다는 것은 이상한 일이었다.

그런데 나는 그 즈음 퍽 고통스런 삶을 살아가고 있었다. 아마도 내 생애를 통하여 가장 힘들었던 시절이 아니었나 생각될 만큼 곤혹스런 시간들이었다.

집안의 오빠가 무슨 사업을 한답시고 고향 땅 강화도의 전답을 거덜내고 빚쟁이에 쫓겨 종적을 감추는 바람에 집안이 풍비박산이 되고, 홧김에 집을 나온 홀어머니는 강화 읍의 자그마한 전세방에서 광주리에 생선을 담아 이고 다니며 파는 행상으로 연명하고, 결혼에 실패한 언니마저 친정 집에 기어들어 왔다가 집안이 그 꼴이니 갈 곳을 잃고 이 집 저 집 떠돌아다니는 판국이니 내 생활에도 변화가 없을 리 없었다.

나는 다니던 학교를 포기할까 했지만 마침 건설회사의 타이피스트로 채용이 되는 바람에 S대학의 야간부로 학적을 옮기고 남산 밑 회현동의 지하 셋방을 얻어 자취를 하는 신세가 되었다.

그런데 다행히도 건설회사가 호황을 누리는 바람에 회사의 월급으로 학비와 생활비는 겨우 꾸려나갈 수 있었지만 가족들이 뿔뿔이 흩어져 서로가 연락조차 어려운 상황에 처한 것은 견딜 수 없는 괴로움이었다.

그래도 내가 직장을 가지고 있는 관계로 연락처의 구실은 톡톡히 하고 있었다. 멀리 강화도에서, 밥은 제때 먹고 사느냐고, 전생에 무슨 죄가 많아서 우리 집안이 이런 꼴을 당해야 옳으냐고 울음부터 앞세우는 어머니의 전화로부터, 너만 편안하면 장땡이냐고, 내 취직자리도 좀 알아봐 달라고 보채는 언니의 주책없는 악다구니도 이따금 걸려오고, 지금은 경상도 어디에 숨어살고 있지만 빚쟁이들의 성화만 없으면 곧 나가서 재기할 테니 두고보라고 여전히 허풍을 버리지 못하고 있는 오빠의 전화도 심심찮게 걸려왔다.

그러나 내 책상 위의 전화기에서 울려나오는 가족들의 사연들은 이처럼 한결같이 나를 우울하게 하고 있는 사연들뿐이었다.

그리하여 마땅히 찾아갈 고향의 집도 없고 가족도 없는 나는 직장과 학교와 자취방의 삼각 구도로 짜여진 생활 영역 내에서 기계처럼 움직이며 살아갈 수밖에 없었다. 그런데 이처럼 단조로운 내 생활 속에 강현구가 뛰어들었고 강현구의 출현으로 내 생활은 사각구도로 바뀌고 말았다. 그리고 날마다 되풀이되던 규칙적인 삼각구도의 생활에 비하여 강현구가 만들어 내고 있는 사각구도는 그 꼭지점이 예상할 수 없는 지점에 찍히는 바람에 그것이 정사각형이 되기도 하고 사다리꼴, 혹은 마름모꼴이 되기도 했다. 심지어 기존의 삼각구도에서 꼭지점 하나를 임의로 제거해 버리고 강현구 자신이 그 꼭지점의 대행 역할을 하기 때문에 기묘한 역삼각형의 구도를 이룰 때도 있었다. 이를테면 퇴근 무렵에 회사 근처의 다방에서 나를 불러내어 영화관에 가거나 교외로 빠지는 바람에 학교의 강의를 빼먹는 경우가 종종 있었던 것이다.

그런데 강현구가 회사 근처에 나타나면서부터 이 같은 소문이

회사에 퍼져 돌고 특히 나의 직속 상사인 김달중 과장의 심기를 자못 불편하게 뒤흔들어 놓는 계기가 되었다. 김달중 과장, 결론부터 말해서 지금의 내 남편이 된 김달중 과장은 그때 이미 나를 '시악시'로 점 찍어 놓고 요모조모 내 신상에 관한 조사를 진행시키고 있었던 모양이었다. 남쪽이 고향인 김달중 과장은 그 흔한 '와이프'니 '아내'니 혹은 '부인'이니를 제쳐두고 한사코 '시악시'라는 호칭만을 고집하는 나이 지긋한 서른 셋의 노총각이었는데, 하필이면 내가 왜 그의 '시악시'가 되었는지 지금까지도 불가사의한 일이 아닐 수 없지만 엄연한 사실은 사실이다.

어쨌거나 강현구가 회사 근처에 얼씬거리고 나서부터 김달중 과장의 태도가 달라진 것은 사실이었다. 때로는 윽박지르는 시선으로, 때로는 간절한 호소의 눈빛으로 내 일거수일투족을 주시하며 나를 조여오기 시작했던 것이다.

처음에는 나에 대한 김달중 과장의 관심이 상사로서의 아랫사람에 대한 배려쯤으로 가볍게 생각했으나 시간이 지날수록 그의 관심은 간섭이 되고 강요가 되었다. 그리고 내 신상에 관한 파악이 끝난 후에는 노골적으로 물질적인 선심공세가 시작되고 있었다. 생일이나 명절 때는 나로서는 과분한 옷이나 악세사리를 선물하고, 심지어 강화도에 계신 어머니에게까지 선물을 챙기는 바람에 나를 당혹스럽게 만들기가 일쑤였다. 따라서 김달중 과장의 이 같은 관심과 배려는 마치 그가 내 생활주변에 쳐놓은 그물처럼 나를 부담스럽게 옭조이고 있어서 강현구와의 만남도 극히 조심스럽게 이루어질 수밖에 없었다. 그런데 우습게도 나는 강현구와 김달중 과장을 통하여 남자들의 세계에도 질투가 있다는 사실을 처음으로 알게 되었다. 물론 두 사람이 직접 대면해서 서로 인사

를 나눈 적은 없지만 서로의 얼굴은 알아볼 수 있도록 먼발치에
서 보아왔던 처지인데 강현구는 김달중 과장을 '능구렁이 같은
놈'이라 불렀고 김달중 과장은 강현구를 '기생오래비 같은 놈'이
라고 부르며 서로를 미워하는 것이었다. 이처럼 상대방을 얕보며
미워할 때 두 사람의 표정은 질투와 시기로 눈에 핏발이 서 있는
것 같았고 입안 가득히 거품을 물고 있는 것 같았다. 그런데 이상
하게도 두 남자의 이 같은 질투 섞인 난폭한 언사들이 나로서는
전혀 불쾌하게 느껴지지 않고 오히려 귓가를 스치는 가벼운 농담
처럼 부담 없이 들려오는 것이었다.

어느 사이에 내가 이처럼 남자들의 틈바구니에서 느물느물한
여유와 배짱이 생겼는지 알 수 없는 노릇이었다. 그렇다고 내가
두 남자 사이에서 교활하게 이들을 이용하거나 삼각관계를 즐겼
다는 말은 전혀 아니다. 두 남자가 서로 품고 있는 질투의 질량에
비하여 내가 느끼는 상황의 심각성이 덜 해서인지 나는 물색도
모르고 두 사람 사이에서 어정쩡한 관계를 유지하며 하루하루를
보내고 있었던 것이다.

그런데 두 사람 사이에서 이 같은 라이벌 의식의 균형이 깨진
것은 강현구가 졸업과 동시에 소위로 임관되고 보병학교의 12주
교육을 마치고 전방부대 소대장으로 배치가 될 무렵이었다.

그 즈음 강현구는 심한 우울증에 빠져있었는데, 그가 ROTC를
선택한 것도 부모님의 뜻이 아니었고, 국문과를 졸업한 것도 역시
부모님의 뜻이 아니어서 그 동안 대학시절 내내 부모님과의 관계
가 원만치 못했던 데다가 생소할 수밖에 없는 군대라는 조직 속
에 편입된다는 사실이 그로 하여금 막연한 불안감과 초조를 느끼
게 했던 것이다. 더구나 막연하게나마 라이벌 관계를 유지하고 있

다고 생각되는 김달중 과장 앞에 나를 남겨놓고 일단 자리를 비켜 설 수밖에 없는 그로서는 모든 것을 잃는 것 같은 강박관념을 느끼지 않을 수 없었을 것이다.

부대배치를 며칠 앞둔 어느 날 그는 나를 향해 어리광처럼 투정을 부렸다. 자기가 없으면 '능구렁이 같은 놈'이 더욱 기세 등등하여 다가설 테니 거기에 안 꺾일 장사가 어디 있겠느냐, 결국은 자기 신세가 닭 쫓던 개가 되어 목놓아 울다가 비무장지대 철조망 앞에서 장엄히 산화할 것이라는 둥, 자못 신파조의 넋두리를 늘어놓더니, 하기야 자기가 지금 할 수 있는 일이 무엇이 있겠느냐며, 미래에 대한 아무런 전망도 없이 하얀 백지 한 장 달랑 받아들고 무슨 그림을 그려야 될지도 모른 채 앉아 있는 꼴이니 매사가 두렵고 불안하다고 어깨를 축 늘어뜨렸다.

사실 이제까지 내가 본 강현구의 모습은 강인한 추진력이나 주도면밀한 계획성에 의하여 행동하는 사람은 아니었다. 따라서 그의 성격은 이성적이라기보다 감성적인 편이었고 사무적이라기보다는 예술가적인 즉흥성을 띠고 있어서 어떤 틀에 갇히기 싫어하는 일탈된 성격의 소유자였다.

이 같은 강현구에 대하여 이제까지 내가 품어왔던 감정은 너무나 단순했다. 생활에 대하여 아등바등 기를 쓰거나 기계적인 틀 속에 자신을 가두지 않으려는 그의 성격과 의도적으로 꾸미거나 형식에 얽매이지 않으려는 천진스런 그의 언행이 상대적으로 각박한 내 환경과 대비되면서 신선하게 느껴진다는 것과 만나면 마음이 편안해진다는 그것뿐이었다. 그와의 장래를 설계해 본다거나 남자로서의 그를 원했던 적은 없었다. 강현구 역시 나에게 좋아한다는 말 한 마디 건넨 적이 없었다.

그런데 일반 사회와는 다른, 군대라는 새로운 환경에 편입되려는 순간에 그는 허둥거리며 어리광 같은 투정을 넋두리에 담아 쏟아 놓고 있었던 것이다.

갑작스런 외로움 앞에서 흔들리며 무너지는 강현구의 모습을 보는 순간, 나는 그를 사랑하고 싶다는 생각을 했다.

그날 밤 우리는 외박을 했다.

30여 년만에 소통된 내 전화에 대한 응답으로 강현구의 전화가 걸려온 것은 그로부터 이틀 후였다.

그날은 마침 소나기가 거쳐간 유월의 하늘이 유리알처럼 청명하게 빛나고 있는 토요일이었다.

"북악 스카이웨이의 팔각정에서 오후 6시에 만납시다."

핸드폰에서 울려나온 강현구의 목소리가 오래도록 방안 가득히 떠돌고 있었다. 약속시간까지는 7시간의 여유가 있었다.

나는 며칠 동안 밀렸던 빨래감을 찾아 허둥대며 세탁기에 쓸어 담고 세탁기를 가동시켰다. 그리고는 진공청소기로 방안의 구석구석을 청소하기 시작했다. 낡은 진공청소기의 털털거리는 소음이 강할수록 방안의 구석구석에 쌓여있던 먼지와 세균들이 서로 머리를 부딪히며 빨려드는 것 같아 마음이 후련해 왔다.

나는 한 시간 가까이나 땀을 뻘뻘 흘리며 안방과 거실과 다용도실의 구석구석까지 진공청소기의 빨대를 들이대며 쏘다녔다.

그런데 낡은 진공청소기의 소음이 귀에 익은 소리 하나를 머리 속에 불러들이고 있었다. 중서부전선 가까이에 있는 Y읍의 병촌에서 강현구를 마지막으로 만나고 서울로 돌아오던 새벽 버스의 덜컹거리던 소음이었다. 그리고 나의 임신 소식을 전해 들은 강현구가 끝내 시선을 들지 못하고 있다가 참담하게 일그러진 음성으로 더듬거리던 말이 그 소음 속에 묻혀서 들려오고 있었다.

"애기를 가졌다니 그럼 어쩌자는 거야. 나보고 지금 어쩌라는 말이냐고. 어떻게든 자신이 해결했어야 할 일이잖아, 그것은 ……."

강현구와 헤어져 수림(樹林)의 바다 같은 Y읍을 빠져 나오는 새벽 버스 속에서 나는 굳게 입을 앙 다물었다. 그러나 결코 눈물을 흘리지는 않았다.

그 동안에 세탁기의 전원도 꺼져 있었다. 나는 빈 소쿠리에 세탁된 옷가지들을 가득 담아 들고 옥상으로 올라갔다. 소나기 뒤끝의 햇살이 화살처럼 따갑게 정수리에 내리꽂히고 있었다. 나는 천천히 세탁된 옷가지들을 건조대에 널었다. 건조대 두 개가 빽빽하게 찰 만큼 세탁물이 많았다.

싱싱한 이파리를 무성하게 매달고 있는 감나무 가지 하나가 옥상 근처까지 뻗어 올라와 있었다. 놀랄 만한 생명력이었다.

나는 갑자기 시장기를 느꼈다. 방안의 벽시계가 12시 30분을 가리키고 있었다. 나는 큼지막한 뚝배기에 아침에 먹다 남긴 찬밥과 밥통에 남은 밥을 긁어 담고 냉장고에서 열무김치와 나물을 꺼내어 한데 쓸어 넣은 후에 고추장과 참기름을 듬뿍 퍼 넣고 비벼서 볼이 메어져라 먹기 시작했다. 남편이 부산으로 이틀간의 출장을 떠난 후 처음으로 솟구치는 왕성한 식욕이었다. 뚝배기에 가득한 밥을 거덜내고서야 나는 식식거리며 소파에 비스듬히 누웠다. 포만감에 스르르 눈이 감겨왔다. 나는 기분 좋은 오수에 빠지며 지내온 내 삶의 흔적들이 너울너울 눈앞을 스치며 흘러가고 있는 모습을 몽롱한 의식 속에서 더듬고 있었다.

Y읍에서 돌아온 나는 이튿날 곧장 변두리의 허술한 병원을 찾아가 뱃속의 생명을 지워버렸다. 그리고 직장에 사표를 냈다. 몸을 회복하기 위해서는 휴식이 필요해서였다. 누구에게도 이런 사실을 알릴 수도 없는 나는 외롭고 슬펐다. 그러나 혼자서 이겨내야 할 혼자만의 아픔이었다. 그러나 강현구를 원망하지는 않았다. 그가 감당하기에는 너무나 무거운 짐이었다는 생각이었다.

그런데 회사에 사표를 내고 자취방에 칩거한 지 며칠만에 김달중 과장의 집요한 추적이 결국 나를 찾아냈고 나는 다시 회사에 나갈 수밖에 없었다. 그 동안 의외로 몸의 회복이 빨랐고 살아가기 위해서는 돈이 필요했기 때문이었다. 다행인지 불행인지 내 사표는 수리되지 않은 채 김달중 과장의 손에서 병가(病暇)로 처리되어 있었다.

그런데 내가 사표를 내고 잠적했던 사건은 나를 자신의 '시악시'로 만들겠다는 김달중 과장의 집념에 더욱 불을 붙인 결과가 되었고, 그의 끈질긴 설득과 구애작전은 가속도가 붙어, 이에 지쳐버린 나는 그만 손을 들고 말았다.

내가 복직한 후 실로 여섯 달 열 이틀, 즉 195일 만의 일이었다. 내가 여기에서 세세한 날짜까지 헤아려 따지는 것은 내가 계산한 것이 아니라 나중에 결혼에 성공한 남편, 김달중 과장이 그 기간 동안 나에게 혼신의 정성을 쏟았던 우여곡절이 너무나 한이 맺혀서 푸념 삼아 들려준 이야기 속의 계산된 날짜일 뿐이다.

그런데 그의 저돌적인 추진력에 굴복해 버린 내가 나긋나긋하고 감미롭게 신혼생활을 보낼 리가 없었다. 그러자 남편은 이미 자신의 '시악시'가 된 나에게 폭언을 퍼부은 적도 많았다. 니가 시집은 나한테 왔지만 맴은 아직도 강현구 그놈, 기생오래비 같은 놈에게 있는 모양이니 지금이라도 당장 그놈 찾아가라고 고래고래 소리를 지르며 눈을 부라렸던 것이다. 그러나 나는 그의 폭언에 맞대응하지 않았다. 심통이 나서 괜히 허세를 부려보는 그에게 맞대응할 필요를 느끼지 않아서였다.

남편은 근본적으로 착한 사람이었다. 그리고 성실했다. 장모님을 모셔다가 돌아가시기 전까지 함께 지냈고, 처남인 내 오빠의 사업자금도 보조했고, 처형인 내 언니의 재가를 주선하여 새 가정을 꾸미도록 하는 등 뿔뿔이 흩어져 있던 내 가족의 훼손된 상처를 아물게 한 것도 남편이었다. 그리고 내가 그 동안 남몰래 눈뜬 짐승 하나를 가슴속에 키우며 살아오고 있다는 사실을 알면서도 모른 체 눈감아 주고 있는 남편인 것이다.

내가 어렴풋이 잠에서 깨어난 것은 오후 다섯 시도 훨씬 넘은 시간이었다. 창문을 통하여 비스듬히 비쳐든 햇살이 거실의 탁자 위에 보자기 만하게 걸려 있었다. 나는 다시 눈을 감았다. 또다시 잠이 쏟아지고 있었다. 나는 평온한 마음으로 다시 잠 속에 떨어졌다.

내가 옆에 놓인 핸드폰 소리에 다시 눈을 떴을 때는 여섯 시 십분이었다. 그것은 틀림없이 강현구가 보내온 전화려니 생각되었지만 나는 빨간 불빛을 튕기며 불에 덴 아이처럼 울어대는 핸드폰에 손을 뻗지 않았다.

얼마 동안 자지러지게 울어대던 핸드폰 소리가 딱 멈췄다. 아마도 지금쯤 강현구는 '고객이 전화를 받을 수 없어 음성사서함으로 연결해 드리겠습니다. 음성사서함으로 연결되면 통화료가 부과되오니 원하지 않으시면 …….' 하는 투명한 여성안내양의 메시지를 듣고 있을 것이다.

나는 소파에서 몸을 일으켜 이층 계단을 통해 옥상으로 올라갔다. 잘 건조된 세탁물들이 갓 세수를 마친 말간 얼굴의 아이들처럼 건조대 위에서 대롱대롱 매달려 바람과 함께 놀고 있었다. 나는 세탁물들을 걷어서 소쿠리에 담았다. 서녘 하늘이 노을에 물들기 시작하고 있었다. 갑자기 콧날이 시큰하게 아려왔다. 그러나 역시 강현구를 만나지 않은 것은 잘했다는 생각이 들었다.

(『리토피아』, 2001년 가을호)

아버지의 肖像

-부주전상서-

아버님, 요 며칠 새로 추위가 사뭇 예리한 칼날 같습니다.

어쩌면 이렇게 사위(四圍)가 탱탱하게 얼어버렸는지 길바닥과 강물은 말할 것도 없고 황차 사람들의 발걸음마저도 얼어붙은 듯, 초저녁부터 오가는 행인들의 모습도 보이지 않는 음산한 거리가 되어 버렸습니다.

이처럼 추위에 몸을 움추리니 마음마저 을씨년스럽고 삭막해서 늦은 밤 이불을 둘러쓴 채 배를 깔고 엎드려 있는 제 모습이 동면을 앞둔 곰처럼 처량해 보입니다.

그러나 아버님은 이 같은 제 모습을 보시고 끌끌끌 혀를 차시며 못마땅해하시겠지요. 이따위 추위가 무슨 추위냐고, 옛날에는 방안에 놓인 자리끼가 얼어붙고 잉크에도 살얼음이 버석거려서 그걸 가슴에 품어서 녹이며 글씨를 쓰고 공부를 할 만큼 추위가 대단했었다고 말입니다.

그런데 아버님, 신문에서도 이십 몇 년만의 추위니, 살인적인 혹한이니를 호들갑스럽게 떠벌리는 걸 보면 뼈마디가 똑똑 소리가 나도록 오그라드는 이 추위가 괜한 제 엄살만은 아니라는 생각이 듭니다. 특히 제가 자취생활을 하는 이 방의 구조가 삼면이 온통 아귀가 맞지 않는 창문뿐이니 용빼는 재주가 있을 리 없겠지요.

오늘 아침에는 물 묻은 행주로 밥상을 훔치고 나니 그 물기가 순식간에 그대로 얼어붙어서 얇은 얼음이 상위에 깔려 버리는 것이었습니다. 이걸 보며 저는 퍼뜩 부끄러운 기억 하나를 떠올렸습니다.

그러니까 그게 아마 제가 중학교 이 학년 때였지요. 아버님께서 교감으로 계셨던 S읍의 그 중학교 말입니다.

그 해의 겨울도 퍽이나 추웠던 것 같습니다. 마침 점심시간이 돼서 학교에서 집으로 통하는 밭둑길을 성큼성큼 앞서 걸어가시는 아버님의 귓부리가 벌겋게 얼었고, 저는 또 아버님이 피우시는 매캐한 담배 연기가 조금은 코끝에 알싸하게 맡아지는 그런 거리를 두고 조그맣게 웅크리고 아버지의 뒤를 따라 집에 도착했었습니다.

아버님, 그 S읍에서의 고생스럽던 생활이 조금은 기억나십니까? 교감사택 하나도 갖춰 있지 않았던 탓으로 남의 집 전세방에서, 그것도 부엌을 주인집과 함께 사용하던 궁색스럽도록 좁아터진 집.

그런데 그 추위 속에서도 아버님께서 항상 우습다고 놀려대시던 인도 사람들의 터번 같은 수건을 머리에 싸매시고 어머님은 점심을 차려 들고 들어오셨습니다.

그런데 제가 왜 그때 그랬던지는 지금 기억에 확실치 않습니다. 김장독에서 방금 끄집어 낸 김치는 얼음이 서걱거렸고 성급히 점심시간에 대느라고 뜸이 덜 든 질퍽한 밥 때문이었는지, 아니면 아버님의 밥그릇 바로 옆에 나란히 놓여 있어서 그때의 제 눈에는 꼭 아버님 혼자만의 전유물처럼 느껴지는, 알이 통통하게 밴 굴비 때문이었는지도 모르겠습니다만 저는 잔뜩 심통이 나서 반찬이 뭐 이러냐면서 내 밥그릇을 조금 밀었던 것 같습니다. 그런데 밥그릇은 공교롭게도 반들반들하게 얼어버린 상을 타고 쪼르르 미끄러지더니 순간적으로 방바닥으로 곤두박질을 쳐버렸잖습니까. 저는 의외의 상황에 당황해서 어어 소리만 하고 있는데 그때 제 뺨에 화끈한 아픔이 왔습니다. 아버님께서 제 뺨을 후려갈기신 거예요. 그리고는 쬐꼬만 놈이 버르장머리가 없다셨던가, 조심성이 없이 어른 앞에서 방정을 떤다셨던가, 아무튼 그런 투의 격앙된 호통과 함께 저를 무섭게 노려보셨습니다. 저는 그 노기에 찬 아버님의 시선 앞에서 눈앞이 노래지는 걸 느꼈습니다. 저는 그때까지만 해도 아버님의 그런 눈초리나 하찮은 손찌검 하나도 당해본 적이 없었으니까 얼얼한 아픔과 함께 주체할 수 없는 설움이 한꺼번에 제 눈두덩이 위에 쏟아져 화끈거리는 경련을 일으켰습니다. 이윽고는 팽창된 설움이 일시에 눈물로 모여서 후루룩 상이 패일 듯이 떨어졌습니다. 또 무어라 호통을 치시는 아버님의 말씀을 듣지도 못한 채 저는 손등이 갈라져라고 불어대는 매운 바람을 안고 머리 속이 떵하도록 단숨에 밭둑길을 달려서 학교 변소 속에 들어가 점심시간 내내 눈이 통통 붓도록 울었습니다. 그런데 일은 또 공교롭게도 그 날 오후의 첫 시간이 아버님이 맡으셨던 반공도덕 과목이었습니다.

저는 안절부절 몸이 달았습니다. 아버님의 수업이 시작되자 저는 앞좌석의 친구 등에 얼굴을 가리고 그 지루하고 피를 말리는 듯한 시간의 더딤을 저주하며 누에가 갉아먹는 뽕잎을 바라보듯이 그렇게 시간의 흐름을 안타깝게 지켜보고 있었습니다.

그 사십 분의 수업시간 동안을 아버님의 시선도 갈피를 못 잡고 허둥대시는 것 같았습니다. 평소에 그렇게 정갈하게 쓰시던 판서도 자꾸만 오자가 생기는 바람에 그런 하찮은 실수만을 꼬집고 물고 늘어져서 선생을 곯려주기 좋아하는 개구쟁이 패거리들한테 유들유들한 빈정거림도 아버님은 몇 차렌가 받으셨습니다.

그런데 아버님, 저는 그 날 밤 어떻게 우연히도, 아버님과의 사이에 껄끄름한 틈새가 될 뻔했던 그 사건이 손쉽게 화해의 방향으로 해결이 되는 바람에 얼마나 기뻤는지 모릅니다.

그 날 밤 아버님은 약간의 술을 드셨지요. 또 그런 날이면 언제나 그러셨듯이 대문 앞에서부터 예의 그 '아침에 우는 새는 배가 고파서 울고요……'를 나지막이 흥얼대시면서 방에 들어오셨구요. 그리고 조금은 불규칙한 걸음으로 비틀거리면서 제가 머리까지 뒤집어쓴 이불자락 끝에 철퍽 앉으셨어요. 그때 저는 가슴이 할딱거리고 숨이 가빠서 죽을 지경이었지만 자는 척 누워만 있었습니다.

그때 아버님께서는 이 자식은 벌써 자나? 어쩌고 하시면서 무언가 제 머리맡에 철퍼덕 소리가 나도록 던지셨어요. 그때가 이미 자정이 가까운 시간인데도 벌써 자느냐고 하신 것은 공연히 내게 말이라도 걸어보고 싶어서 저러신다고 저는 어둡고 답답한 이불 속에서 입을 한 번 비쭉거리고는 방금 아버님께서 내 머리맡에 던지신 물건이 무언지 알고 싶어서 머리가 금방이라도 이불 밖으로 기어나가려는 것을 저는 질끈 눈을 감고 참았습니다.

이윽고는 어머님께서 이건 연필이 아니냐고, 웬 연필을 이렇게 많이 사오셨느냐니까 아버님께서는 가벼운 트림 끝에 허허 웃으시면서 요즘 세상이 참 좋기는 좋은 세상이라고 얼토당토않은 무슨 뚱딴지같은 대꾸를 하시고 계셨습니다.

그런데 그 연필은 아버님께서 손수 사신 게 아니라 학교 근처에 문방구점을 새로 냈다는 누군가가 개업기념 선물로 가져왔다는 것을 며칠이 지난 후에서야 알았습니다만 아버님께서는 그 색깔이 곱고 미끈한 연필을 보시고 문득 물자가 귀하고 째지게 가난하던 아버님의 어린 시절을 생각하시면서 세상이 어떻고 하셨던 것입니다.

그 날 밤 아버님은 졸려서 죽겠다고 짜증을 내시는 어머님을 기어이 붙들어 앉히시고는 밤늦도록 이기죽이기죽 말씀을 늘어놓으셨습니다. 그러니까 아버님의 할아버님과 아버님, 즉 제게는 증조부와 조부가 되시는 어른들의 그 완고하신 성품과 지독하리만큼 검소하셨던 생활의 한 단면을 말입니다.

아버지의 말씀을 빌린다면 그분들의 이런 성품과 생활태도는 체질적으로 그렇게 굳어진 것이었다는 것이었습니다. 그 날 밤 제가 이불 속에서 눈을 끔뻑이며 열심히 경청하다가 급기야는 더는 참을 수 없어서 히히대고 웃어버린 까닭에 우습게 끝나버린 아버님과의 냉전도 결국은 그때 말씀하신 그 '팽이 같은 연필' 때문이 아닙니까.

아버님께서 심상소학교(尋常小學校)에 다니실 때니까 일제시대였지요. 그때는 정말 집안이 째지게 가난하고 물자도 궁해서 요즘처럼 흔전만전 물건이 넘쳐날 때가 아니었을 테지요. 그런 속에서도 유난히 아버님은 궁색스러운 학교생활을 하셨던 모양입니다.

붓글씨용 습자 종이는 언제나 누에가 알을 깠거나 누에의 유충이 오줌을 싼 누런 신문지가 고작이었고 그것도 처음에는 묽은 먹글씨로 썼다가 나중에는 그 위에 좀더 진한 먹글씨로 덧칠을 해서 글씨의 획이 잘 구분되지 않을 만큼 연습을 해야만 또 다른 신문지가 아버님한테 주어지는 것이었고, 제가 히히대지 않고는 못 배길 만큼 우스웠던 그 연필 이야기는 지금까지도 가끔 때와 장소를 가리지 않고 저를 미치광이처럼 웃어대게 만듭니다.

그때 아버님은 단 한 자루의 연필, 그것도 손으로 쥐어지지 않을 때까지 쓰고 나서 그 완고하시던 어른들께 조마조마 꺼 내보이면 며칠은 더 쓸 수 있잖으냐고 일언지하에 물리치시고 또 며칠이 지난 후에 그걸 또 보여드리면 이번에는 붓깍지까지 손수 내주시며 거기에 끼워서 쓰라는 지시를 내렸다니 정말 학교 전체에서 언제나 우등을 하셨다는 아버님의 체통과 자존심이 말이 아니셨겠습니다.

아버님, 그걸 아버님은 '팽이 같은 연필'이라고 표현하셨습니다. 어떤 때 아버님은 그 '팽이 같은 연필'을 끼운 붓깍지가 쪼개지면 그걸 또 실로 총총 묶어 매고 일부러 보란 듯이 그 분들 앞에서 공부를 하셨다니 그 아버님의 오기도 무섭습니다.

또 언젠가는 중요한 시험을 치르기 직전에 예의 그 '팽이 같은 연필'이 부러져 버리는 수난을 겪으셨습니다. 그런데 연필을 다시 깎을 시간적인 여유도 없었거니와 그 몽당연필은 더 깎으려도 깎을 수가 없도록 이미 생명이 다했었습니다. 그런 황당한 상황 속에서도 아버님은 뒤에 앉은 일본인 학생에게 연필을 빌어 쓰는 대신에 시험지를 보여주기로 은밀한 약속을 하셨습니다. 그런데 어디 갈 적 마음 다르고 갔다 올 적 마음 다르다는 식으로 아버님은 막상 시험지를 받고 나니 그까짓 여러 자루의 연필 중에서 하나쯤 빌려주는 것이 뭐 그리 대단한 일이냐고 생각하셨음인지 뒤에서 시험지를 보여달라고 연신 쿡쿡 찔러대며 보채는 성화에도 못 들은 척 대꾸도 않으셨습니다. 그러자 사전의 약속과 틀림에 머리끝까지 화가 치민 일본인 학생이 가만히 있었겠습니까. 그 학생은 다짜고짜로 아버님의 등줄기를 모질게 후려 팼던 것입니다.

저는 여기에서 더 이상 듣지 못하고 이불 속에서 그만 히히대고 웃어버렸던 것입니다. 그러니까 아버님께서는 이 자식이 자는 줄 알았더니 능청을 떨었다면서 이불자락을 홱 젖히는 바람에 아버님과 저 사이에 벌어졌던 그 날 낮의 사건은 흐지부지 화해를 본 셈이 됐었습니다.

시험이 끝난 후에 아버님과 그 학생은 물론 교무실에 불려갔고 자초지종을 설명하다 보니 예의 그 몽당연필이 또 화제로서 등장하여 얼굴이 벌개지도록 망신을 당했다는 얘기였습니다.

그런데 아버님, 그건 엄밀한 의미에서 하나의 약속위반, 즉 배신이라고 할 수 있잖습니까. 그러나 상대가 일본인 학생이었다는 데서 오는 경쟁의식 때문에 더욱 시험지를 보여주기 싫었었다는 아버님의 말씀은 제게도 충분히 수긍은 갑니다. 그러나 어쨌든 썩 유쾌한 이야기는 아닙니다만 꼬장꼬장 따지기 좋아하시던 아버지의 성격에 걸맞는 호쾌한 배신임에는 틀림없을 것 같습니다. 그런데 아버님은 이처럼 타협을 모르는 외곬의 성격 때문에 가끔 아슬아슬한 변을 당할 뻔도 하셨잖습니까.

그건 육이오 때였습니다. 저는 좀 지각이 덜 트였던 국민학교 이 학년 때였으므로 무슨 주의(主義)니 이데올로기니 하는 것들을 생판 몰랐었습니다만 노동자 계급의 해방이라느니 토지의 무상 분배라느니 하는 생경한 용어들 앞에서 아버님은 무척이나 흥분해서 노기를 띠며 화를 벌컥벌컥 내셨습니다.

우리 논을 부쳐먹던 소작인들에게 하루아침에 기름진 논밭이 몇 뙈기씩 무더기로 넘어가 버렸고 이를 기화로 소작인들의 태도도 일순에 변해 버렸잖습니까. 아버님의 그림자만 얼씬거려도 너부죽이 절을 올리고 몸을 사리던 그들이 이젠 뒷짐을 진 채 헛기침을 부산히 늘어놓으며 아버님의 시선을 외면해 버리는 것이었습니다.

그때부터 아버님은 한 마리의 발가벗은 산짐승이었습니다. 안채 마루의 기둥에 기대어, 밑에는 짧은 삼베 바지 하나를 걸치시고 위에는 양쪽 겨드랑이가 모두 드러나는 모시 적삼 차림으로 그렇게 밤낮으로 웅크리고 기대어 앉으셔서는 산짐승의 포효 같은 갈라진 목소리로 누구에겐지도 모르게 사정없이 욕설을 퍼붓고 계셨지요. 이놈의 세상이 얼마나 가나 보자, 꼭 뒤집어질 텐데…… . 그리고는 제가 어쩌다가 소년단 모임에서 배운 '장백산 줄기줄기'니 '김일성 장군' 어쩌구 하는 군가풍의 노래를 입에 올리면 제 귀청이 찢어져라고 소리를 빽 질러서 당장에 제지시키셨습니다. 그때 아버님의 고함소리가 어찌나 매섭고 날카로왔는지 저는 그만 오줌을 질금 싸버리고 사지가 굳어서 그 자리에 못 박힌 듯 서버리곤 했었습니다.

또 서울에서 대학을 다니다가 전쟁통에 쫓겨 내려온 삼촌을 불러내어 무슨 청년단에 가입시키려는 마을 청년들을 향하여 고래고래 고함을 치시며 네놈들이나 가입하지 왜 공연한 남까지 끌어들이려고 하느냐고 뒤통수에 오물 바가지라도 끼얹을 듯이 닦달을 해댔으니 그들이 말하는 소위 악질지주 명단에 아버님의 이름이 오르내렸을 것은 뻔하지 않습니까. 삼촌은 이럴 때마다 형님 때문에 잘못하면 집안이 몰살을 당한다고 길길이 뛰며 정녕 저러시면 내가 먼저 죽어버리겠다고 밧줄을 찾아 들고 뒷산으로 기어 오르고, 할머님은 그걸 또 말리신다고 치맛자락이 정강이까지 풀려 내려가는 줄도 모르고 하루에도 몇 차례씩 허덕허덕 산을 오르셨잖습니까.

삼촌의 말에 의하면 세상이 지금 어떻게 돌아가는데 저러시는지 모르겠다는 거였어요. 그리고는 허무한 개죽음을 당한다느니, 집안 전체가 쑥밭이 된다느니, 삼촌의 억양이나 표정은 무한한 공포감을 불러 일으켰습니다. 그러나 그때의 저는 삼촌의 말이 풍기는 공포감의 실체가 실감 있게 느껴지지는 않았고, 밤낮으로 마루 끝에 쪼그리고 앉아서 고래고래 고함을 치시는 아버님을, 죄송스럽습니다만 꼭 벌거벗은 산짐승 같다고 생각하고 있었고 그런 아버님이 두려워서 슬슬 자리를 피해 뒷산의 노송 그늘에 혼자 누워 B29의 느릿한 꽁무니에서 길게 내뿜는 하얀 비행운(飛行雲)을 무료히 바라보거나, 아니면 아스라이 높은 나뭇가지 끝에 매달린 새 둥우리를 들쑤셔서 입이 노란 산새 새끼를 꺼내들고 놈의 주둥이 속에 억지로 침을 그득히 뱉아 넣어 놈이 눈알을 디룩대며 꼴깍 소리가 나도록 그걸 삼키는 꼴을 그렇게 좋아하며 지켜보다가 그것도 시들해지면 놈의 깃털을 하나씩 잡아 뽑아 빨간 살덩이만 남겨 놓고는 고통에 못 이겨 균형을 잃고 뒤뚱거리는 놈을 회초리로 찰싹찰싹 매질하는 재미로 그 후끈거리는 여름을 보내고 있었습니다.

그러던 어느 날 아버님의 말씀대로 세상이 뒤집혀 버렸습니다. 그 날 아버님은 어디에 숨겨 놓으셨던지 꼬깃꼬깃한 태극기를 조심스럽게 꺼내 들고 때마침 석양이 그려놓은, 멋대가리 없이 기다란 그림자를 뒤로 이끌고 마당 한복판에서 장대 끝에 그걸 매달

고 계셨습니다. 그런데 이때 아버지의 눈에서 이글거리는 광채가
두려워서 저는 얼른 그 자리를 피하여 동구 앞 느티나무 밑으로
달려가 흡사 까마귀 떼처럼 까맣게 하늘을 뒤덮고 북으로 멀어져
가는 B29의 편대를 턱짓으로 헤아리고 있었습니다.

아버님, 주변에서는 아버님을 일컬어 고집불통의 깐깐한 양반
이라고들 합니다. 옛 말에 일원 짜리 송사(訟事)에 백 원을 버린
다는 말이 있는데 고집불통과 오기가 남달랐던 아버님의 성격에
똑 떨어지는 말 같습니다.

오 년 전에 있었던 큰 누님의 결혼 문제만 해도 그렇습니다. 약
혼을 하려는 상대방이 제아무리 세도가 떵떵 울리는 도백(道伯)의
조카이고 고시(高試) 양과(兩科)에 패스한 존재라 할지라도 돈으
로 세상만사를 해결하려는 그런 정신상태의 소유자한테 무슨 미
련을 두고 뭉기적거리겠느냐고 아버님께서는 단호히 혼담을 끊어
버리셨습니다. 상대방이 장인될 사람 앞에서 병역의무를 돈으로
해결해 버리겠다고 호언장담하는 바람에 아버님은 그따위 사위를
보고 싶지 않다고 자리를 박차고 돌아서신 것입니다.

주변에서는 그런 자리가 세상천지에 또 어디 있을까 보냐고 아
버님의 고집불통과 오기를 나무라셨지만 아버님의 그 고집(아버
님은 이걸 가리켜 무너져가는 질서를 지키는 양심의 보루라고 말
씀하실지도 모르겠지만)은 막무가내 꺾을 장사가 없었습니다.

그 날 밤 아버님은 보기 드물게 만취된 걸음으로 돌아오셔서
방문을 열자마자 안 주머니에 찔러 넣으셨던 월급봉투를 무슨 전
단을 뿌리듯이 온 방안에 홱 던지시는 바람에 식구들을 깜짝 놀
라게 하셨습니다.

그런데 전에도 이런 일이 전혀 없었던 것은 아닙니다. 항용 짜

증을 부리시는 어머니의 돈타령에 신물이 나셨던지 언젠가도 아버님은 방안 가득히 지폐 다발을 날리셨습니다.

옛다, 돈 가져라 하시면서 말입니다. 누워 있는 머리 위로 우박처럼 쏟아져 내리는 이들 중의 하나를, 그때 어린 저는 재빨리 낚아채서 손아귀에 꼬깃꼬깃 말아 쥐었습니다. 당황한 어머님이 주섬주섬 돈을 간추리며 누워 있는 우리들한테 돈을 가졌으면 빨리 내놓으라고 윽박지르셨을 때 저는 시치미를 떼고 돌이질을 해버렸습니다. 그리고는 재빨리 모로 누워 이불깃을 비집고 그 속에 돈을 쑤셔 넣어 버렸습니다. 그때는 정말 아버님의 장난끼 서린 웃음 때문에 저도 순간적으로 장난이 하고 싶었을 뿐입니다. 어머님은 우리들의 이불 밑을 일일이 들춰보시고 확인했지만 이불 깃 속에 쑤셔 박힌 돈의 행방이 탄로가 나겠습니까. 그제서야 여기 있다고 내놓기도 쑥스러워진 저는 그대로 눈을 감고 버티는 도리밖에 별 뾰족한 수가 없었습니다. 저는 가슴이 활랑거리고 숨이 가빠져서 그 날 밤엔 한 숨도 잠을 못 이루고 이튿날 아침, 일환이면 찐빵 두 개를 살 수 있었던 그 당시에 거금 십 환을 책갈피에 몰래 찔러 넣고 아침밥도 뜨는 둥 마는 둥 학교로 달렸습니다. 그리고는 친구들과 어울려서 그 날 중으로 십 환을 모두 까먹어 버리고 돌아와 시치미를 뗐던 것입니다.

그런데 큰 누님의 혼사가 깨지던 그 날 밤의 저는 십 환 한 장을 가지고 잠을 못 이루던 그때의 어린 제가 아니었기 때문에 퍽이나 세상을 달관하고 알아버린 듯한 의연한 자세로 아버님의 기분을 이해나 한다는 듯이 그저 묵묵히 지폐의 무질서한 난무 속에서 신문만을 뒤적이고 있었습니다.

아버님은 그때 무너지듯이 털썩 주저앉으시며 제까짓 놈들이

뭔데, 돈이면 세상이 다 되는 줄 아나, 고연놈 같으니라구, 버르장
머리 없이 배워먹은, 어쩌구 하시면서 그냥 담배 연기만 굴뚝 같
이 뿜으셨습니다. 그때의 아버님 모습은 기대에 대한 배신감으로
전신에 까칠한 경련을 일으키며 부들부들 떨고 있는 것처럼 보였
습니다.

아버님, 과거의 어줍잖은 일들을 들춰내서 무엇하겠습니까만
이것이 결코 단순한 우연이 아니라면 그때 만일 아버님의 오기와
단호한 용단이 없으셨던들 큰 누님은 지금쯤 부정축재자와 병역
기피자의 며느리와 아내로서 고개도 떳떳이 들지 못하고 죄인처
럼 살아갈 뻔했었습니다.

그러나 아버님, 아버님의 이 같은 오기가 때로는 만용에 가까
운 기세로 발동할 때가 있었습니다. 이것도 물론 아버님 스스로
털어놓은 무용담의 하나입니다.

그 당시 아버님께서는 결혼 전의 몸으로 혼자 어느 벽지의 소
학교 훈도 노릇을 하고 계셨습니다. 혈기방장한 이십대의 아버님
은 그때 말술을 사양치 않으시는 호주객이셨습니다.

그런데 아버님, 아마 그날 밤은 학교의 개교기념일이어서 상다
리가 휘어지도록 청국요리를 시켜 놓고 자축연을 베풀던 자리였
다고 하셨지요. 그런데 기무라라고 하는 일본인 교장은 일본인 선
생과 조선인 선생을 평소부터 사사건건 분리해서 평가하고 편을
갈라놓더니 그 날 밤의 자축연에서도 공연한 시비로 조선인 선생
들의 비위를 야금야금 긁어 놓더라는 아버님의 말씀이었습니다.
그런데 그건 참으로 철없는 애들의 터무니없는 트집 같은 시비였
습니다. 아니, 조롱이었습니다.

조선인 선생들은 정종을 마실 때 무슨 막걸리를 마셔대듯이 그

렇게 입을 크게 벌리고 꿀꺽꿀꺽 마시느냐, 입술이 잔에 닿을 듯 말 듯 살며시 붙이고 조르르 흘려 넣는 법이다. 정종 잔이 입 속에 파묻혀서 보이지를 않는다, 등등 괜한 트집을 잡으며 금테 안경 너머로 교활하게 웃더라는 것이었죠.

그런데 설령 정종 잔이 잘 보이지 않을 만큼 입을 크게 벌렸든지 잔을 먹어버렸든지 간에 꼭 조선인 선생을 지칭하며 면전에서 그런 모욕을 줘야만 할 일은 아니었습니다.

이런 판세에 그대로 눌러 계실 아버님이 또 아니잖습니까. 한참을 아니꼽게 노려보시던 아버님은, 조선은 대륙과 연결돼서 그런지 항상 기상이 높고 호협해서·눈꼽만한 정종잔으로 할짝거리는 게 도무지 생리에 안 맞는 모양이라고, 또 이것은 전래의 습관 같은 것이어서 일조일석에 고쳐지지 않는 모양이라고, 사뭇 송구스럽다는 표정으로 응수를 하셨습니다. 물론 술좌석에서 농담처럼 읊조리신 말씀이기에 망정이지 평소에 그러셨다가는 단박에 사상범 소리를 그대로 뒤집어쓰시는 판이었습니다.

그런데 아버님, 기무라 교장이 바보가 아닌 이상 아버님의 가시 돋친 말씀을 알아듣지 못할 그런 위인입니까. 그렇다고 해서 뭐 어쩌구 저쩌냐구 당장에 눈에 쌍심지를 돋우고 반박하기에도 체통에 걸렸던지 한참을 말이 없던 기무라 교장은 이윽고 고개를 주억거리며 그래요? 조선인들이 그렇게 술을 잘 하시나? 하면서 대륙인들의 술 실력을 한 번 보자고 은근히 내기를 걸더라는 거였죠.

이리하여 본의 아니게 일본인 선생 하나와 아버님이 술 마시기 시합에 들어갔습니다. 처음에는 정종 잔으로 먼저 한 편이 마시고 상대편에게 넘기면 그 편이 마신 후에 또 되돌려 상대편이 마시게 하는, 비교적 점잖은 내기였습니다. 그런데 쌍방의 술 실력이 보통이 아닌 데다가 모두 긴장했던 탓인지 어느 편에서 손을 들고 기권을 하거나 취해서 쓰러지는 기색이 전혀 보이지 않아 도무지 승부에 끝장이 날 것 같지 않았습니다. 그래서 정종 한 병씩을 가지고 입을 떼지 말고 마치 나팔을 불듯이 단숨에 먼저 마시는 편이 승리하기로 내기의 방식이 고쳐졌던 모양입니다. 쌍방의 각오는 비장했습니다. 아버님 편에서 내기에 지시는 날이면 교장을 중심으로 한 일본인 선생으로부터의 감당 못할 야유와 빈정거림을 조선인 선생들은 두고두고 감수해야 하며 좀 전에 큰소리 치셨던 대륙인의 기상이 일순간에 박살이 나는 것입니다. 또 그날 그 자리에서 최고의 권위와 절대력을 가진 교장선생의 전폭적인 지지를 받고 발탁된 상대편에서 패배하는 경우엔 교장선생의 위신은 물론이요 나아가 대일본제국의 명예를 실추시키는 숨막히는 순간이니 내기는 필사적일 수밖에 없었습니다. 어쩌면 생명까지도 걸라면 걸었을 당시의 분위기였습니다.

아버님은 이것이 피차간에 무모한 짓이라는 것을 잘 알고 계셨습니다. 그러나 그런 어처구니 없는 경쟁을 치르지 않으면 안될 필요·충분조건이 지금 암벽처럼 막아 서 있는 것입니다. 여기에 이성이고 자제고 통찰이고 체통이고 이미 의식의 저편으로 떨어져 나간 지가 오래였습니다.

아버님의 의식의 주변은 이미 외부와는 단절된 채 간헐적으로 마치 벌떼의 웅성거림처럼 아주 멀리서 전해 오는 듯한 주위의 함성만을 들을 수 있었습니다.

드디어 아버님은 무성한 원시의 넝쿨로 뒤덮인 고도(孤島)에 홀로 서 있는 나팔수처럼 목을 길게 늘이시고 나팔을 불기 시작했습니다. 망망한 대해를 향해 그냥 슬프고 외롭고 통쾌하고 감미롭게 ……

그런데 아버님, 아버님이 힘겹게 눈을 뜨셨을 때는 쪽빛으로 일렁이던 대해도, 원시의 숲도, 그리고 묵직한 중압으로 내리 누르던 그 나팔도 이미 거기에 없었습니다. 결전은 끝나고 의식을 잃어버린 아버님은 동료 직원에 의하여 하숙방으로 옮겨졌던 것입니다.

그런데 아버님, 정종 병으로 나팔을 부셨던 그 날 밤은 아버님의 완전한 승리였습니다. 채 반 병도 비우지 못하고 아이쿠 죽겠다고 쓰러져 버린 상대방을 거들떠보지도 않으시고 아버님은 그냥 슬프고 외롭고 통쾌하고 감미롭게 나팔만 부셨습니다.

목줄기를 타고 배꼽 밑으로 나팔의 기진한 선율은 줄줄이 기어 내렸지만 아버님은 나팔을 놓지 않고 그냥 슬프고 외롭고 통쾌하고 감미롭게 나팔만 부셨던 것입니다.

그 날 이후 아버님은 일 주일 동안을 꼬박이 누워서 앓으셨습니다.

그때 아버님은 몸의 일부만 슬쩍 건드려도 술이 묻어 나올 지경이었고 눈에서 술이 괴어 흐를 지경이었다고 말씀하셔서 옆에 계시던 어머님께서 그것도 무슨 배터진 자랑이라고 애들 앞에서 하시는 말씀이냐면서 얼마나 또 심한 눈흘김을 받으셨습니까.

어머님은 아버님의 이 결전을 쓸 데 없는 오기라고 말씀하셨고 이에 대하여 아버님은 크게 역정을 내시면서 소견이 좁아터진 여편네들이란 그저 할 수 없는 노릇이라고 사뭇 딱하다는 표정으로 수없이 혀만 차셨습니다. 당시의 절박한 분위기에서 죽더라도 시합에 임해야 했던 고충을 오기라는 표현으로 간단히 말할 수 있느냐는 섭섭함 때문이었을 겁니다. 그때의 저야, 뭐 상황을 제대로 알아챌 수 있는 나이도 아니어서 그저 두 손으로 들기에도 버거운 술병을 나팔처럼 불었다든가, 물 한 대접만 마셔도 배가 불쑥 불러오는데 적어도 다섯 대접은 족히 될 만한 그런 분량의 술을 마셔서 비웠다는 경이로움에 저는 사타구니가 가렵도록 짜릿한 흥분으로 들떠 있었습니다. 그러나 무엇보다도 아버님의 그 우스꽝스러운 몸짓, 입안으로 다 흘러들지 못한 술이 목줄기와 가슴팍을 흥건히 적시며 배꼽 밑으로 줄줄 기어 내리던 그 상황을 설명하시는 모습이 그저 신나고 재미있어서 턱을 받쳐들고 빤히 올려보던 저였을 뿐이었습니다.

흔히들 추억은 아름답고 영롱하게 비춰 보이는 마력을 지녔다고 하지만 그 당시를 설명하시는 아버님은 퍽이나 감회에 젖어 있는 표정이셨습니다.

그런데 아버님, 이제 와서 생각하니 그때 아버님의 표정은 무슨 술내기에서 이겼다는 승리자로서의 만족감이 아니라 괴롭고 어두웠던 세월 속의 한 사건을 우연히 떠올리시다가 어느새 황혼의 문턱에 들어 서 있는 자신을 발견하고 그걸 조용히 관조해 보시는 그런 여유가 아니었나 생각해 봅니다. 마치 빛 바랜 사진첩을 들여다보시는 것 같은 그런 애잔한 분위기를 아버님의 그때 표정은 담고 계셨던 것입니다.

그러고 보니 아버님의 연세도 이제는 일흔이 가까우신 것 같습니다. 불현듯 아버님의 연세를 생각하니 죄스럽게 느껴집니다. 그리고 매사에 우유부단하고 순해 터져서 무슨 일 하나 제대로 똑부러지게 처리하지 못해 온 제 삶이 너무나 초라하게 느껴집니다. 그러나 아버님, 이제 나이도 있고 세상 물정을 바라보는 의식도 그 폭이 넓어질 수 있을 테니 과히 걱정은 말아주십시오. 아버님께서 걱정하셨던 담력도 키우고 배짱도 부려볼 생각이니까요.

그런데 아버님, 사내새끼가 담력이 없다는 말씀을 아버님은 아마 제게 골백번은 더 하셨을 겁니다.

언젠가 한 번은 제가 국민학교 오 학년 때인가의 학예회에서 우연히 단군왕검의 역을 맡게 되었는데 저는 그걸 놓고 밤새 고민하고 있었습니다. 시골 국민학교에서의 학예회란 말하자면 운동회라든가 졸업식에 비견할 만한, 어느 면에서는 그보다 더욱 큰 행사의 하나가 아닙니까. 그런 행사에는 많은 학부형들이 구름같이 모여들어 우리 아들 내 딸들이 보여주는 노래나 연극, 또는 무용에 박수를 보내고 또 갈채를 아끼지 않는 것이었습니다. 그런데 제가 그 무대에 서서 단군왕검이 돼야 한다는 두려움에 그만 식욕을 잃어버리고 고민을 시작한 것입니다.

저의 어디가 단군왕검의 용모나 체양(體樣)에 그렇게 걸맞는지 수천의 학생 중에서 하필 나를 골라낸 연극 지도부의 선생님을 원망하며 저는 열병 앓는 환자처럼 끙끙거리며 뒤척이고 있었습니다. 저는 아무래도 이튿날 아침엔 그 선생님을 찾아가 배역을 다른 학생으로 바꿔달라고 울어버릴 작정을 굳혔습니다.

그런데 우연히 어머님으로부터 이 사실을 알아버린 아버님은 저를 심히 나무라시며 예의 그 담력과 배짱을 들춰내신 것입니다. 그리고 그 날은 어떤 일이 있어도 참석해서 볼 테니 연습을 잘 해놓으라고 으름장을 놓으셨던 것입니다. 그때 저는 오도가도 못하고 궁지에 몰려버린 자신을 발견했습니다. 그리하여 저는 나중에 무슨 돌발사고가 야기되어 천지가 개벽되지 않는 한 그 배역을 감수해야 할 그런 입장에 서 있음을 깨달았던 것입니다.

드디어 이십여 일 동안의 연습은 시작되었습니다. 저는 연극 중에 제가 씨부렁대야 할 대사는 하루가 안 되어서 완전히 암기할 수 있었지만 운집한 군중 앞에서 그걸 외어야 한다는 사실을 생각할 때마다 진땀이 흐르도록 자신이 없어지는 것이었습니다.

그런데 이 연극이란 것이 제 생애에 처음으로 보는 희한한 형태의 것이었는데, 이를테면 연기와 노래가 동시에 이루어지는, 그렇다고 해서 요즘의 오페라도 아닌, 뭐랄까, 여학생만으로 구성된 합창단이 무대 중앙에서 노래를 부르면 그 노래에 맞춰 남학생 혹은 여학생이 무언의 연기로써 그때 그때의 장면과 분위기를 부각시키는 그런 프로였습니다. 예를 들면 '무궁화'라는 노래를 합창단이 부르면 소복으로 단장한 여학생들이 무궁화 꽃을 들고 나와서 춤을 추다가 무대 뒤편으로 사라지고 '전우의 시체를 넘고 넘어 …….' 하는 군가를 부르면 바가지에 국방색 페인트칠을 한 가짜 철모를 뒤집어 쓴 남학생들이 목총을 앞에 들고 기어가거나 혹은 돌격하는 자세를 취하면서 무대 위를 한동안 누비다가 역시 무대 뒤로 사라지는 장장 1시간 짜리의 대형 프로였던 것입니다.

그런데 제가 맡은 단군왕검의 배역도 누가 꾸며댔는지 딴은 그럴 듯 하기는 했습니다. 이 연극이랄 수도 없고 또 노래라고도 할 수 없는 프로의 서막은 우선 단군왕검인 제가 등장함으로써 열리게 되어 있었습니다. 제가 우선 검은 막이 쳐진 무대 중앙에 허연 가짜 수염을 노끈으로 묶어서 귀에 걸고 또 흰모시 두루마기에 짚신을 신고 머리에 까만 갓을 쓰고 서 있으면 막이 오르는 것입니다. 그러면 저는 제 뒤에 잠을 자듯이 엎드려 있는 삼십여 명의 합창단 앞에서 관객 쪽을 향하여 유구한 반만년의 역사의 문을 열어 놓은 조국의 시조답게, 아름답고 화려한 금수강산에 나라를 세우게 된 동기로부터 시작하여 역사의 문은 이제 열렸으니 오랜 동면에서 만백성은 깨어나라는 성지(聖旨)를 내리면 등뒤에서 잠자듯이 엎드려 있던 합창단이 벌떡 일어나고 노래와 그 무언의 연기들이 비로소 벌어지는 것이었습니다.

학예회 날은 드디어 왔습니다.

저는 긴장과 흥분으로 뻣뻣하게 얼어버린 몸을 겨우 지탱하며 무대 중앙에 단군왕검으로 분장을 하고 서 있었습니다. 드디어 징소리에 맞춰 막이 서서히 오르기 시작했습니다. 올라가는 막 틈으로 처음에는 앞줄에 앉은 관객들의 가슴이 드러나고 점점 목과 얼굴이 드러나고 이윽고는 교실 다섯 개를 모두 터 버린 큰 강당에 깨알같이 박혀 있는 수많은 사람들이 모두 드러났습니다. 그런데 그 많은 사람들이 와아 하는 함성을 지르며 갑자기 일어서기 시작했습니다. 무대 중앙에 변장을 하고 서 있는 제 꼴이 퍽이나 흥미로웠기 때문입니다.

이 같은 관객들의 술렁임을 여러 선생님들이 호루라기와 고함으로 겨우 진정시켰을 때는 퍽이나 오랜 시간이 흘러버린 것처럼 제겐 느껴졌습니다. 저는 그만 다리의 힘이 쑥 빠져버리고 진땀이 흘러내려 바지 가랑이가 종아리에 찰싹 달라붙을 지경이 돼버렸습니다.

저는 장내의 모든 시선을 받고 있다는 어색함과 수줍음을 어쩔 길이 없어서 입 근처를 수북히 덮어버려서 자꾸만 근질근질 가려워 오는 가짜 수염을 연신 쓸어 내리기에 여념이 없었습니다. 그러자 어느 순간에 소요가 가라앉고 연출을 맡으신 지도선생님은 어서 시작하라는 손짓을 부산히 보내고 있었습니다. 저는 착 가라앉고 잠겨버린 목소리를 가다듬어 대사를 외기 시작했습니다.

"아름답고 화려한 금수강산에 발을 내린 지 어언 수십 년 ……."

그런데 저는 그만 여기에서 그렇게도 술술 암기할 수 있었던 대사를 까먹어버리고 말았습니다. 이미 꽉 막혀버린 대사였습니다. 몇 번이나 '어언 수십 년'만을 되풀이했지만 그 다음이 좀처럼 이어지지를 않았습니다. 저는 눈앞이 노랗게 들뜨는 것 같은 현기증을 느꼈습니다. 그리고 눈앞이 가물가물 흐려오기 시작했습니다.

그때 갑자기 와아 하는 웃음이 무대 앞에서부터 터져 올랐습니다. 그 웃음소리는 물결의 파상처럼 점점 뒤로 밀리고 확대되어 종국에는 장내가 온통 웃음바다가 돼버렸습니다.

아버님, 설상가상으로 입 근처가 간지럽다고 자꾸만 쓸어 내렸던 수염이 그만 턱 밑으로 미끄러져 내려가 버린 것입니다. 목에 걸린 수염, 그 희안한 꼴을 보고 관객들은 배꼽을 잡고 웃어대고 있었습니다.

저는 저 관객들의 어느 틈바구니에 섞여서 이 꼴을 보고 계실지도 모르는 아버님의 얼굴을 불현듯 머리에 떠올렸습니다. 그러자 천지가 온통 노오랗게 들떠버리는 것 같았습니다. 제 몸이 균형을 잃고 그만 부웅부웅 떠가는 느낌이 들었습니다.

그러나 다행히도 저는 뒤늦게나마 턱 밑으로 내려가 버린 수염을 끌어올리며 대사의 다음 구절을 계속할 수 있었습니다.

제가 대사를 끝내고 합창단 쪽으로 돌아서며 '어서 일어나거라'를 외쳤을 때 우레와 같은 박수가 터져 나왔습니다. 저는 휘청대며 무대를 내려서서 출연자 대기실에도 들르지 않고 화장실로 뛰어 들어 울음을 터뜨렸습니다.

그 날 밤 집에 돌아와 얼굴도 제대로 들지 못하는 저에게 아버님은 의외로 아무런 말씀도 하지 않으셨습니다. 혹시 아버님께서 그 날 그 장소에 참석하지 않으셨는지도 모릅니다. 아니면 참석하시고서도 저의 풀 죽은 꼴이 가엾어서 그저 모른 체 하셨는지 지금도 모르겠습니다.

아버님, 이와 유사한 기억은 중학교 시절의 웅변대회에서도 생각납니다. 한사코 출전하지 않으려는 저에게 웅변 원고까지 써 주시며 밀다시피 해서 내보내시던 일을 기억하고 계시겠지요.

매사에 너무나 수줍어하고 담력이 없는 아들에게 무언가 용기를 넣어주시려고 애쓰셨던 이런 기억들이 그 당시의 제겐 무척이나 괴롭고 서글픈 일이었음을 고백하지 않을 수 없습니다.

그러나 아버님, 천성이라고도 할 수 있는 이런 성격이 하루아침에 버선목 뒤집히듯이 바뀔 리는 없겠지만 과히 우려는 마십시오. 어떻게든지 제 뜻대로 착하게 살아보려는 의지가 있고 담력도 있으니까요.

아버님, 내년쯤엔 저도 결혼을 해서 삶의 전기(轉機)를 가져야겠습니다.

어제 느지막한 오후에 명동의 어느 백화점 앞을 우연히 지나가는데 길거리에 장난감을 늘어놓고 파는 중년의 아주머니가 자꾸만 애기에게 사다주라면서 앙징스럽게 생긴 털강아지를 권하는 것이었어요. 저는 너무나 집요하게 붙잡고 늘어지는 이 아주머니를 떼어놓기 위해서 애기들이 모두 커버려서 그런 장난감을 가지고 놀 만한 애기가 이제는 없다니까, 그 아주머니의 말이 일찍 단산(斷産)하신 모양이라면서 서운한 표정으로 그만 돌아서더군요.

그 아주머니의 말이 어쩌면 그렇게도 공허하게 제 가슴 한 복판에 와 닿는지 몰랐습니다.

아버님, 밤이 무척 찹니다. 이 밤을 훑고 지나는 스산한 바람이 제 방에서 내다보이는 좁은 골목길로 나뭇잎 하나를 몰고는 마치 아이스하키 선수처럼 쏜살같이 내닫고 있습니다.

편안히 주무십시오, 아버님.

(『월간문학』, 1973년 2월호)

세상이 그대를 속일지라도

1. 삼인조(三人組)

9월 초순.

달력에서 느껴지는 계절의 감각 탓인지 아침저녁으로 제법 살랑거리는 바람이 옷깃에 스며드는 듯하지만 한낮의 무더위는 아직도 섭씨 30도에 육박하는, 가위 살인적인 폭염이었다.

-지랄 같은 늦더윈데.

-날씨마저 미쳤군.

사람들은 때아닌 늦더위에 남방셔츠 앞가슴을 풀어헤쳐 활랑거리며 잔뜩 볼이 부어 투덜거렸다.

거리의 상가들도 문을 열기는 했으나 아이스크림이나 청량음료를 취급하는 업소들만 성업 중이었고 여타의 다른 점포들은 손님의 그림자도 드나들지 않아서 한낮의 무더위 속에 잔뜩 이맛살을 찌푸리며 있는 대로 인상들을 쓰고 있었다.

거리를 향해 째지는 노랫가락을 줄창 뽑아대던 레코드상의 스피커도 갑자기 발악을 멈춘 채 벙어리 상자처럼 점포 앞 입구에 팽개친 듯 놓여 있고, 빌딩의 옥상에 걸려 있는 깃발들도 높다란 깃대 끝에 목이 졸려 옴싹도 못하고 축 늘어져 있었다.

바람 한 점 불어오지 않는 가로수 밑에서는 깡마른 지게꾼 하나가 지게의 발목 부분을 베고 땀을 뻘뻘 흘리며 늘어지게 낮잠을 자고 있고, 그의 입언저리에는 언제부턴가 두 마리의 파리가 요동도 않고 달라붙어 있었다.

그리하여 거리에는 도무지 발랄한 생기라고는 눈꼽만큼도 찾아볼 수 없는 후줄그레하고 나태스런 풍경들이 맹위를 떨치는 폭염 앞에 두 무릎을 꿇고 기진 맥진 늘어져 있을 뿐이었다.

도심지에서 약간은 벗어났다고 하지만 동서남북으로 중단 없이 자꾸만 뻗어 가는 광활한 행정구역상으로 보면 이제 이 지역은 서울의 한복판에 폭 파묻힌 꼴이었다. 그래도 전에는 남산의 머리 부분이 파랗게 멀리 남쪽으로 바라 보였고 비록 야트막한 바위산 일망정 뒤로는 병풍처럼 산이 둘렀었는데, 무슨 호텔이니 병원이니 보험회사니 하는 고층건물들이 멀리서부터 남산이 바라보이는 남쪽 시야를 층층으로 차단해 버렸고, 뒷산 중턱에는 시민 아파트를 세워놓는 바람에 그야말로 통풍조차 시원찮은 답답한 곳이 돼버린 것이다. 그리하여 뒷산 놀이터를 잃어버린 동네 아이들은 차량의 행렬이 빈번히 꼬리를 물고 달리는 위험한 길가로 내몰렸고 할 일이 없어 집에서만 소일해야 하는 노인들은 부채를 손에 쥐고 어슬렁어슬렁 가로수 밑을 거니는 신세가 돼버렸다.

이렇듯 비좁고 따분한 지역에 어린이 놀이터나 공원이라도 하나 있었으면 주민들의 숨통이 다소나마 트이련만 시당국은 거기까지 손길이 닿지 않는지 나몰라라하고 팽개친 바람에 그저 빼곡

이 들어찬 빌딩과 주택 틈에서 사람들은 숨을 헉헉대고 있을 뿐이었다.

　그런데 다행히도, 비록 언제까지 이 상태가 유지될지 모르는 시한부 조건이긴 하지만 이백여 평의 널따란 은행 부지가 아직 그 골조공사도 시작하지 않은 채 그냥 공터로 버려져 있어 이 지역 주민들의 유일한 휴게소 구실을 하고 있었다. 그러나 한낮의 찌는 듯한 땡볕에는 이 공터도 휴게소 구실을 못하지만, 이글거리는 햇살이 빌딩 너머로 기울고 공터에 그늘이 지기 시작하면 사람들은 곧잘 이리로 모여들었다. 병정놀이를 하는 조무래기 사내 녀석들은 물론이고 고무줄 넘기를 하는 계집애들, 어떤 때는 물가가 어떻고 누구네 며느리가 어쨌다고 입방아를 찧어대는 아낙네와 터무니없이 서울 한복판에 앉아서 연고도 없는 시골의 농사 걱정까지 늘어놓는 노인들까지 찾아와서는 무료를 달래는 것이었다.

　그런데 오늘은 참 진기한 손님 일가(一家)가 일찌감치 여기에 찾아들었다.

　푹푹 삶아대던 날씨가 오후 4시쯤에 접어들자 더위는 거짓말처럼 한풀 꺾여 물러섰고, 그 대신 동쪽 하늘로부터 구름이 엷게 퍼지기 시작하더니 시원한 바람을 몰아왔다.

　이 무렵, 어디에서 흘러 들어왔는지 꼭 왕년의 유랑극단 패거리 같은 차림의 남녀가, 남자는 바이올린 케이스 같은 물건을 옆구리에 끼고 여자는 무슨 사과 궤짝만한 상자를 머리에 이고 이 공터에 나타난 것이다. 그리고 이들의 뒤에는 열 살쯤 먹어 보이는 남자애 하나가, 역시 보따리 하나를 느슨하게 어깨에 걸치고 뒤를 따랐다.

이들의 행색은 세 사람 모두가 굉장히 우스꽝스럽고 괴이쩍었는데 앞장선 여자 하나만 겉으로 보기에 신체가 정상이었고 나머지 두 사람은 모두 불구였다.

앞장선 여자의 남편으로 보이는 사내는 앞을 못 보는 장님인 듯, 짙은 색안경을 끼고 여자한테 한 쪽 손을 잡혀 발길을 내디딜 때마다 몹시도 더듬거렸다. 그리고 뒤따르는 아이는 어릴 적에 소아마비에라도 걸렸는지 한쪽 발을 절름거렸다.

공터에 도착한 이들은 우선 거추장스런 짐들을 내려놓고 목에 걸쳤던 꾀죄죄한 수건으로 땀들을 닦으며, 주위를 휘휘 둘러보고 있었다. 그런데 여자와 아이가 그렇게 주위를 휘둘러보는 것은 이해가 되지만, 장님인 사내까지 고개를 번쩍 쳐들고 괜히 색안경 너머로 길 건너 이쪽 저쪽을 바라보고 있는 모습은 우습기 짝이 없었다. 차라리 콧구멍을 벌름대며 냄새를 맡는다거나 귀를 나팔통처럼 벌려서 무슨 소리라도 듣는 게 낫지 장님인 주제에 안 어울리게도 주위를 휘둘러보고 있는 모습이 굉장히 우습게 보였던 것이다.

그들이 걸치고 있는 복색(服色)이나 하고 있는 모습들이 하도 진기하니까 오가던 사람들의 시선이 일제히 그들에게 쏠리고 그 중에는 호기심을 이기지 못하여 어슬렁어슬렁 이들에게 다가오는 사람들도 있었다.

얼마 후, 그들 주위에는 둥그런 반원을 그릴 만큼의 수효로 사람들이 붙어났다.

사람들이 모여들자, 그들은 재빠른 동작으로 판을 벌이기 시작했다. 이런 일에는 이미 숙달된 그들인 듯 분담된 각자의 행동은 민첩하고 정확했다.

여자는 사과 궤짝 속에서 여러 개의 정종 병을 꺼내어 군용 담요를 깔아 놓은 궤짝 위에 그걸 일렬로 나란히 벌여 놓았고, 아이는 거의 기계적으로 어깨에 둘러메고 있던 보따리를 풀어 그 속에서 두루마리로 된 종이를 꺼내서 준비된 막대기를 땅에 박고, 여기에 그걸 걸었다.

그 두루마리에는 맨 꼭대기에 <간첩의 만행에 失明한 自由市民>이란 글씨가 붓으로 씌어 있었고 그 밑으로는 수년 전 울진·삼척지구에 출몰했던 간첩에 관한 기사가 실린 신문이 여기저기 붉은 잉크가 죽죽 그어진 채 여러 조각 붙어 있었다. 그리고 맨 밑쪽에는 <대한 자유수호 추진위원회 청년연맹>이라는 길쭉한 이름과 함께 어린애의 주먹만한 도장이 벌겋게 찍혀 있었다. 그리고 장님인 사내는 바이올린 케이스를 열고 어느새 오른쪽 어깨 위에 바이올린을 터억 올려놓고 있었다.

그 사이에 모여든 군중의 수효는 이십여 명으로 불어났고, 그들은 장차 무슨 일을 하려고 이런 수선들을 피우고 있는지 몰라 호기심에 찬 눈들을 디룩디룩 굴렸다.

분위기가 이 정도로 무르익었을 때, 바이올린을 든 사내가 날카로운 선율로 <어머니 왜 나를 낳으셨나요> 어쩌구 하는 곡을 켜기 시작했다. 바이올린도 낡았고 연주자의 솜씨도 신통치 않아서 음악은 군데군데 토막 났다가 간신히 이어지고 있었지만 연주자가 장님이라는 사정 탓인지 음률은 더욱 궁상맞은 애조를 띠고 있었고, 이 궁상맞은 음률은 어느새 처연한 분위기로 무드를 잡아가고 있었다.

이윽고 곡이 끝나자, 사내는 곡을 켤 때의 그 진지하고 조심스런 자세를 한동안 그대로 유지하다가 비감스런 어조로 입을 열기 시작했다.

"만장하신 여러 선생님, 오늘도 이 무더운 날씨에 가정과 직장에서 얼마나 수고가 크셨습니까? 저로 말씀드릴 것 같으면……"

그러면서 그는 자신의 오른쪽에 걸려 있는 예의 그 두루마리 종이를 바이올린의 활로 정확히 짚으며 말을 이어갔다.

"아직도 여러분의 기억에 새로운 울진·삼척지구 간첩 침투 사건 때 놈들의 수류탄에 눈을 다쳐 이렇게 앞을 못 보는 장님이 된 사람입니다. 여러분께서는 혹시 너무나 오래된 일이어서 그때의 상황을 잊으셨는지도 모르겠습니다만, 그때 군경 수색대에 쫓겨 뿔뿔이 흩어졌던 간첩 몇 놈이 저희 집에 숨어들었습니다. 저는 그 간첩을 신고하려고 몰래 뒷문으로 빠져나가다가 발각되어 놈들이 던진 수류탄에 그만 이렇게 실명하고 말았습니다. 그렇다고 해서 오늘 제가 여기 이렇게 서 있는 것은 저의 애국심을 자랑하려고 하는 것이 아닙니다. 침투한 간첩을 신고해야 하는 것은 애국시민으로서 너무나 당연한 일이 아니겠습니까. 그런데 제가 왜 이렇게 여러분 앞에 서야만 했느냐 하면 한 마디로 말씀드려서 먹고 살아가기 위해 섭니다. 가족들을 먹여 살리기 위해서 말이에요. 여러분께서 보시는 바와 같이 이 사람이 제 집사람이고 저 불구 아이가 제 아들입니다."

시각이 마비된 대신 후각과 청각이 발달하여 가족들이 서있는 위치를 알아낼 수 있는 것일까? 이번에도 사내는 바이올린의 활 끝으로 부인과 아들을 정확히 가리켰다.

"그런데 제가 비록 앞을 못 보는 장님이긴 합니다만 한 가정의 책임자인 남자로서 집안에 그대로 앉아 있을 수가 없어서 가족들과 함께 이렇게 거리에 나온 것입니다. 그렇다고 제가 여러 손님들께 맹목적으로 폐를 끼치거나 동정을 구하고자 하는 것은 아닙니다. 앞에 보시는 바와 같이 이 병 속에 저희들이 꿀을 좀 가지고 왔습니다. 이 꿀은 저희들이 직접 양봉을 하여 얻은 꿀입니다. 그래서 일반시중에 나도는 가짜 꿀과는 그 근본부터가 아주 다릅니다. 그리고 저희들은 대대적인 양봉업자가 아니기 때문에 멋있는 포장을 하거나 좋은 용기 속에 넣지를 못했습니다만 색깔을 보시거나 손가락으로 찍어서 맛을 보시면 아마 꿀을 많이 잡숴보신 여러 손님들께서는 단박에 그 진가를 인정하시리라 믿습니다."

사내의 말은 비감스럽던 처음의 어조에서 차츰 장사꾼 특유의 빠르고 설득력 있는 어조로 변해가고 있었다.

사내의 연설이 이렇게 이어지고 있는 동안 여자는 눈두덩을 발갛게 붉히고 고개를 잔뜩 떨어뜨린 채 그저 알록달록한 부라우스의 넓은 깃을 말았다 폈다 하는 동작만을 되풀이하여 이 처연한 분위기를 한껏 고양시키고 있었고, 아이는 아이대로 절룸거리는 다리를 어렵게 옮겨 디디며 군중 틈에 섞인 자기 또래의 아이들을 부러운 눈으로 바라보고 있는 모습이 보는 이의 눈시울을 뜨겁게 만들고 있었다.

모여선 사람들은 이들 불행한 세 가족이 자아내는 호소력 있고 끈끈한, 그리고 적나라한 인간적 분위기에 자신들도 모르는 사이에 숙연히 젖어들어 넉넉치 못한 호주머니나마 털어서 이들을 도와주고 싶다는 강렬한 동정심에 조용히 숨을 죽였고, 어떤 아낙네들은 딱해서 견딜 수 없다는 듯 혀까지 쯧쯧 차며 가엾어하고 있었다.

인간의 군중심리는 파급이 빠른 전염병 같아서 부옇게 살이 오른 어느 중년 부인 하나가 몹시도 인정어린 표정으로 5천5백 원을 선뜻 내주고 자랑스럽게 꿀 병을 받아들자, 이어서 꿀 몇 병이 순식간에 처분되고 돈이 모자라 망설이던 사람들은 몇 사람이 돈을 모아 집에서 나누어 갖자며 또 다투어 꿀을 사는 바람에 궤짝 위에 놓여 있던 일곱 개의 꿀 병이 모조리 팔리고 말았다.

미처 꿀을 사지 못한 사람들은 이들 불행한 가족들에게 아무런 동정도 베풀지 못한 미안감에 입맛을 쩝쩝 다시며 이럴 줄 알았더라면 돈을 좀 가지고 나올 걸 그랬다면서 머리를 긁었고 이제는 팔고 싶어도 더 팔 꿀이 없는 이들 불행한 가족들이 고맙고 감사하다는 말과 함께 벌여 놓았던 물건들을 주섬주섬 챙기는 바람에 삼십여 분에 걸쳐 벌어졌던 인정가화극(人情佳話劇)은 막을 내리고 말았다.

불그레한 노을이 걷히고 희끄무리한 빌딩의 그림자들이 길게 드리운 포도 위에 어느새 서서히 어둠이 깔리고 있었다. 장장하일(長長夏日)이 저물고 있는 것이었다.

어둑어둑한 골목길을 세 사람이 걸어오고 있었다. 아까 공터에서 꿀을 판 일가였다. 앞장 선 여자는 여전히 남편의 한쪽 손을 꼬옥 잡은 채 주위를 두리번거리며 걸었고, 뒤따르는 아이는 피곤이 닥지닥지 달라붙은 얼굴을 잔뜩 찡그리며 터덜터덜 걸었다.

그때마다 앞장선 여자가 뒤를 흘낏 바라보며 사납게 눈을 흘기는 바람에 아이는 찔끔하는 표정과 함께 다리를 몹시 절름거리며 바짝 뒤에 따라붙었다.

"똑바로 걷지 못하겠니?"

앞장선 여자가 이번에는 뒤를 돌아보지 않은 채 낮은 소리로, 그러나 오금을 쥐어박듯 힐책하는 어조로 말을 하자, 아이는 다리가 아파 죽겠노라고 또다시 울상을 지었다.

"이제 조금만 더 걸어."

그들은 말없이 한참을 더 걷다가 인적이 드문 골목길에서 앞 장선 여자가 슬그머니 남자의 손을 놓으며 돌아섰다.

"저 앞에 식당이 보이는데 뭘 좀 먹고 갑시다."

"그렇게 합시다."

그들은 잡았던 손을 놓은 탓인지 퍽이나 가벼운 걸음으로 눈앞에 보이는 식당을 향해 부지런히 걸었다. 이때 뒤따르던 아이가 쪼르르 맨 앞으로 내달으며 여자에게 말했다.

"아줌마, 오늘은 좋은 거 먹는 거죠? 돈도 많이 벌었으니까요."

그러자 여자는 그 자리에 우뚝 멈춰 서더니 아이의 머리통에 알밤을 먹이며 눈을 흘겼다.

"누가 들어 이 새끼야. 말조심하라니까 아줌마가 뭐야. 바보 같은 새끼가 먹을 것만 밝히고."

"이제 이만큼 멀리 왔으니까 괜찮잖아요."

아이는 알밤을 얻어맞은 머리통을 만지며 입을 삐쭉거렸다.

일행은 식당 문을 밀치고 들어섰다.

역시 여자가 앞장을 섰고 남자와 아이가 뒤를 따랐다. 그리고 그들은 넓은 홀의 구석자리를 골라 앉았다.

설렁탕 세 그릇을 시킨 그들은 몹시도 갈증이 나는 듯 앞에 갖다 놓은 보리차를 단숨에 벌컥벌컥 들이켰다.

"아이 다리 아퍼."

빈 컵을 손가락 끝으로 매만지고 있던 아이가 주먹으로 허벅다리 근처를 가볍게 두드리며 혼잣말처럼 중얼거렸다.

"이 새끼는 쪼꼬만 놈이 웬 엄살이 그렇게 심한지 몰라."

역시 식탁 맞은 편의 여자가 흰창이 까뒤집히도록 눈을 흘겼다.

"내버려 둬. 어린것이 하루종일 그 짓을 하고 있으려니까 다리도 아프겠지 뭐."

오랜만에 사내가 무겁게 입을 열며 아이를 두둔했다.

"아닌게 아니라 나도 하루종일 억지로 눈을 감고 더듬거리고 있으니까 눈알이 빠지는 것 같은데."

사내는 안경 너머로 눈을 한번 감았다 뜨며 입가에 피식 웃음을 날렸다.

"그렇다면 이제 그 안경 좀 벗으세요. 캄캄한 밤에 남들이 오히려 이상하게 보겠어요."

"참 그렇군, 이거 버릇이 돼서. 이러다간 진짜 장님이 되겠어."

사내가 안경을 벗자 햇빛을 안 받은 눈언저리가 하얗게 드러났고 안경이 닿았던 콧잔등이 빨갛게 짓눌려 있었다.

"그러나 저러나 아까 당신이 바이올린을 켤 때 나는 얼마나 조마조마했는지 몰라요. 옆에서 가만히 보니까 당신이 눈을 감았다 떴다 하는 게 보이잖아요. 사람들이 당신의 손만 쳐다보았기에 다행이었지 누가 유심히 눈을 살펴보았더라면 영락없이 들통이 날 뻔했어요. 그렇다고 무슨 신호를 당신한테 보낼 수도 없고 그땐 정말 등줄기가 다 오싹하더라구요."

여자가 새삼스럽게 숨을 크게 들이쉬며 그때의 조마조마했던 가슴을 쓸어 내렸다.

"글쎄 어떻게나 땀이 흘러내리는지 눈 속이 찝질하고 간질거려서 견딜 수가 있어야지."

사내는 뒤꽁무니에 차고 있던 수건을 꺼내어 눈언저리를 닦으며 그때를 생각하고 있었다.

"아저씨, 저도 오늘 실수를 할 뻔했어요. 오른쪽 다리를 쩔룩거리려야 하는데 어쩌다보니까 왼쪽 다리를 쩔룩거리고 있잖아요. 그래서 얼른 오른쪽 다리로 다시 바꿨죠. 그렇지만 사람들은 바보같이 그걸 모르던데요. 히히."

아이는 천진스럽게 웃으며 사내를 바라봤다.

"저런 병신새끼가 큰일 낼 뻔했네."

여자가 또 한번 크게 눈을 흘겼지만 아까처럼 시선에 독기가 묻어 있지는 않았다.

이때 음식이 왔다. 세 사람은 동시에 설렁탕을 퍼 넣기 시작했다. 곁눈질 하나 없이 정신없이 퍼먹었다. 순식간에 빈 그릇 세개가 국물 한 방울 안 남고 식탁 위에 덜렁 놓였다.

"이럴 때 소주 한 잔만 딱 걸치면 좋겠는데."

보리차로 입안을 우적거리던 사내가 여자 쪽을 흘낏 바라보며 이렇게 말하자 여자가 눈을 흘겼다.

"이 이는 돈 좀 있다 싶으면 그런다니까. 오늘은 그냥 들어가요. 그 대신 오늘밤에."

여자는 눈웃음을 치며 이렇게 말해놓고는 아이 쪽을 한번 흘낏 바라봤다.

그러나 아이는 맞은편 주방에서 김을 모락모락 내며 끓고 있는 국솥에 시선을 박은 채 이쪽의 말은 못 들은 모양이었다.

사내가 입 가장자리로 비어져 나오는 웃음을 흘리며 식탁 밑에서 여자의 발등을 가만히 밟았다.

"그러나저러나 오늘 이럴 줄 알았더라면 대여섯 병 더 만들어오는 건데 그랬지?"

사내가 담배를 피워 물며 오늘 일을 아쉬워했다.

"욕심두 원, 그만하면 됐지. 그러다가 덜미라도 잡히는 날이면 끝장나요. 가짜 꿀을 만들어 판 것은 둘째치고, 있지도 않은 자유수호 추진위원회 명칭을 조작하지를 않았나, 울진·삼척지구 간첩 출현 때에 어쩌고저쩌고 했으니 말이에요. 그리고 당신은 비록 가짜 꿀일 망정 만들기는 그렇게 쉬운 줄 아세요? 물엿에다가 흑설탕과 백설탕을 적당한 비율로 섞어야지요, 그리고 진짜 꿀도 조금 섞어서 냄새를 그럴듯하게 풍겨야죠. 정말 못해 먹을 게 그거라구요. 감쪽같아야지 조금만 실수해도 색깔이 까매진다거나 너무 희멀개져서 아무짝에도 쓸 수 없는 설탕덩이가 돼버리니까요."

사내는 덤덤한 표정으로 담배만 피우고 있었다. 누가 그걸 모를까봐 호들갑을 떨며 수선이냐는 표정이 사내의 얼굴 위에 잠깐 스쳐 지났다.

이윽고 사내가 재떨이에 담배를 눌러 끄며 자리에서 일어섰다.

"그만 가볼까."

사내는 식탁 위에 벗어놓았던 색안경을 집어 남방셔츠의 앞 호주머니에 한쪽 다리를 밖으로 해서 걸고, 바이올린을 옆구리에 끼더니 문 쪽을 향해 걸어나갔다. 이어서 아이가 일어섰다. 그는 아까처럼 다리를 절룩거릴 필요가 없어서 한결 기분이 풀린 모양이었다. 콧노래를 부르며 껑충껑충 뛰듯이 사내의 뒤를 따랐다.

마지막으로, 음식값 지불을 끝낸 여자가 거스름돈을 받아 가방속에 쑤셔 넣으며 이들을 뒤쫓아 어두운 밤거리로 빨려들 듯 사라져 버렸다.

(1978. 9)

2. 유명세(有名稅)

빛좋은 개살구요 허울좋은 하눌타리지 남보기에만 번드르르할 뿐 실속 없고 헤프기가 이 같은 직업이 세상천지에 또 있겠느냐 싶은 TV탤런트 허기진(許基鎭)씨였다.

이럴 줄 알았더라면 애시당초에 발을 들여놓지 않았을 텐데 그 때는 무슨 열성이 뻗쳐서 백오십 대 일이라는 치열한 경쟁을 뚫고 대망의 탤런트로 선발된 사실에 마냥 감격해서 눈물을 찔끔거렸던지 모르겠는 허기진씨였다. 그야말로 후회막급이었다.

물론 천장을 뚫을 듯이 인기가 상승해 있는 몇몇 탤런트들이야 고관대작 부럽지 않게 부귀영화를 누리고 있지만 그게 과연 몇이나 될 것인가. 다섯 손가락으로 꼽을 만한 수효겠지.

탤런트 경력 7년의 허기진씨로서는 백년하청 그런 자리에 자신이 올라앉는다는 것은 꿈도 꿀 수 없는 일 같았다.

그런데 세상사람들이 생각하는 것은 실속이야 어떻든 탤런트라는 직업이 흔전만전 돈을 뿌리는 호화로운 직업으로만 생각하는 모양이었다.

연예인에게 있어서 의상이야 그게 곧 날개니까 그렇다하더라도 자가용쯤은 으레 갖추고 있으려니 하는 생각이었고, 극중(劇中)의 배역과 현실 속의 당사자를 동일시하는 데는 기가 찰 노릇이었다. 그러나 이 같은 세상사람들의 인식을 떨떠름한 기분이면서도 그대로 받아들이지 않을 수 없는 허기진씨였다.

아무리 변명을 하고 사실을 해명해 보았자 그건 엄살로밖에 안 통했고 궁상떠는 자신만 더 초라하고 던적스러워 보인다는 사실을 현명하게도 허기진씨는 체득하고 있었던 것이다.

그래서 허기진씨는 외양으로는 그런 대로 탤런트의 위신을 세우되 철저한 내핍으로 비뚤어진 생활의 균형을 잡으려고 발버둥을 쳤다. 그런데 말이 내핍이지 사람이 사는 데 필요한 의식주 중에서 의(衣)와 주(住)는 외양으로 드러나는 것이니 탤런트의 위신을 지키기 위해서는 지나치게 궁색스러워서는 안되겠고, 오직 식생활에서만 내핍을 실천해야 하니 그게 제대로 내핍이 될 리가 없었다. 또 식생활에서의 내핍이라고 해보았자 허기진씨 자신이 식도락가나 미식가도 아니니 식생활에 드는 비용이 별나지도 않은 판국에 하루 세 끼 중에서 두 끼니만 먹겠는가 어쩌겠는가. 그저 울며 겨자 먹기로 유명세(有名稅)덕만 톡톡히 보고 사는 셈이다.

그런데 이 유명세라는 것이 어떤 때는 편리할 때가 있긴 있다.

통금시간에 늦어도 집 부근의 파출소에서는 TV 녹화 때문에 늦은 모양이라며 눈감아 주고 있었고 주차위반으로 딱지를 떼려고 서슬이 퍼렇게 달려왔던 순경들도 허기진씨를 보고는

"어, 안녕하세요? 높은 사람들 보면 지적 받는데 이 차 좀 어디로 뽑아주시죠."

어쩌구 어물거리며 물러나는 것이 보통이었다.

그러나 유명세 탓으로 받는 피해는 이런 정도의 사소한 편리가 문제가 아니었다. 특히나 금전과 관련되는 문제에 있어서는 터무니없는 피해를 보게 되는 사례가 비일비재였다.

어쩌다가 양복점에 옷을 맞추러 가도 그렇다. 어서 옵시라고, 이렇게 왕림해 주셔서 무상의 영광이라고, 반드르르하기가 방죽의 물방개 같은 주인 이하 종업원들이 반갑게 우르르 달려나와서

는 허리가 꺾어져라 아첨을 떨어대는 대접이야 받지만 막상 옷감을 이것저것 늘어놓고 나서는 서구 스타일의 뉴팻션이니 색상이 세련됐느니 어쩌구 나불거리며 제멋대로 값을 불러대는 것이다. 탤런트의 위신과 체면 때문에 값을 깎을 리가 없다는 계산에서였다. 이쪽도 차마 너무 비싸다는 말은 못하고 감이 맘에 안 드는 것처럼 입맛을 다시는 시늉을 하며 다른 하나를 골라놓으면 이번에는 한술 더 뜬다.

선생님은 역시 세련되셨고 벌써 보시는 눈이 여느 사람과는 질적으로 다르다는 것이다. 그리고는 먼젓번 것보다 값을 더 부른다. 그리하여 와이셔츠도 그렇고 넥타이 하나를 골라도 여느 사람보다 몇 백 원을 더 부르는 상혼(商魂)에 어이없이 당하고 마는 허기진 씨였다.

심지어 간단한 집수리를 시켜도 결과는 마찬가지였다.

선생께서 이런 하찮은 것을 다 깎으시려고 하느냐고 이죽거린다.

가게에서 사과 하나를 사도 그렇고 어디에서 술을 좀 마셔도 역시 그렇다. 아무튼 부르는 게 값이고 달라는 게 돈이다.

생각다 못한 허기진 씨는 자가용을 팔아치웠다.

남들이 다 가지고 있는 자가용을 안 가질 수 있겠느냐는 약간의 허세와 체면 때문에 구입하긴 했지만 필요할 때 요긴하게 잘 썼는데 그것마저 팔아치우고 나니 불편이 이만저만이 아니었다.

녹화시간에 대기 위해 허둥지둥 택시를 잡아타야 하고 겹치기 녹화라도 있을 때는 그야말로 똥줄이 탈 지경이었다.

그러나 허기진 씨는 허세와 위신이 밥 먹여 주느냐는 결의 하나로 오늘날까지 용케도 버티며 살아왔던 것이다.

오늘도 허기진 씨는 피곤한 몸을 이끌고 귀가 길의 버스에 올랐다.

그런데 그가 택시를 타지 않고 구태여 버스를 택한 것은, 단순히 교통비를 절약하겠다는 그 알량한 내핍정신의 실천에 뜻이 있는 것은 아니었다. 그것은 조금이라도 피로를 덜 느껴보려는 그 나름대로의 계산에서였다.

좁다란 택시 속의 공간에서는 얼굴을 알아본 택시 운전사가 백밀러로 뒤를 흘낏거리며 자꾸만 어줍잖은 말을 걸어오는 것이었다. 대개가 지금 한창 인기를 끌고 있는 TV 연속방송극에 관한 질문이었다.

극중에서 두 여자를 놓고 고민하는데 결국 누구를 택하게 되느냐느니, 혹시 두 여자 중의 하나가 자살을 하는 게 아니냐느니, 아무튼 이런 질문들을 승차한 때부터 하차할 때까지 집요하게 캐묻고 추궁하는 바람에 허기진 씨는 그만 녹초가 돼버리는 것이었다.

저쪽에서 그만한 관심을 표하고 있는데 이쪽에서 반응을 안 보일 수도 없는 일이고 그렇다고 일일이 대꾸를 하자니 피곤하고 귀찮아서 죽을 지경이었던 것이다.

그러나 공간이 넓은 버스는 그런 곤욕은 없는 편이었다.

혹간 곁눈질로 자신의 동정을 훔쳐보는 사람이 없는 것은 아니었으나 아예 이쪽에서 저쪽의 시선을 묵살해 버리면 저쪽도 더 이상의 끈질긴 관심을 표하지 않았다.

그리고 사람들의 심리라고 하는 것이 그것 참 묘한 것이어서 소위 대중 앞에서 연예인에게 관심을 보인다는 것은 굉장한 속물 취미로 여겨 비웃으면서도 남의 이목이 없으면 지위의 고하나 신분의 여하를 불문하고 실실 웃으며 접근하는 속성을 지니고 있었다. 그런 면에서 본다 하더라도 버스는 택시보다 몇 갑절 안전하고 편안한 교통수단임에 틀림없었다.

허기진 씨는 버스를 타더라도 맨 꽁무니 좌석을 택했다. 뒤로 몸을 돌려서까지 자기를 바라볼 그런 파렴치한 승객이 있다면 몰라도 남의 시선이 미치지 않는 뒷좌석이 가장 편안한 곳이기 때문이었다.

오늘도 몇몇 승객이 흘끔흘끔 뒤를 넘겨다보기는 했지만 그래도 허기진 씨는 버스의 뒷좌석에서 창밖으로 얼른얼른 스치는 초저녁의 바깥 풍경을 느긋한 시선으로 내다보며 오랜만에 안락한 시간을 가질 수 있는 것이 한없이 기쁘고 고마웠다.

그리고 버스에서 내려서도 허기진 씨는 집으로 통하는 어둑어둑한 골목길을 택했다. 좀더 가깝고 환한 길이 있지만 남의 시선을 받지 않고 그냥 자유스럽게 터덜터덜 걷는 시간이 갖고 싶었던 것이다.

골목에는 군데군데 때묻은 주렴 너머로 구수한 안주 냄새가 흘러나오는 대폿집들이 많았다. 그러자 허기진 씨는 갑자기 어디든 들어가 부담 없이 술을 마시고 싶은 충동에 목줄기가 움씰거림을 느꼈다. 아울러 시장기도 느껴졌다.

녹화에 쫓기다 보니 점심조차 토스트 몇 조각으로 때웠다는 생각이 그제서야 머리에 떠올랐다.

다른 탤런트들은 푸짐한 식탁 앞에서 포식하는 장면도 많이 걸리건만 허기진 씨는 마스크가 천성적으로 그런 탓인지 언제나 가난한 애인 역만 맡다 보니 음식과는 거리가 멀었다.

오늘도 생맥주 집에서 눈물 짜는 애인을 겨우 돌려보내는 장면을 찍느라고 생맥주 한 컵에 땅콩 몇 조각 먹은 것이 고작이었다.

허기진 씨는 이런 골목의 술집이라면 자신의 유명세 때문에 행동에 제약을 받지는 않을 거라는 자신을 가지고 어느 대폿집의 주렴을 한 손으로 걷어올리며 들어섰다.

마침 구석 자리에서 서너 사람의 취객들이 앉아서 게걸거릴 뿐 실내는 한산했다.

허기진 씨는 구석 자리에 벽을 향해 돌아앉아서 소주 한 병과 안주를 시켰다.

그리고 오랜만에 자신이 마련한 이 쾌적하고 한가로운 분위기에 고마워하며 단숨에 소주 한 병을 비웠다. 그러나 조금도 취기는 오르지 않고 이 쾌적한 분위기만이 마냥 아쉽다는 생각이 들어 다시 한 병을 더 시켰다. 그리고 알딸딸한 기분과 함께 허기진 씨가 계산을 하려고 일어났을 때는 빈 소주병 세 개가 그의 탁자 앞에 놓여 있을 때였다.

계산은 이천 삼 백 원이 나왔다. 그런데 허기진 씨는 아무리 호주머니를 뒤져도 천 칠 백 원밖에 찾아낼 수가 없었다.

남자의 옷에 호주머니가 그렇게 많다는 것을 안 것도 그때였다. 바지 앞쪽의 호주머니 두개와 뒤쪽의 두개, 그리고 허리춤 부근에 안쪽으로 만들어진 새끼호주머니 하나, 그리고 윗도리의 밖으로 향한 양쪽 호주머니, 가슴팍 부근에 달린 호주머니, 그리고 윗도리 내부에 있는 양쪽 호주머니, 도합 열 개의 호주머니를 까뒤집고 털어 내도 지참금은 천 칠 백 원에서 늘지도 줄지도 않았다.

그제서야 아차 하는 생각이 들었으나 때는 이미 늦어버린 순간이었다.

융통성이라고는 가물치 콧구멍만큼도 뚫려 있지 않은 미욱스럽게 생긴 주모가 육 백 원을 더 내지 않으면 문밖에 한발도 나서지 못한다는 기세로 을러대는 바람에 다급해진 허기진 씨는 그토록 저주하던 유명세의 덕을 한번 봐야겠다는 생각이 순간적으로 얼핏 머리를 스쳤다.

"저어, 아주머니. 제가 텔레비전에 나오는 허기진이라는 사람입니다. 우연히 들어와서 마시다보니 가진 돈이 이것밖에 없는데 이해해 주십시오. 내일 아침에 이자 붙여서 육 백 원을 꼭 갚지요."

그러자 주모는 그 고집스럽게 생긴 얼굴을 절레절레 흔들며 코방귀를 팡팡 날렸다.

"뭐? 이자 쳐서 준다고? 내가 허기진이란 놈이 어떤 놈인지 알 게 뭐여? 알고 보닝께 돈도 없이 옷만 번지르르허게 입고 댕기는구먼 그랴. 뭐라고? 이름이 허기진이라고? 못 먹어서 허기진 놈인가보다."

그리고 주모는 허기진 씨의 손에 들린 돈을 잽싸게 낚아채며 침을 퉤 뱉었다.

(1978. 9)

3. 흑룡강 처녀

우리들 신입사원들이 곧잘 점심식사의 단골식당으로 이용하고 있는 영동옥에 진기한 여자손님이 찾아든 것은 몇 주일 전이었다.

갈비탕이니 냉면이니 불고기니 등심이니 하는 메뉴로 그저 그렇고 그런 손님들을 상대하는 서울의 여느 음식점처럼 영동옥도 주변에 있는 회사원들을 고객으로 해서 영업을 하고 있는 평범한 식당에 불과했지만 주인아주머니가 마음씨가 좋고 그 아주머니가 아낌없이 퍼주는 깍두기 맛이 유별나다는 이유 때문에 발길이 잦았던 영동옥이었는데 진기한 손님이 찾아든 이후부터는 아예 저녁의 술자리까지 이곳에서 갖게 되는 횟수가 늘어났다.

그런데 영동옥에 찾아든 진기한 손님에 대하여 우리들이 가졌던 첫 관심은 도무지 그런 식당의 종업원으로서는 어울리지 않는 빼어난 미모에 있었고 그 다음으로는 혹시 벙어리가 아닌가 싶도록 말수가 적은 데 대한 궁금증이 우리들의 관심에 더욱 불을 질렀던 것이다.

그런데 진기한 손님에 대한 우리들의 궁금증을 풀어준 것은 역시 우리들 중에서 개코라는 별명을 가진 홍보실의 김영수였다. 자칭 '회사의 보배'요 '잘 나가는 남자'인 김영수의 분석적이고 예리한 청각의 안테나에 그녀의 몇 마디 말씨가 걸려들었고, 김영수의 안테나는 그걸 놓치지 않고 분석한 결과 그녀의 억양이 이북의 말씨에 틀림이 없는데 지금 남한에서 김현희 이외에 이북에서 온 젊은 여자가 없으니 그렇다면 중국에서 온 조선족 교포가 아니겠느냐는 삼단논법이 적중했던 것이다.

결국 진기한 손님은 돈을 벌기 위하여 한약 보따리를 들고 흑룡강성에서 온 조선족 처녀로 밝혀졌고 그녀는 놀랍게도 그곳에서 의과대학을 졸업한 인텔리 여성이라는 사실까지 허풍스럽게 떠돌았다. 그로부터 그녀에 대한 우리들의 호기심은 새벽녘에 불끈 일어서는 건강한 사내의 섹스처럼 왕성한 고개를 들기 시작했고 우리들에 의하여 '흑룡강 처녀'로 불려지기 시작한 그녀의 인기로 말미암아 식사시간의 영동옥은 그야말로 송곳 박을 틈도 없는 만원사례에 즐거운 비명을 질러야 했던 것은 물론이다. 그런데

'흑룡강 처녀'에 대한 우리들의 열렬한 관심은 고작 짧은 점심시간으로만 만족할 수 없어서 이런저런 명목으로 퇴근 후의 저녁시간까지 이어지기 일쑤였는데 그것도 '흑룡강 처녀'의 서비스가 필요한 등심이나 삼겹살 등을 주문함으로써 그녀와 이야기를 나누고 가까이서 얼굴을 마주볼 수 있는 시간을 만드는 재미로 우리들은 호주머니가 비는 줄도 모르고 거의 날마다 뱃속을 기름지게 채웠고 그녀 앞에서 얄팍한 호기를 부리고 싶은 우리들의 속셈은 서로가 먼저 계산을 하겠다고 다투는 보기 드문 우정의 미덕도 발휘했다.

그런데 이 같은 우리들의 우정에 금이 가기 시작한 것은 개코 김영수가 우리들 몰래 개별 행동을 하면서부터였다. 그의 소행은 우리들의 분노를 사고도 남았는데 우리들이 합동으로 영동집에서의 술자리를 마련할 때마다 그는 다른 약속이 있다면서 번번이 참석을 하지 않았는데 나중에 알고 보니 그것은 하나의 속임수였고 우리들이 영동옥에서 자리를 뜬 이후에 밤늦게 혼자 나타나서 시치미를 떼고 '흑룡강 처녀'와의 단독 대좌를 야금야금 즐겼다는 사실이 밝혀졌던 것이다.

이 같은 사실을 뒤늦게 알게 된 우리들이 그의 비열함을 통박했지만 그는 우리들의 거친 항변을 코방귀로 날리며 오히려 우리를 비웃었다.

"멍청하게 패거리 지어서 하는 연애도 있더냐? 그건 상대방에 대한 모독이야. 여자 하나 앉혀놓고 패거리들이 둘러앉아 이러 저런 질문이나 해대는 것은 희롱하자는 수작이지 뭐냔 말이다."

우리들은 녀석의 하는 짓이 얄밉고 아니꼬워서 그날로 영동옥에 발길을 끊어버렸다. 그러나 우리들의 마음 한 구석은 소나기

맞은 잿더미처럼 허전한 구멍이 숭숭 뚫려 있었던 것은 숨길 수 없는 사실이었다.

그런데 우리들이 발길까지 끊었으니 혼자서 얼마나 기고만장 즐거우랴 싶었던 개코의 낯색이 어쩐지 심상치 않더라는 소문이 떠돈 것은 그로부터 며칠 후였다. 녀석의 불행이 곧 우리들의 행복이나 다름없다는 신념 속에 뭉쳐있던 우리들이 가만히 있을 리 없었다. 여기저기 수소문해본 결과 '흑룡강처녀'가 어느 날 갑자기 증발해버렸기 때문이라는 사실을 알아내는 것은 그리 어려운 일이 아니었다.

그날 밤, 사실을 확인하기 위해 영동옥에 모인 우리들 앞에서 마음씨 좋은 주인아주머니의 푸념이 사실을 뒷받침해 주고 있었다.

"얼굴 값 한다더니 그게 보통내기가 아니었당께. 순진한 척 하면서 손님들한테 돈꺼정 빌려가지고는 그냥 도망쳐뿌렸잖능가."

우리들의 가슴 한복판으로 그때 바람 한 줄기가 썰렁한 휘파람 소리를 내며 불어가고 있었다.

(1992. 6)

4. 사장 선거

민주화 바람이 정말 좋기는 좋다.

면전에서 감히 고개를 들지 못하고 시선이 마주치는 것조차 송구스러워 몸을 움츠리던 사장을 직접 내 손으로 뽑을 수 있게 됐다는 사실이 자못 야릇한 흥분마저 불러일으키고 있는 것이다.

그리하여 사원 관리가 엄격하고 위계질서가 칼날 같기로 소문난 S물산의 3백여 직원들은 요즈음 살맛이 나는지 얼굴에 생기가 돌고 위풍도 당당해 보였다.

이와는 달리 부장 급이나 이사 진에 속하는 소위 윗 분들은 이제까지의 거드름 대신에 어색한 웃음을 입가에 바르고 아랫사람들에게 친절을 베푸느라고 괜히 허둥대는 모습이 우스꽝스럽기 그지없었다.

기회 포착에 빈틈이 없는 S물산 노조가 이 같은 분위기를 놓칠 리가 없었다. 따라서 <한 표의 향방에 좌우되는 사원 복지>, <잘 던지고 잘 뽑아 우리 권리 찾아보자> 등등의 구호가 적힌 선거표어를 회사의 곳곳에 내붙이고 누구든 사장이 되고 안 되고는 '내 손안에 있소이다'하는 태도로 막강한 영향력을 행사할 기미를 보이기 시작함에 따라 자천타천으로 사장 후보 물망에 올라있는 간부들은 노조원들의 비위를 건드리지 않으려고 평소에 그들에 대하여 품고 있던 못마땅한 감정을 애써 감추고 나긋나긋한 친화의 눈길을 보내는 바람에 회사의 분위기는 모처럼 훈훈한 인정의 바람이 부는 듯 했다.

그러나 이 같은 분위기는 도로변의 낡은 담벼락에 회칠을 해서 일회성 선전효과를 노리는 얄팍한 환경미화 작업처럼 비록 겉으로 드러난 회사의 분위기는 훈훈했지만 회사의 내부 공기는 눅눅하게 고여서 썩어가고 있었다. 그리고 눅눅한 공기 속에서 언제부턴가 음습한 지표면을 뚫고 솟아오르는 독버섯처럼 야릇한 조짐들이 나타나기 시작했다. 야릇한 조짐들의 시초는 회사 내의 구석진 곳에서 몇몇 사원들이 삼삼오오 모여 서서 은밀히 머리를 맞대고 수군거리는 것으로부터 시작되더니 급기야는 K대학 출신의 사원 모임이 평양 면옥에서 열리고, M대학 출신들은 친선 체육대회를 갖는가 하면, 영남산악회니 호남향우회니 충청서도회니 경기낚시회니 하는 모임들이 뻔질나게 열려서 어떤 사원은 이중 초청에 겹치기 출연이 다반사요 학연(學緣)과 지연(地緣)과 혈연(血緣)에 묶여 이리 끌리고 저리 밀리며 날이면 날마다 술판이요 회식판이었다.

따라서 사원들은 근무에는 뜻이 없고 잿밥에만 마음을 두어 점심식사 때가 되면 노골적으로 오늘은 누가 또 점심을 사느냐에 관심을 모으며 아예 일손을 놓고 기다리게끔 되었으니, S물산 사원간에는 이런 시절에 제 돈으로 밥 사먹고 커피 마시는 놈은 등신 중의 등신이라는 우스갯소리가 나돌고, 각 후보한테서 수표 몇 장씩 사례금으로 받지 않은 과장이 있으면 손가락에 장을 지지겠다느니, 구내 다방의 미스 리는 아예 어느 후보자에게 고용 당해 그 후보자를 지지하는 사원에게는 야릇한 관계까지 허용하고 있다느니 하는 말들이 무성하게 나돌기 시작했다.

드디어 예정된 사장 선거일이 사흘 앞으로 다가오고 있었다. 따라서 각 후보들의 득표 활동은 극에 달한 느낌이었다. 그래도 이제까지는 중간에 사람을 놓고 벌여 오던 득표 활동이 이제는 상대방의 약점을 고의적으로 물고 늘어지면서 당사자가 직접 뛰어들었다. 그런데 상대방의 약점이라는 것이 거의 전부가 저질의 중상모략이었다. 이를테면 누구는 여자관계가 복잡하고, 또 누구는 못된 정신질환을 앓은 경험이 있고, 누구는 학력을 속였다거나, 또 누구는 요산요수(樂山樂水)를 낙산 낙수로 읽고 패배(敗北)를 패북으로 읽을 만큼 무식하기가 곰의 발바닥 같다는 등 서로가 헐뜯고 깔아뭉개는 일에 혈안이 되고 보니, 그래도 이제까지 나름대로의 적당한 위엄과 권위를 갖추고 있던 윗분들이 그야말로 순식간에 형편없는 망나니요 불한당이요 사기꾼이 될 수밖에 없었다.

그러나 선거의 열풍은 이미 언덕 위에서 굴러 내리기 시작한 바위덩어리였다. 누구의 제지나 간섭으로 멈춰 설 바위덩어리가 아니었다.

따라서 선거운동의 양상은 막바지에 이르러 모양이고 꼴이고 가릴 것 없는 진흙탕의 개싸움으로 변해가고 있었고, 한동안 호기심과 흥미 속에 이 같은 개싸움을 지켜보던 사원들도 이제는 슬금슬금 자리를 피해 물러서는 기미를 보이기 시작했다.

그런데 선거일을 하루 앞두고 선거 양상이 이처럼 진흙탕의 개싸움으로 변해버린 사실에 대해 사원 모두가 은근히 공범자로서의 떨떠름한 감정을 안고 멀쑥해져 있던 퇴근 무렵이었다.

천장에 매달린 사내방송의 스피커에서 난데없는 안내방송이 흘러나왔다.

"S물산 사원 여러분께 안내말씀을 드리겠습니다. 오늘 오후 5시 30분에 그룹 회장님의 본사 방문과 함께 중대발표가 계실 예정이오니 전 사원은 시간 엄수 한 분도 빠짐없이 대강당에 모여주시기 바랍니다. 거듭 안내의 말씀을 드립니다……."

여느 때와는 달리 또렷또렷한 힘있는 음성으로 흘러나오는 안내방송 소리에 사원들은 일제히 손목시계를 들여다보았다. 앞으로 10분의 여유가 있었다. 모든 사무실이 갑자기 개미집을 쑤셔놓은 듯이 술렁이기 시작했다. 그러나 이 같은 술렁거림도 잠깐일 뿐 사원들은 어느새 3층의 대강당을 향해 날렵하게 사무실을 빠져나가기 시작했다.

예고도 없는 갑작스런 모임인데도 역시 그 동안 철저히 단련된 S물산의 사원들답게 집합시간은 정확히 지켜졌다.

5시 30분이 되자 물을 뿌린 듯이 조용한 대강당의 옆문을 통해 팔십 고령의 나이에도 몸매가 꼬장꼬장한 김달수 회장이 들어섰다.

은회색의 백발을 정갈하게 다듬은 김달수 회장이 이윽고 단상에 올라서서 3백 여명의 사원들을 찍어누르듯이 내려다보며 입을 열기 시작했다.

"오늘 본인은 창업 40년 이래 최대의 실망감과 비통함을 느끼며 여러분 앞에 섰습니다."

그러자 회장의 은회색 백발을 올려다보던 사원들이 일제히 어깨를 움츠리며 숨을 죽였다.

"본인의 이 실망감과 비통함은…… 기성 정치판에서도 찾아보기 어려운 추악한 사장선거의 타락상과 상호 비방…… 따라서 본인은 오늘의 이 타락상에 책임을 물어 사장 후보 전원을 면직시키고…… 민주주의는 누릴 자격이 있는 자에게만 부여되는 제도임을 새삼 느끼면서…… 차후에는 절대로 여러분의 직접 선거에 의한 사장 선출이 없을 것이라는 사실을……."

사방의 벽면에 부딪혀 떨어지는 처연한 김달수 회장의 목소리가 맨 앞줄에 앉아있던 간부들의 목을 향해 비수처럼 내려꽂히고 뒷줄의 3백여 사원들의 머리를 둔기로 내려치고 있었다.

(1990. 10)

5. 어떤 배신

요즘 세상에 나이 열 여덟이면 웬만한 세상물정 다 알아서 엉큼하게 뒷구멍으로 호박씨 까기에 충분한 연령인데도, 내 주변에서는 도통 열 여덟인 나를 아무 것도 모르는 숙맥 취급만 하고 있으니 가소롭기도 하고 한편으로는 울화통이 터지기도 한다.

특히나 내가 사동으로 일하고 있는 일신제본소의 말괄량이 처녀들은 부자지 내놓고 개울가에서 첨벙거리는 막내동생 대하듯, 나를 그저 아무 것도 모르는 철부지로 생각하는지 바로 옆에 나를 놔두고도 자기들끼리 여자만의 낯뜨거운 비밀 얘기까지 부끄럼 없이 떠들어대는 데는 정말 어이가 없어지는 것이다.

물론 이 같은 상황 속에서 나는 정말 아무 것도 모르는 바보처럼 행세하며 나름대로의 엉큼한 생활을 즐길 때도 많지만 기분이 썩 좋은 것만은 결코 아니다. 또한 사람의 이름이라는 것이 남이 부르라고 지어놓은 것이긴 하지만 내 이름인 영호 뒤에 '야'를 붙여서 거침없이 '영호야' 한다거나 숫제 이름은 생략하고 '꼬마야' 하고 부르는 데는 금방이라도 눈알이 뒤집힐 듯이 울화가 치미는 것이다.

그런데 내가 당당한 열 여덟의 사내인데도, 불과 서너 살 위밖에 안 되는 그들로부터 이런 대접밖에 못 받는 이유의 일단이 바로 보잘것없이 왜소한 내 체구에 있음을 나는 잘 안다. 사실 말이지 내 체구는 아무리 잘 봐줘도 건강한 국민학교 육 학년 아동의 수준을 넘지 못한 것이 사실이다. 이것은 어린 시절의 성장과정에서 가난에 찌들어 제대로 얻어먹지 못한 데다가 설상가상으로 늑막염인가 뭔가에 걸려 바위틈에 겨우 뿌리를 박고 뒤틀려 자라고 있는 앙바틈한 소나무 꼴의 체구를 유지하게 돼버렸으니 당당한 열 여덟의 내 나이는 무참히도 인정을 못 받고 있는 터였다. 그렇다고 해서 내 용모가 흉물스럽다거나 남에게 혐오감을 줄만큼 못

생겼느냐 하면 그건 결코 아니다.

병약한 체질 탓으로 활동에 제한을 받은 채 항상 집안에만 틀어박혀 지냈고, 지금의 직장인 이 제본소의 사동자리도 이른 아침부터 저녁 늦게까지 음습한 건물 내부에서 인쇄물의 파지(破紙)와 씨름하며 지내는 통에 병색 짙은 새하얀 얼굴이 오히려 남의 동정을 불러일으킬 만큼 청순미를 띠고 있는 귀여운 용모랄 수밖에 없다.

연령에 비하여 비정상적인 체구를 유지하고 있는 주제에 구렁이 제 몸 추듯 스스로 청순미를 띠고 있느니 귀여운 용모니 하는 표현 자체가 웃기는 얘기로 들릴지 모르지만 이제까지 주변사람들로부터 그런 말을 많이 들어왔었기 때문에 이 점에 대해서는 터무니없는 내 주장만은 절대로 아니다.

어쨌거나 나는 병들어 누워 계신 날이 많은 어머니 한 분과 더불어 그런 대로 내 월급으로 입에 풀칠하며 살 수 있는 직장, 월급 18만 7천 원 짜리 제본소의 사동자리를 무척 고마워하며 성실하게 근무하고 있는 당당한 18세의 이구청춘(二九靑春)인 것이다.

그런데 솔직히 말해서 제본소라는 곳이 환경위생상으로 보든지 장래성으로 보든지 나에게 바람직한 직장이 아니라는 것만은 확실하다. 더구나 머리에 수건 쓰고 하루종일 시덥잖은 농담으로 입방아나 찧으며 인쇄물의 접지를 담당하고 있는 이십 여명의 말괄량이 처녀들 틈에서 뒤치다꺼리나 잔심부름을 하고 있는 나로서는 직장에 대한 긍지나 자부심을 가질 수는 없는 것이다. 그러나 중학교 졸업이라는 학력을 가지고 염치없이 어느 회사의 사무원 자리를 넘볼 수도 없고, 이 꼴 저 꼴 아니꼬우면 제 힘으로 무슨 사업이라도 벌여보면 되겠지만 그만한 재력이나 주변머리도 없는 몸이니 이 정도의 직장이나마 얻어걸린 사실이 그저 감지덕지 고맙고 행복스러울 뿐인 것이다.

그런데 내가 이처럼 주어진 여건에 감사하며 내 소임을 다할 수 있는 또 다른 이유는 영자(英子)라는 소녀의 힘이 컸음을 고백하지 않을 수 없다.

영자는 내가 근무하는 일신제본소에서 인쇄물의 접지를 담당하고 있는 이십 여명의 처녀들 중의 하나지만 적어도 내 눈에 비친 그녀는 까마귀 무리 중에 섞여 있는 백로요, 돼지우리 속의 진주다. 그녀는 언제나 말이 없이 조용하다. 그녀의 몸에서는 풋풋한 건초 냄새가 난다. 다소곳이 숙인·그녀의 말간 이마 위에 송글송글 맺혀 있는 땀방울을 보거나 파리한 그녀의 손놀림을 보고 있으면 왠지 모르게 눈물이 왈칵 솟도록 서럽고 가슴이 찡해 온다. 그러나 나는 그녀와 호젓하게 마주서서 대화를 나눈 적이 아직 한 번도 없다. 그러므로 나는 그녀의 신상에 대하여 아는 바가 별로 없다. 그저 막연한 추측으로, 나처럼 불우한 가정환경을 가지고 있으리라는 것과 성격조차 나처럼 내성적이라는 것만을 어렴풋이 짐작하고 있을 뿐이다. 그러나 나는 그녀를 내 마음속에 가장 가까운 사람으로 치부해 놓고 있었다.

그런데 나는 꼭 한번 그녀에게 내 호의를 베푼 적이 있었다.

언제나 라면 한 그릇으로 점심을 때우고 있는 그녀에게 내 도시락을 건네준 것이다. 그런데 사무직에 근무하고 있는 여느 직원과는 달리 몸으로 돈을 버는 사람들일수록 대체로 낭비벽이 심하고 괜한 허세가 강한데 이곳 제본소의 접지 담당 처녀들 역시 받는 월급에 비하여 주전부리가 심하고 옷차림이나 몸맵시에 과한 신경을 쓰고 있는 편이었다. 그러나 영자만은 예외였다. 옷차림은 언제나 검소했으며 남들이 우르르 근처의 식당으로 몰려간 점심 시간에 작업장의 한 구석에서 혼자 조용히 라면 한 그릇으로 점심을 마쳤다.

그런데 내가 그녀에게 도시락을 건네준 그 날은 회사의 무슨 심부름으로 거래처에 갔다가 설렁탕 한 그릇을 공짜로 얻어먹고 돌아온 길이어서 임자를 잃고 버려진 내 도시락을 영자에게 건네 주었던 것인데 의외로 영자는 순순히 그걸 받아들였다.

그리하여 그 날 퇴근길에 나는 영자가 비워놓은 빈 도시락을 옆구리에 끼고 걸으며 가슴 두근거리도록 한없는 행복감에 젖어 있었다. 그리고 그 날밤, 빈 도시락 속에 웬 쪽지가 들어있다며 어머니가 건네주는 메모지를 펼쳤을 때, 나는 그만 숨이 컥 막혔다.

<영호씨! 고맙습니다>

세상에 태어나서 처음으로 내 이름 밑에 '씨'자를 붙여준 영자의 예쁘장한 글씨가 메모지 속에서 수줍게 오돌오돌 떨고 있는 것 같았다.

그 날 이후 나는 이따금 거짓말로 배가 아프다는 핑계를 대고 점심을 굶은 채 도시락을 영자에게 건네주려 했으나 한번도 성공에 이르지는 못했다. 그때마다 영자는 자기도 배가 아프다거나 누구와 밖에서 점심 약속을 했다는 둥 갖가지 구실을 들고 나와 사양했던 것이다. 그럴수록 나는 더욱 영자에게 도시락을 건네주고 싶은 마음을 누를 길이 없었고, 이상하게도 날마다 점심때만 되면 정말로 배가 아픈 것만 같은 해괴한 증상을 느껴가고 있었다. 그리고 밤마다 영자의 꿈을 꾸다가 소스라쳐 자리에서 일어나 축축한 아랫도리를 홑이불로 감싸며 혼자서 얼굴을 붉혔다.

그러던 어느 날 아침이었다.

내가 작업반장의 지시로 거래처에 다녀오느라고 좀 늦게 출근해 보니 회사 내의 공기가 심상찮았다.

작업반장은 똥마려운 강아지 꼴을 해 가지고 사장실로 어디로 안절부절 드나들었고 작업장의 처녀들도 일손을 놓은 채 여기저기에 모여 서서 수군거리고 있었던 것이다.

나는 언제나의 버릇대로 눈으로 영자의 모습을 찾았다. 그런데 영자의 모습이 보이지 않았다. 나는 순간적으로 가슴이 덜컥 내려앉음을 느꼈다. 왠지 모르게 회사 내의 이 심상찮은 분위기가 영자와 어떤 관련이 있을지도 모른다는 방정맞은 예감이 들었던 까닭이었다. 그렇지 않고서야 이제까지 결근을 한 적이 없는 그녀가 안 보일 리가 없는 것이다.

"회사에 무슨 일이 있었나요?"

나는 궁금한 나머지 옆에 있는 처녀에게 다급하게 물었다.

"영자 고년이 작업반장님 서랍 속에서 우리에게 줄 월급을 몽땅 훔쳐 달아났단다"

"뭐라구요?"

내 목소리가 너무 컸던지 뭇시선이 일제히 내게로 향했다.

"동거하는 남자까지 있었는데 감쪽같이 속이고…… 쪼그만 게 얌전한 척 의뭉을 떨었어……."

"살던 집에서 간밤에 줄행랑을 놓았으니 찾기는 글렀잖아……."

여기저기에서 영자를 비난하는 말소리가 어지럽게 들려오는 것을 어렴풋이 느끼며 나는 파지를 쑤셔 박은 쓰레기통 위에 빗자루처럼 쓰러졌다.

(1985. 7)

남자를 위하여

1. 갈비뼈 소동

"아니, 그래서 어떻게 됐어요?"

무릎걸음으로 코앞에 바짝 다가와 내 얼굴을 빤히 올려다보는 아내의 까칠한 입술이 파르르 떨리고 있었다.

나는 잔뜩 긴장해서 떨고 있는 아내의 입술을 보는 순간, 참으로 아슬아슬했던 오늘 오후의 사건이 다시 한번 내 머리 속에서 곤두박질을 치며 생생하게 떠올랐다.

"그래서 어떻게 됐느냐니까요?"

재차 물어오는 아내의 초조한 얼굴에서 천천히 눈을 돌리며 나는 짐짓 여유 있는 표정을 가장했지만 내 등줄기로는 또 한 차례 후줄그런 진땀이 흐르고 있었다.

상사(上司)의 사소한 감정 하나로 목이 잘릴 수도 있고 의외의 줄타기 승진의 기회를 잡을 수도 있는 개인 회사의 생리 속에서 십여 년 동안 눈치로 밥 먹고 살아온 내 입장에서 볼 때, 오늘의 사건은 참으로 아찔했던 위기일발의 순간이었던 것이다.

어쨌거나 천행으로 사건이 원만히 마무리된 이 마당이니까 자초지종을 캐묻는 아내에게도 제법 궁금증을 부채질하며 말에 뜸을 들이는 여유를 보여줄 수 있는 것이지 막상 사건이 벌어졌을 때의 상황에서는 사실 하늘이 노랬었다.

사건의 발단은 낮에 있었던 점심식사로부터 야기되었다.

무슨 일인가로 사장의 비위를 건드려서 국장으로 승진될 것이라는 소문을 몰고 다니던 기획실의 김 과장이 승진은커녕 별 볼일 없는 부서로 밀려난 것이 엊그제였고 그 자리에 다른 계열회사에서 자리를 옮겨 앉은 장 과장이 부임한 것이 바로 오늘이었다.

그런데 내가 몸담고 있는 기획실은 회사의 노른자위로서 사장의 맏사위인 기획실장을 중심으로 과장 이하 전 직원이 그야말로 회사를 이끌어 가는, 촉망받는 엘리트들의 집합체였다. 그러므로 기획실의 과장 자리는 회사원 누구나가 노리는 선망의 표적임은 물론이었다.

그 자리에 오늘 장 과장이 새로 부임해서 나의 직속상관으로 군림했으니 그의 부임을 환영하는 점심식사가 나의 주선으로 베풀어졌던 것은 당연한 일이었다.

나의 초청을 받은 타부서의 몇몇 과장들도 합석한 가운데 장 과장의 부임 축하 점심식사는 기름진 불갈비의 연기 속에서 점심식사치고는 꽤나 호화롭고 질탕하게 벌어졌다. 대낮이니까 술은 조금만 마시자면서도 어느새 다섯 사람이 소주 다섯 병을 비웠고 각자의 식탁 옆에는 살이 뜯겨나간 갈비뼈가 어지럽게 쌓여갔다.

그런데 이 때였다.

"야 -, 이 갈비뼈 집에 좀 가져갔으면 좋겠는데……."

오늘의 주인공인 장 과장이 포만감의 만족스런 표정과 함께 지그시 벽에 등을 기대며 중얼거렸던 것이다. 그러자 장 과장의 바로 옆자리에 앉아 있던 내가 이 말을 놓칠 리가 없었다.

"과장님 댁에서 개를 기르고 있는 모양이지요?"

그리고 나는 재빨리 아첨의 눈길로 장 과장의 표정을 살폈다.

"한두 마리도 아니고 황소 만한 세파트가 무려 세 마리나 있어요"

"그래요?"

좌중의 시선이 일시에 장 과장을 향하며 놀란 표정을 지었다. 그리고 좌중은 약속이나 한 듯이 모두 앞에 놓인 갈비뼈들을 주섬주섬 모아놓기 시작했다.

그 틈에 나는 종업원을 불러 갈비뼈를 모조리 싸도록 지시했다. 그러자 종업원은 그런 일에 이미 이골이 난 듯 날렵하게 비닐 봉지 속에 갈비뼈를 긁어 담았다. 그리고는 아직도 석쇠 위에서 지글지글 타고 있는 갈비를 가리켰다.

"이것들은요?"

두툼하게 살이 붙은 갈비가 아직도 수두룩했지만 누구 하나 그걸 제지하지 않았다. 웬만큼 배도 불러서 더 먹고 싶은 욕심도 이젠 사그라졌지만 괜히 장 과장의 눈치가 보여졌기 때문이었다.

아무리 개가 먹을 갈비뼈라지만 살코기가 하나도 붙어 있지 않은 뼈다귀만을 골라 싸라고 할 수는 없었던 것이고 만약 갈비에 붙은 살코기가 아까워서 그걸 한사코 물어뜯고 있다면 먹이를 놓고 개와 다투는 천덕스런 꼴이라고 생각했는지도 모를 일이다.

어쨌든 갈비뼈가 말끔히 치워진 식탁에서 좌중은 마지막으로 냉면을 시켜 먹은 후에 이쑤시개 하나씩을 입에 물고 식당 문을 나섰다. 참으로 오랜만에 기름진 음식으로 배를 채운 만족스런 점심이었다.

나는 종업원이 포장지로 곱게 싸 준 갈비뼈 뭉치를 소중히 손에 들고 보무도 당당히 일행과 함께 회사로 돌아왔다. 그런데 알록달록한 포장지로 곱게 싼 갈비뼈 뭉치를 손에 들고 회사의 현관을 들어섰을 때, 사람들의 시선이 자꾸만 나에게 쏠리고 있음을 알 수 있었다. 물론 포장지에 싸인 내용물을 그들이 알 턱이 없겠지만 나는 내 자신이 쑥스럽고 부끄러웠다. 과장 댁의 개먹이나 들고 다니는 얼빠진 녀석이라고 나를 비웃는 것만 같은 자격지심 때문이었다.

그런 순간에 내가 이층의 복도에서 기획실의 미스 박을 만난 것은 정말 다행스런 일이었다. 나는 지체없이 그녀를 조용한 복도의 모퉁이에 불러 세워 손에 들고 있던 뭉치를 은밀히 건넸다.

"이거 갈빈데, 과장님 퇴근하실 때, 잊지 말고 꼭 전해드려"

그리고 나는 사람들의 시선을 피하여 도망치듯 황망히 화장실로 들어가 기름기 묻은 손을 오랫동안 비누로 씻으며 시간을 끌다가 방으로 돌아왔다.

그런데 그 갈비뼈가 말썽을 일으켰던 것이다.

섣부른 무당이 생사람을 잡는다고, 복도의 모퉁이에서 사람의 눈을 피하여 은밀히 건네준 갈비뼈 뭉치를 엉겁결에 받아든 미스 박의 판단 미스로 그게 새로 부임한 장 과장한테 전해지지 않고 기획실에서 다른 부서로 자리를 옮겨간 김 과장에게 전해졌던 것이다.

퇴근이 임박한 시간에 이 같은 사실을 뒤늦게 알게 된 나는 그만 하늘이 무너지는 것 같았다.

"아니, 과장님한테 전해드리라니까 무슨 뚱딴지같이 김 과장이야?"

"새로 오신 장 과장님과는 함께 식사를 하셨잖아요?"

"그래서?"

"장 과장님과 함께 식사를 하고 오셔서 눈치를 살피시며 과장님께 갈비를 전해드리라고 은밀히 말씀하시기에 저는 그만 김 과장님인줄 알았지요"

"은밀히 말하면 김 과장인가?" ·

"저는 함께 일하셨던 옛 정분을 생각하셔서 김 과장님께 송별의 뜻으로 갈비를 보내시는 줄 알았어요"

"미스 박 혼자서 장구 치고 북 치고 굿판 혼자 벌려라"

홧김에 소리를 꽥 질렀지만 그것으로 해결될 일이 아니었다. 나는 눈물을 질금거리는 미스 박을 겨우 달래서 임기응변으로 아까 점심을 먹은 식당으로 오만 원을 주어 급히 보냈다. 엇비슷한 분량의 불갈비를 굽지 않아도 좋으니 똑같은 포장지에 싸서 가져오도록 시킨 것이다. 그리고는 또 미스 박을 시켜서 김 과장한테 그걸 보내어 물건이 바뀌었으니 이해해 달라고 능청을 떨어 문제의 갈비뼈를 회수하는데 극적인 성공을 하였던 것이다.

"순식간에 쌩돈 오만 원 날렸군요"

파김치가 되어 돌아온 나로부터 오늘의 해프닝을 모두 전해들은 아내가 그만 어이없다는 듯 코방귀를 날렸다.

"먹다 남긴 갈비뼈인 줄도 모르고 그걸 식구들 앞에 자랑스럽게 펼쳐놓았을 김 과장의 얼굴을 상상해본다면 그까짓 오만 원이 문제가 아니야"

내 등줄기로는 또 한차례 식은땀이 주르르 흘러내렸다.

(1985. 5)

2. 박살난 일요일

집안은 온통 태풍이 휩쓸고 지나간 뒤끝처럼 썰렁한 고요 속에
가라앉아 있었다. 그리고 방구석의 여기저기에 심란스럽게 벗어
던져진 아내와 조무래기 아이놈들의 옷가지들이 더욱 태풍 뒤의
무질서한 어지러움을 실감시켜 주고 있었다.

오랜만에 친정 나들이라도 하고 오겠다면서 천방지축으로 날뛰
는 세 아이들을 몰고 아내가 훌쩍 외출을 떠나버린 집안의 풍경
을 물끄러미 바라보다가 나는 문득 농밀한 생활의 두께 같은 것
을 느끼지 않을 수 없었다. 그리고 결혼생활 10여 년 동안 참으로
분수없이 바쁜 시간 속에서 아내와 세 아이들이 자아내고 있는
내 가정의 퉁퉁한 냄새를 이처럼 코앞에 느끼기도 처음이라는 생
각에 나는 잠옷차림으로 이방 저방을 기웃거리며 기묘한 감정에
들떠 있었다.

커피포트에 물을 올려놓고 그것이 끓는 동안 나는 담배 하나를
피워 물고 책상 앞에 앉았다. 그리고 뽀얀 먼지를 함뿍 뒤집어쓰
고 꽂혀 있는 책들을 바라보다가 문득 오랜 방탕생활에서 갓 돌
아온 탕자의 기분에 젖어보기도 하고, 벌써 오래 전에 쓰다가 내
팽개쳤던 원고를 앞에 놓고, 뜬눈으로 밤을 지새며 원고지에 매달

렸던 지난날의 열정에 새삼 대견스런 미소도 날려보며 참으로 오랜만에 한유로운 시간을 야금야금 즐기고 있었다.

그리하여 커피포트의 물이 끓기를 기다려 커피 한 잔을 손수 타서 마시고 원고지 앞에 정좌하여 마음을 가다듬었을 때는 어느새 11시가 가까운 시간이었다. 그런데 이 때였다. 마루에 매달려 있는 차임벨이 요란스럽게 울렸다. 나는 화들짝 놀라며 앉았던 의자에서 벌떡 몸을 일으켜 세웠다. 그리고는 모처럼 마음을 가다듬고 원고에 매달리려는 판인데 이 같은 분위기를 산산조각으로 바쉬놓는 차임벨 소리에 못마땅해하며 나는 창문을 열고 대문께를 향하여 누구시냐고 물었다. 그러자 대문 밖에서는 당당한 남자의 목소리가 들려왔다.

"안녕하십니까?"

"누구신데요?"

"네에―, 안녕하세요"

누구시냐니까 자꾸만 안녕하시냐고 되묻는 별난 방문객을 확인하기 위해 나는 대문으로 나가려다가 잠옷차림의 내 행색을 발견하고는 부랴부랴 옷을 갈아입고 대문을 열고 보니 웬 낯선 사내 하나가 헤벌쭉 웃고 서 있었다.

"누구십니까?"

"안녕하십니까?"

사내는 여전히 안녕하시냐는 대꾸로 일관했다. 나는 잠깐 사내의 행색을 훑었다. 넥타이까지 단정히 맨 말쑥한 차림에 누런 서류봉투 하나를 손에 들고 있는 사내는 생면부지의 낯선 사람이었다. 그리고 누구시냐는 물음에는 대답도 없이 사내는 뻔뻔스럽게도 나를 향해 질문공세를 펴기 시작했다.

"국민학교에 다니는 자제 분이 있으시지요?"

"네에"

"저학년입니까, 고학년입니까?"

"3학년하고 1학년입니다만……."

"아아, 둘이시군요. 알맞게 두셨습니다."

별 싱거운 사내도 다 보겠다는 생각을 하고 있는데 사내는 요만큼의 틈도 주지 않고 다시 입심 좋게 씨부렁거리기 시작했다.

"선생님께서야 다 알고 계시겠지만 아이들의 지능은 국민학교 저학년 때 이미 형성된다잖습니까. 그래서 조기교육의 필요성이 역설되는 것이지요. 이런 교육적 견지에서 이번에 저희 출판사에서 아이들의 지능계발과 천재교육 실현을 위해서 기가 막힌 책이 나왔기에 이를 권장해 드리려고 이렇게……."

나는 순간적으로 분노가 치밀었다. 그리하여 마음 같아서는 서적외판원의 뺨이라도 보기 좋게 후려치고 돌아서고 싶었지만 그럴 만한 용기나마 갖춘 옹골찬 위인도 못되는 나는 부글거리는 감정을 눌러 참으며 좋은 말로 사내를 돌려보내느라고 그로부터 십여 분은 넉넉히 허비하고 방으로 돌아왔다. 방에 돌아온 나는 다시 담배 하나를 피워 물고 분노로 활랑거리는 가슴을 가까스로 달래며 원고지에 눈을 박고 있을 때였다.

이번에는 응접실의 전화벨이 요란스럽게 울렸다. 나는 응접실로 걸어 나가 수화기를 들었다. 수화기를 들자마자 전화 저쪽에서는 걸쭉한 음성의 어떤 여편네 목소리가 다짜고짜 시비부터 걸어왔다.

"왜 돼지고기 두 근하고 쇠고기 다섯 근 부탁한 것 배달 안 해 줘요? 장사가 잘 된다싶으면 배짱이라니까……."

정육점이 아니라는 내 말에 저쪽의 여편네는 미안하다는 말도 없이 방정스럽게 전화를 끊어버렸다. 한동안 멍하니 수화기를 들고 있다가 나는 다시 책상 앞으로 돌아올 수밖에 없었다. 그러나 한 번 박살난 분위기는 좀처럼 회복되지 않았다. 다시 새 담배에 불을 붙여 물고 원고지에 시선을 박았으나 원고지 칸들이 마치 철조망의 그물처럼 눈앞을 가로막을 뿐 한 구절도 이어갈 수가 없었다.

그로부터 아내와 아이들이 외출에서 돌아온 오후 4시까지 나는 단 한 칸의 원고지도 메우지 못한 채 선불 맞은 짐승처럼 식식거리는 분노 속에 안절부절 하루를 보낼 수밖에 없었다. 그 동안 수도검침원이라는 작자가 다녀갔고, 신문대금을 받으러 온 소년이 벨을 눌렀고, 아이놈의 같은 반 친구라는 꼬마녀석의 전화가 걸려왔으며, 골목을 헤집고 다니며 확성기 소리를 쩌렁쩌렁 울려대는 쥐약장수의 마이크 소리가 들려오고 온갖 장사치들의 고함소리에 나는 송곳으로 두개골을 후벼파는 듯한 두통에 진저리를 쳤고 신경질을 이기지 못하여 벌겋게 눈알이 충혈 되어 있었던 것이다. 그리고 나의 엉뚱한 분풀이는 귀가한 아내를 향하여 봇물처럼 쏟아지고 있었다.

"뭐하느라고 쏘다니다가 이제서야 오는 거야"

갑작스런 고함소리에 멈칫하던 아내가 벽에 걸린 시계를 올려다봤다. 4시였다. 이윽고 새침해진 아내의 시선이 내게로 옮겨지고 있었다. 나는 아내의 시선을 피하여 내 방으로 건너와 버렸다. 잠시 후 옷을 갈아입은 아내가 주방으로 들어가 물소리를 내더니 어느 틈에 쪼르르 내 방으로 건너와 식식거리는 숨소리를 내며 장승처럼 내게 다가섰다.

"당신, 난생 처음 일요일날 집에 좀 계셨다고 뭐가 그리 억울해서 차려놓은 밥도 안 먹고, 들어오자마자 고함을 치고 그 야단이죠?"

갑자기 따져드는 아내의 말에서 나는 아침에 아내가 차려놓고 나간 점심조차 잊어버리고 안 먹었다는 사실을 비로소 깨닫고 놀랐다.

"그리고 지금이 4시인데, 쏘다니다가 늦었다는 말은 또 뭐죠?"

대답을 못하고 어물거리는 내 앞에서 아내의 기세는 실로 등등했다. 그러나 엉뚱한 화풀이를 경솔하게도 아내에게 했던 사실이 몹시 부끄럽고 후회스러웠지만 그걸 변명하고 어쩌고 할 기분이 아니어서, 아내가 아이놈을 시켜서 저녁밥을 먹으라는 전갈을 보낼 때까지 마려운 오줌도 참아가며 내 방에 죽은 듯이 누워 있었다.

저녁 밥상머리에서였다. 배고픈 김에 허겁지겁 밥을 퍼먹고 있는 나를 흘낏 바라보던 아내가 피식 웃음을 날리며 말을 걸어 왔다.

"좀 천천히 드세요"

"……."

나는 대답 대신 순식간에 밥그릇을 비우고 내 방으로 건너와 버렸다. 그리고는 나른한 식곤증에다가 아직도 아내에 대한 쑥스러운 감정을 벗어 던지지 못한 채 소파에 기대어 반쯤 눈을 감고 있는데 설거지를 마친 아내가 뱀처럼 소리도 없이 커피 두 잔을 쟁반에 받쳐들고 방안에 들어섰다. 나는 어린애처럼 아내가 건네주는 커피를 말없이 받아 마셨다.

"왜 그랬어요. 아까는……."

긴 꽃무늬 치마를 넓게 펴고 내 발치에 앉아 있던 아내가 마치 한 무더기의 꽃덩굴 속에 파묻혀 놀고 있던 소녀 같은 모습으로 빙그레 웃었다.

"장사치들이 어찌나 초인종을 눌러대고 시끄러운지 원고 한 장 쓸 수가 있어야지……."

나는 시선을 딴 데 두고 떠듬거렸다. 그러자 아내가 무릎걸음으로 얼른 책상 앞에 다가가 펼쳐놓은 원고를 내려다보며 중얼거렸다.

"지난주에 쓰던 18페이지에서 한 장도 더 못썼군요."

"산산조각으로 박살난 일요일이었다구."

어느새 내 목소리는 구원병을 만난 것처럼 활기를 띠어 가고 있었다.

"그렇다고 엉뚱하게 나한테 고함을 치시고…… 어린애 같으셔……."

커피 잔을 챙겨들고 나가며 나지막이 중얼거리는 아내의 등뒤에 대고 나는 정말 어린애처럼 혀를 쏘옥 내밀며 만족스럽게 웃었다.

(1984. 11)

3. 눈앞이 캄캄한 사내

내가 녀석의 전화를 받은 것은 밤 10시경이었다.

엉덩이가 짓무르도록 하루종일 붙박이로 운전석에 앉아서 그 생김새만큼이나 성깔들이 제 각각으로 생겨먹은 별의별 손님들을 맞고 보내야 하는 택시 운전수의 팔자로서 비번(非番)날처럼 느긋하고 신바람 뻗치는 날은 없다. 그런데 그런 하루를 정말 늘어지게 낮잠으로 소일하고 저녁식사 후의 나른한 식곤증을 쾌적하게 느끼며 아랫목에 벌렁 누워 텔레비전을 보고 있는 내 머리맡을 슬쩍슬쩍 치마폭으로 바람을 일으키고 오가는 아내의 허리를 덥석 안아다가 눕혀 놓고 입에서 단내가 나도록 방사(房事)까지 치른 터라 나는 아내가 깔아준 요 위에서 그야말로 째지게 기분 좋은 시간을 보내고 있을 때였다.

마루에 놓인 전화벨이 울리고, 연탄을 갈러 나갔던 아내가 콩콩거리는 발소리를 내며, 전화를 받으러 가는 소리가 들리더니 아직까지도 발갛게 상기되어 보이는 아내의 얼굴이 방안으로 불쑥 들이밀어졌다.

"전환데요, 강 기사님이에요."

"강 기사라고? 웬일이야, 녀석이……."

나는 머리맡에 풀어놓았던 시계를 흘깃 보며 의아한 생각과 함께 천천히 자리에서 몸을 일으켜 세웠다.

"술 취한 것 같아요, 음성이……."

"술 취했다고? 오늘 비번이 아닌데 이 시간에 술을 마셨을 리가 있나……."

녀석과 나는 같은 택시를 가지고 하루 걸러 교대로 일을 하도록 되어 있기 때문에 내가 쉬는 날은 그가 운전을 해야하는 것은 당연한 일이었던 것이다.

그런데 막상 녀석의 전화를 받고 보니 그는 아내의 말대로 혀 꼬부라진 소리를 낼 정도로 취해 있었다. 그리고 웬일이냐고 다그치는 내 말에 녀석은 자신이 지금 사고를 냈는데 자세한 얘기는 만나서 할 테니 지금 곧장 C경찰서 형사과로 나와달라는 말만을 일방적으로 지껄이고는 전화를 끊어 버렸다.

오랜만에 느긋한 여유를 가지고 잠자리에 들려던 나는 순간적으로 귀찮다는 생각이 불끈 머리에 들었으나 동료의 사고를 묵살해 버릴 수는 없었다. 더구나 녀석은 요즈음 젖먹이 아이를 팽개치고 어디론가 종적을 감춰 버린 부인 때문에 몹시 울적해 있었던 사실이 상기되어 나는 벌떡 자리를 박차고 일어섰다.

사고가 났으면 회사에 전화를 걸 일이지 왜 하필이면 당신한테 전화를 걸어서 나오라고 하느냐는 아내의 볼멘 불평소리를 귓전으로 흘리며 내가 택시를 잡아타고 경찰서에 도착한 것은 그로부터 20여 분 후였다.

나는 군복차림의 보초가 앞에 총 자세로 서 있는 경찰서의 정문을 들어서려다가 정문의 한 쪽 옆으로 몇 대의 차량들이 나란히 세워져 있는 속에 낯익은 색깔의 택시 하나가 앞 유리 한 쪽이 마치 모자이크 무늬처럼 산산이 금이 간 채 세워져 있는 것에 머물자 그만 쿵 소리를 내며 가슴이 내려앉는 것 같은 충격을 느꼈다.

보안등 불빛에 길게 끌리는 그림자를 뒤에 달고 내가 형사과의 문을 밀치고 들어섰을 때, 녀석은 담당 경찰관 앞에 쭈그리고 앉아서 무언가 한참 변명을 늘어놓고 있는 중이었다.

"음주 운전이라니 그건 천부당 만부당한 말씀입니다. 술은요, 병원에 환자를 옮겨다 놓은 후에 마신 거라니까요. 홧김에……."

마주앉은 경찰관의 어깨 너머로, 문을 밀치고 들어서는 나를 발견한 녀석이 몸을 흠칫 추스리며 가련하게 중얼댔다.

"당신도 참 딱하구려. 까만 걸 희다고 우겨대는 게 낫지. 그래

당신의 몸에서 알콜 성분이 생생하게 검출됐는데 그래도 부정하겠다는 거요?"

"그거야, 사고 이후에 병원에서 마신 소주 때문이겠지요. 정말 음주 운전이라는 건 억울합니다."

"이 사람이 정말 끝까지 이렇게 오리발 내밀기야? 미안하지만 당신 몸에서 검출된 알콜 성분은 소주가 아니라 드라이 찐이야, 드라이 찐. 그리고 당신이 병원에서 마셨다는 소주가 얼마나 되는지 알기나 알어? 이홉들이 소주 삼분의 일도 채 못 마셨어. 전작(前酌)이 없이 그걸 마시고 이렇게 취할 수 있다고 생각하나?"

녀석을 앞에 놓고 조서를 꾸미던 담당 경찰관은 급기야 화가 치솟은 모양이었다. 반말 섞인 그의 어조가 사뭇 강경하게 나오기 시작했다.

"그건 제가 워낙 술이 약하니까⋯⋯."

그런데 집요하달까 우직스럽달까, 아까보다는 현저하게 기세가 꺾여 말끝을 흐리긴 했으나 녀석은 음주 운전에 대해서만은 한사코 부인하려는 자세였다.

나는 이제까지 이들의 대화 속에 끼여들 계제가 아닌 것 같아 우두커니 뒤에 서 있었으나 더 이상 보고만 있을 수 없어 한 발 앞으로 나섰다.

"저어 실례합니다."

두 손을 공손히 맞잡고 허리를 굽히며 다가서는 나에게 이제까지 등을 보이고 앉아 있던 담당 경찰관이 귀찮다는 얼굴로 고개를 돌렸다.

그런데 그가 나에게 고개를 돌리는 순간, 나의 입이 그만 떠억 벌어졌다.

"어이구, 이거 김 선생 아니십니까?"

잠시 후 불쑥 내미는 내 손을 잡으며 그도 대번에 나를 알아보았다.

"야, 이거 박 선생, 이거 얼마 만입니까?"

우리는 동시에 10여 년 전의 시간 저쪽으로 뒷걸음질 쳐 힘차게 손을 맞잡고 오랫동안 흔들었다.

"대전에선 언제 오셨습니까?"

"박 선생이 서울로 떠나신 다음 해지요, 아마……."

우리는 벽 하나를 사이에 두고 세를 들어 살고 있던 대전에서의 여러 가지 일들을 번개같이 머리에 그리면서 잡은 손을 다시 한번 힘차게 흔들었다.

그런데 잠시 후, 우리가 서로 잡았던 손을 놓으며, 10여 년 전의 시간 저쪽에서 현실로 되돌아왔을 때 나는 심히 쑥스럽고 당황하지 않을 수 없었다.

그러나 이 마당에 와서 어쩌는 도리가 없었다.

나는 아까부터 놀란 눈을 휘둥그래 뜨고 어안이 벙벙해 있는 녀석을 턱으로 가리키며 자초지종을 설명할 수밖에 없었다.

그로부터 30여 분쯤 후였다.

나는 무슨 허깨비처럼 넋이 빠져 휘청거리는 녀석을 부축하여 옆에 끼고 경찰서를 빠져나오고 있었다.

정말 기적적으로, 녀석의 차에 떠 받혀 나둥그러진 환자가 얼굴에 가벼운 찰과상만을 입은 채 말짱하게 의식을 회복했다는 보고가 전해졌고, 또한 젖먹이를 이웃집에 맡겨 놓고 운전을 나왔던 녀석의 딱한 정상이 참작되어 그의 음주 운전은 도깨비에게 떼어 준 혹처럼 감쪽같이 조서에서 지워져 버렸던 것이다.

파르스름한 수은등이 차갑게 비치고 있는 거리에는 통금에 쫓긴 택시들이 벌에 쏘인 당나귀처럼 위태롭게 옆을 스쳐 지나고 있었다. 모자이크 무늬처럼 산산조각으로 금이 간 유리는 다행히도 운전석 쪽이 아니어서 나는 운전에 별다른 지장을 느끼고 있지 않았다.

"사고를 내고 나서 환자를 어떻게 병원까지 싣고 갔는지 기억이 없어. 얼마 후에 정신을 차려보니 병원의 대합실에 내가 앉아 있더군"

그리고 녀석은 순간적으로 이웃집에 맡겨두고 온 젖먹이를 생각했고, 음주 운전이 드러나면 모두가 끝장이라는 생각에 병원 밖으로 뛰쳐나가 소주 한 병을 사들고 들어와서는 마치 사고를 낸 후에 심정이 괴롭고 착잡하여 술을 마신 것처럼 가장하려고 서투른 쇼를 벌였다는 이야기를 담담히 중얼거렸다.

나는 신호등에 걸려 차를 세우며 옆자리에 앉아 있는 녀석의 얼굴을 흘낏 훔쳐보았다.

홧김에 드라이진을 병째로 들이키고 승객은 태우지도 않은 채 시내를 여섯 바퀴나 돌았었다는 녀석은 이제 등받이에 머리를 기댄 채 자는 듯이 눈을 감고 있었다. 조금은 무모하고 우직스러운 녀석이었다.

그런데 이 때였다.

"눈앞이 캄캄하군. 아무 것도 안 보여."

옆자리에 그린 듯이 눈을 감고 앉아 있던 녀석이 난데없이 혼잣소리로 중얼거리는 소리가 들렸다.

그러나 나는 녀석에게 고개를 돌리지 않았다. 녀석이 방금 중얼거린 소리가 앞면의 깨어진 유리 탓으로 시야가 안 보인다는 말은 결코 아닐 것 같았기 때문이었다.

신호등이 바뀌자 나는 눅눅한 야기(夜氣)속으로 화가 난 듯이 차를 몰기 시작했다.

(1981. 12)

4. 윤달호 씨의 경우

올해로 쉰 여섯 살이 된 윤달호 씨는 서울 변두리에 자리잡고 있는 중앙부동산의 총무부장이다.

그런데 허울좋은 한울타리요, 빛좋은 개살구지 중앙부동산의 총무부장이란 직책은 다섯 평 남짓한 복덕방에서, 위로는 사무실의 전세 비용을 혼자서 감당했기 때문에 대표가 된 김영배 영감과, 아래로는 전화 심부름과 청소 업무를 맡고 있는 여자 사동애 사이에서 가랑이에 가래톳이 서고 입에서 단내가 나도록 하루종일 쏘다녀야 하는 소개꾼에 불과한 것이다.

그러나 직함이야 어떻든지 실속이나 있었으면 좋으련만 요즘 같은 불경기에는 진종일을 복덕방에 나앉아 있어도 고양이 새끼 한 마리도 얼씬하지 않으니 이대로 가다가는 입에 풀칠하기도 어려울 것만 같은 나날이었다.

그런데 오늘 아침에는 괴변이 일어났다.

언제나 아침이 되면 누가 시키지 않아도 잘 길들여진 충직한 짐승처럼 복덕방으로 향하는 일상적인 습관이 오늘 아침에는 왠지 심드렁해지고 날씨마저 후덥지근해서 탈탈거리는 낡은 선풍기 앞에서 주책없이 흐르는 땀을 식히며 우물거리고 있는데 난데없

남자를 위하여 195

이 복덕방에서 전화가 걸려왔던 것이다.

그것은 손님들이 찾아와서 기다리고 있는데 왜 이때까지 출근하지 않느냐는 사동애의 다급한 전화였다.

이른 아침부터 손님이 찾아왔다는 사실은 근래에 없던 일이어서 윤달호 씨는 뛰다시피 허둥지둥 복덕방으로 달려갔다.

복덕방에는 사십대로 보이는 중년 부부가 다소곳이 소파에 앉아서 윤달호 씨를 기다리고 있었다.

윤달호 씨는 오랜 경험을 통하여 손님의 차림새와 외모만으로도 그들이 어떤 물건을 원하는 부류의 사람들인지 금방 알 수 있었는데, 그들은 예상대로 방 하나에 부엌이 딸린 전세방을 찾고 있는 중이었다. 윤달호 씨는 궁한 처지에 쌀밥 보리밥 가릴 형편도 아니었지만 한껏 부풀었던 기대가 일시에 무너지는 듯한 허탈감을 느끼지 않을 수 없었다.

그러나 찾아온 손님인데 마뜩찮은 낯색을 보일 수도 없어서 윤달호 씨는 부부를 대동하고 몇 군데의 집을 둘러보기 시작했다. 하지만 그들 부부는 자기들이 손에 쥐고 있는 돈의 형편을 생각하지 않고 비탈이 심해서 겨울에는 살기가 어렵겠다는 둥, 방이 북향이어서 어둡겠다는 둥 여간 까탈스럽게 구는 것이 아니었다.

그만한 돈으로 이만한 방을 얻기도 쉽지 않다고 아무리 권유해봐도 한 집만 더 구경하자커니 두 집만 더 찾아보자커니 하는 바람에 이리저리 쑤시고 다니기를 무려 서너 시간이나 하고 보니, 아침에 갈아입은 속옷은 물에서 방금 건져낸 것처럼 땀이 흥건하고 발목이 시큰거려서 더 이상 걸을 수 없도록 녹초가 되어버렸다.

결국 그들 부부는 아무래도 돈에 맞는 딴 곳을 알아봐야겠다면서 그 동안 헛걸음만 시켰으니 이거 미안해서 어쩌겠느냐고 다소곳이 고개까지 숙여 인사를 하고 타박타박 골목을 빠져나갔고, 윤달호 씨가 그들의 뒷모습을 한동안 멍하니 바라보다가 땅이 꺼질 듯한 한숨을 쉬며 복덕방에 돌아온 것은 정오를 훨씬 넘긴 뜨거운 한낮이었다.

물론 찾아온 손님 모두가 계약을 성사시켜 준다면 복덕방을 안 차릴 사람이 없겠지만 혹시나 했던 기대가 이처럼 땀투성이의 몰골로 주저앉고 말았으니 심기가 자못 참담하지 않을 수 없는 윤달호 씨였다.

호들갑을 떨며 모처럼 전화를 걸었던 사동애도 미안한 생각에 손톱만 물어뜯고 앉아 있으니 복덕방의 분위기는 날씨만큼이나 후덥지근하고 답답하기 그지없었다.

이윽고 윤달호 씨는 슬그머니 복덕방을 빠져나왔으나 어디라고 꼭 갈 만한 곳도 없었다. 한참을 망설인 끝에 그는 동네 노인들이 모여 앉아 잡담을 나누며 더위를 피하는 바람에 '노인들의 천국'으로 불리는 고가도로 그늘 밑을 생각했다. 거기는 언제나 일거리가 없는 노인들의 심심한 입을 통하여 동네의 크고 작은 소문들이 흘러나오고 세상살이의 온갖 애환들이 교차되는 장소였기 때문에 심심파적으로 곧잘 찾아갔던 윤달호 씨였던 것이다.

그러나 오늘은 아무도 나와 있지 않은 채, 종이상자와 신문지 조각들만이 심란하게 널려있을 뿐이었다. 심기도 불편한데 오히려 한적한 것이 나을 듯도 싶어 윤달호 씨는 구멍가게에서 소주 한 병과 땅콩 부스러기를 사들고 고가도로의 그늘 밑으로 찾아들었다.

햇볕이 들지 않는 그늘 밑은 무척 시원스러웠다. 윤달호 씨는 가져간 소주와 땅콩으로 단내 나는 입안을 축이며 문득 떠나온 고향을 머리 속에 떠올렸다.

항상 땅이나 파먹다가 이대로 고꾸라져 죽을 테냐고 몰아세우는 마누라의 등살을 견디다 못하여 서울에 올라온 것이 햇수로 십여 년이 됐지만 남의 집 전세살이를 못 면한 채 오늘에 이르고 있는 것이다.

고향의 들판을 생각하다가 소주 한 잔 마시고, 남의 이목이 두려워 다시 고향에도 못 가는 신세가 딱해서 또 한 잔을 마시다보니 술병이 비었다. 낮술의 취기에 몽롱하게 앉았다가 윤달호 씨는 자신도 모르게 종이 상자 위에서 잠이 들었던 모양이었다. 퍼뜩 정신을 차려보니 건너편 빌딩 너머로 햇살이 숨어버린 저녁 무렵이었다.

윤달호 씨는 복덕방의 일이 궁금하기도 했지만 이런 시간에 어슬렁거리며 나타나기도 찜찜한 노릇이어서 그대로 휘청휘청 집으로 향했다.

이윽고 쪽문을 밀치고 손바닥만한 현관에 들어서던 윤달호 씨는 눈앞에 장승처럼 막아서며 고함을 질러대는 마누라와 맞닥뜨렸다.

"제 코가 석 자나 빠진 주제에 남의 방이나 얻어준다고 실속 없이 쏘다니니…… 내 원 기가 막혀서……."

"……."

어안이 벙벙한 윤달호씨는 우람한 마누라의 몸을 곁눈질로 훑으며 야단맞은 강아지처럼 눈치를 살폈다.

"이 방의 전셋값을 또 올려야겠대요. 능력이 없으면 내일 당장에라도 나가달라니 어떻게 할거냐구요."

세모꼴로 노려보는 마누라의 눈초리를 피하며 윤달호 씨는 문득 오늘 아침에 방을 구하겠다고 따라다니던 그 부부들의 모습을 떠올렸다. 그런데 어느 순간에 그 부부들의 모습은 사라지고 후미진 골목을 누비며 이 집 저 집 기웃거리고 있는 자신과 마누라의 모습이 대신 떠오르고 있었다.

(1992. 9)

5. 임신한 남자

학기말 시험을 며칠 앞둔 교정은 썰렁하다 못해 마냥 을씨년스러웠다.

칙칙한 색깔로 말라비틀어진 가랑잎들이 스산하게 뒹굴고 있는 분수대 옆을 가로질러 나는 대학본부의 옥상 위에 이제 막 날개를 접고 내려앉는 한 떼의 비둘기들을 올려다보며 도서관 쪽으로 발길을 돌렸다.

잿빛 하늘이다. 그 하늘의 어느 구석이 석류 알 터지듯 열리며 이제라도 희끗희끗 눈가루가 쏟아져내릴 것만 같아 나는 그 잿빛 하늘을 향해 발딱 고개를 젖혔다.

서른 여덟 개의 가파른 계단 위에 도서관의 새하얀 건물이 무너질 듯이 우뚝 솟아 있는 게 보였다.

나는 공교롭게도 내 나이와 같은 숫자인 이 서른 여덟 개의 계단을 오를 때마다 언제나 참담한 심정에 젖어드는 나를 느낀다. 그 서른 여덟 개의 계단 하나 하나가 마치 이제까지의 내 생애만 같은 것이다.

나는 계단의 중턱쯤에서 털썩 주저앉아버렸다. 왼쪽 의족(義足) 부위가 뻐근한 아픔을 몰아오고 있었다. 이까짓 계단을 올랐다고 아플 리는 없는데 아침부터 너무 걸었던 탓이라고 생각하며 나는 방금 올라온 스물 다섯 개의 계단을 내려다보고 가벼이 한숨을 쏟았다.

나는 담배를 피우며 임신 구 개월의 아내를 생각했다. 요즈음 아내는 극도로 신경이 날카로워져서 나를 박박 긁고 있다. 하기야 임신 때문에 나가던 직장도 그만두고 집안에 처박혀서 참새 오줌 만한 내 수입으로 살림을 꾸려나가다 보니 신경질도 뻗치기는 뻗칠 것이다.

그러나 대학교 시간강사의 수입이야 세상이 다 아는 노릇이 아닌가. 그걸 언짢게 생각하여 나를 들볶는다면 아내도 너무 한다. 그러나 아내의 불평은 비단 참새 오줌만한 내 수입에 국한된 문제가 아니라는 것을 나는 잘 안다.

"필요하다면 문둥이 콧구멍에서 마늘쪽도 빼먹는 요즘 세상이라구요. 그렇게 우유부단해서 어떻게 세상을 살아가요?"

아내는 언제나 흐리멍텅한 나의 의식구조에 이렇듯이 칼날을 들이대는 옹골찬 여자다. 그리고 아내의 또 다른 불만은 부인이 임신 중인데 남자가 어쩌면 그렇게 멋대가리 없이 구느냐는 거였다.

부인 대신 임신은 못할망정 그렇게 숙맥처럼 무덤덤할 수가 있느냐고 눈물까지 찔끔거리는 아내다.

그러나 나는 정말 서른 여덟의 나이가 되도록 임신 중인 부인을 위하여 남편이 무얼 어떻게 해야 하는지를 모르는 팔불출의 숙맥이다.

그러니까 밥을 먹다가 별안간 화장실로 뛰어들어 창자까지 쏟아놓을 듯 토악질을 해대는 아내의 뒷모습을 그저 놀란 눈을 뜨고 멀거니 바라보고만 있었던 내가 아니던가.

그리하여 요즘의 나의 신조는 아내가 무엇을 요구하기 전에 내가 아내를 위하여 과연 무엇을 할 것인가를 생각하는 진보적인 남편이 되고자 노력하는 것이지만 삼십 팔 년이라는 장구한 세월 속에 다져진 나의 숙맥기질은 도무지 어쩔 수가 없는 것이다.

"어마, 박 선생님 아니세요?"

나는 아직도 어둠침침한 층계의 중턱에 웅크리고 앉아 있다가 깜짝 놀라 일어섰다.

나로부터 두서너 계단 위에 마치 슬로비디오의 느린 동작이 어느 순간에 갑자기 멈췄을 때의 우스꽝스런 모습처럼 미스 김이 서 있었다.

"원고료 땜에 오시는 길이시죠? 그럼 왜 올라오시지 않고 거기 계셨어요?"

슬로비디오의 멈췄던 동작이 풀리며 미스 김이 내 옆으로 다가왔다.

"사모님께서 몇 번 전화를 거셨어요. 선생님께서 도서관에 안 들르셨느냐구요. 원고료 받으신다고 아침에 나가셨는데 여태 안 돌아오셨다고 걱정하시던데요. 그래서 저는 원고료를 준비해놓고 여태까지 기다렸지만 선생님께서 오셔야 말이지요. 자아, 여깄어요"

미스 김이 핸드백을 열어 내미는 하얀 봉투를 멀거니 바라보다가 나는 갑자기 하복부께가 뭉클거리며 구토가 치솟아 오름을 느꼈다.

그리고 나는 그 구토를 견디지 못하여 계단 옆의 숲 속에 쭈그리고 앉아 창자가 쏟아질 듯한 토악질을 해대기 시작했다.

"체하셨나 봐요"

쭈그리고 앉아 있는 내 등을 가볍게 두드리며 미스 김이 말했다.

그러자 나의 머릿속에는 언젠가 화장실의 변기를 두 손으로 눌러 짚고 토악질을 해대던 아내의 모습이 얼른 비쳤다. 그러자 나는 그런 아내의 모습에 대항이라도 하듯이 더욱 기세를 올려 토악질을 하기 시작했다.

"어마, 선생님. 임신한 사람 같아요"

아까보다는 훨씬 세차고 빠르게 내 등을 두드리며 종알거리는 미스 김의 목소리가 바로 등뒤에서 건너왔다. 나는 속으로 유쾌하게 웃으며 입을 달싹였다.

"그런지도 모르지. 아내를 위하여……."

(1978. 12)

아내를 위하여

1. 김 교장과 칼국수

이웃집의 장맛까지도 서로 비밀이 아닐 만큼 서로가 이웃사촌처럼 살아가고 있는 손바닥만한 C읍에서 김영무 교장이라고 하면 융통성 없고 청빈한 인물로 주민들에게 널리 알려져 있다.

특히 그의 청빈은 유별나기 짝이 없어서 본인은 물론이요 그의 가족이 읍내의 어느 음식점에서 외식을 하는 경우는 고사하고 웬만한 외지의 손님이 그를 찾아와도 집으로 끌고 들어가 식사를 대접할 만큼 철저한 내핍과 절약의 정신으로 다져진 사람이다.

위인이 이쯤 되니 짜증스럽고 분통이 터지는 사람은 자연히 그의 부인이 아닐 수 없었다. 그래도 명색이 중학교의 교장이랍시고 이런저런 손님들이 심심찮게 찾아오기 마련인데 끼니 때마다 그들을 모두 집으로 끌고 들어오니 부인의 입장에서 그 뒷시중이 자못 녹녹치 않은 것은 물론이다. 이에 따라 부인은 손님이 찾아올 때마다 허구헌날 부엌에서 살다시피 하는 자신의 신세가 한심스럽고 억울해서 남편에게 몇 차례 대들기도 했지만, 그때마다 남편은 그까짓 비싸기만 하고 맛대가리 없는 식당 음식보다 당신의 칼국수 맛이 좋아서 그러는데 그렇게 면박을 주면 어쩌자는 말이냐고 오히려 적반하장으로 역정을 내는 바람에 할 수 없이 입을 다물고 말지만 울화통 터지기로 한다면 남편의 가슴팍에 머리라도 들이박고 싶은 심정이었다.

결국 이 같은 부인의 내재된 감정이 급기야 폭발되어 주워 담을 수 없는 일생일대의 실수를 저지르게 된 것은 바로 어제의 일이었다.

여느 때와 마찬가지로 아무런 예고도 없이 남편이 손님 하나를 달고 집에 들어온 것은 정오가 임박한 11시 50분이었고, 설상가상으로 오후 1시 기차로 떠날 분이니 칼국수를 서둘러달라는 남편의 주문이 있었던 것이다. 일이 이쯤 되니 부인의 심기가 편안할 리가 없었다. 그렇다고 손님의 면전에서 짜증스런 내색을 할 수도 없고 부엌에 들어가 아궁이에 불을 지피랴 밀가루 반죽을 하랴 치마 끝에서 바람소리가 나도록 휘돌다 생각해 보니 분하고 밉살스런 생각이 갈수록 새록새록 일어나지 않을 수 없었다. 더욱이 안방에서는 무엇이 그리도 좋은지 활기찬 너털웃음까지 간간이 들려오는 통에 부인의 울화는 더욱 치밀어서 안방 쪽에 대고 찢어져라 눈을 흘겼다.

그런데 바로 이때였다. 안방의 문이 여닫히는 소리가 들리고 누군가가 대문 옆을 지나 뒤뜰에 있는 화장실에 가는 모양이었다. 부인은 무의식적으로 유리창 너머로 흘깃 밖을 내다봤다. 그러나 반투명의 우윳빛 유리창 너머로 윤곽이 뚜렷치 못한 마당이 내다보일 뿐 방금 화장실 쪽으로 사라진 사람이 누군지는 얼른 확인

되지 않았다. 그런데 유리창의 깨어진 한쪽 귀퉁이 사이로 안방 앞이 내다보였는데 조금 전까지 댓돌 위에 나란히 놓여 있던 손님의 구두가 보이지 않고 뒤축이 닳아빠진 밉살스런 남편의 구두만이 뎅그러니 놓여 있는 게 얼핏 눈에 들어왔다. 그렇다면 방금 전에 화장실에 간 것은 손님임에 틀림없었다. 며느리가 미우면 발뒤꿈치가 계란 같다더니 그렇지 않아도 남편에 대한 감정이 뒤틀려 있던 부인은 남편의 구두만 보아도 밉살스런 생각이 다시 끓어올라서 자신도 모르게 부엌문을 열고 안방 문 앞에 쪼르르 달려가서 기관총처럼 쏘아 붙였다.

"없는 살림에 손님만 집안으로 끌어들여 허구헌날 칼국수만 끓여대라니 내가 뭐 칼국수 만드는 기계인 줄 아시우?"

"……."

그러나 안방에서는 무슨 대꾸가 있을 줄 알았는데 잔기침 소리 하나도 들려오지 않았다.

"왜 말을 못허우? 입이 있으면 말을 해보구려."

"……."

그러나 역시 안방에서는 기척 하나도 들려오지 않고 묵묵부답이었다.

상대방의 대꾸가 없으니까 부인의 울화는 더욱 기승을 부리며 치밀어 올랐다.

"지은 죄가 있으니 대꾸를 못하는구려. 그리고 손님이라는 사람도 그렇지, 끼니 때가 되었으면 밖에서 식사를 하자고 거절을 하든지 할 것이지 빈손으로 어슬렁거리고 따라 들어와서는 남의 여편네에게 이 고생을 시켜야 옳단 말인가."

그런데 이때 뒤뜰 쪽에서 신발소리가 들려오고 있는 것을 재빨리 알아채고 부인은 생쥐처럼 날쌔게 부엌으로 돌아와 버렸다.

이윽고 화장실에 다녀오는 사람이 반투명의 유리창 너머로 윤곽이 뚜렷치 못한 모습을 드러내더니 안방으로 들어가고 있었다. 실로 간발의 차이로 남편에게 욕설을 퍼부으며 대드는 자신의 모습을 손님에게 보이지 않은 것을 다행으로 생각하며 부인은 안도의 가슴을 쓸어 내리고 깨어진 유리창 틈으로 안방 쪽을 내다보다가 그만 혼비백산 부엌바닥에 엉덩방아를 찧고 말았다.

이게 웬 날벼락이란 말인가. 방금 방안으로 들어간 사람은 꼬깃꼬깃한 회색바지에 와이셔츠 소매를 홀렁 걷어붙인 껑충한 모습의 남편이었던 것이다.

부인은 갑자기 눈앞을 가로막는 어질어질한 현기를 느끼며 주저앉은 부엌바닥에서 아예 눈을 감아 버렸다.

잠시 후, 안방문이 열리며 남편과 손님이 실랑이를 벌이고 있었다.

"아니 이 사람, 내내 앉아 있다가 갑자기 가겠다니 웬일이야?"

"미안하이, 가봐야겠어……."

"아니 이 사람아, 칼국수가 거의 다 돼갈 텐데 갑자기 웬일이냐구. 아니 여보 칼국수 빨리 들여오잖구 뭘 꾸물거리는 거얏."

부엌 쪽에 대고 질러대는 남편의 고함소리에 이어 어지러운 두 사람의 발걸음이 대문 밖으로 멀어지는 소리가 들렸다.

닫힌 부엌문이 벌컥 열리더니 몹시 아리송하다는 표정으로 고개를 갸우뚱거리며 남편이 얼굴을 들이민 것은 잠시 후였다. 그때까지 부엌바닥에 주저앉아 있던 부인이 성난 암쾡이처럼 벌떡 몸을 일으키더니 남편의 가슴팍을 쥐어박으며 울음 섞인 고함을 쳤다.

"왜 남의 신발을 신고 화장실에 가서 집안을 이 꼴로 만드는 거예요."

엉겁결에 가슴을 쥐어 박힌 채 어안이 벙벙한 표정을 짓고 있는 남편의 가슴팍 위로 부인의 밀가루 투성이 주먹이 수없이 오르내렸다.

밖에는 지글지글한 땡볕이 마당을 태울 듯이 내리쬐고 있었다.

(1987. 8)

2. 아내의 동창회

"다른 남편들보다 세련되게 보여야 해요"

대문을 나서서 택시를 기다리는 동안에도 아내는 줄곧 곁눈질로 나를 내리훑고 치훑으며 어제 저녁부터 수없이 뇌까렸던 당부를 또다시 되뇌이고 있었다.

"대관절 어떻게 해야 세련되게 보이는 거야?"

여편네들의 동창회에 들러리로 따라가는 것만 해도 짜장 기분이 어색하고 언짢은 판에 웬놈의 당부와 주문이 그리도 많은지 김영걸 씨는 급기야 짜증을 부리지 않을 수 없었다.

"몰라서 물으시는 거예요?"

"자꾸만 세련되게 보이라니까 하는 소리가 아냐."

"말 많고 시끄러운 게 여고 동창생들인데 자칫 흉이라도 잡히면 두고두고 쩔고 까불며 오두방정을 떨 테니 하는 소리잖아요."

"흠 잡힐 자리에 왜 구태여 나를 끌고 가느라고 이 야단인지……."

"이번부터 규칙이 그렇다고 했잖아요."

빈 택시 하나가 슬금슬금 다가와 멈추는 바람에 김영걸 씨는 아내에게 등을 떠밀려 택시에 올랐다.

이윽고 택시는 말끔하게 단장된 한강 고수부지를 옆에 끼고 퇴근하는 차량들의 물살을 역류하여 도심지로 접어들고 있었다. 비스듬히 비쳐드는 저녁 햇살이 고층건물의 유리창에 부딪쳐 싱싱한 고기비늘처럼 반짝였다.

김영걸 씨는 반사적으로 와이셔츠 주머니에 손을 밀어 넣어 담배 한 가치를 뽑아 입에 물었다. 기분이 쾌적하거나 심신이 평온

하면 습관적으로 담배를 입에 물어야 하는 김영걸 씨였던 것이다. 그러나 라이터를 찾느라고 부시럭거리는 김영걸 씨의 옆구리를 아내의 팔꿈치가 기다렸다는 듯이 쿡 찔렀다.

"차내에서는 참으세요."

아내가 하얗게 눈을 흘기며 나지막이 종알거렸다.

"아니, 괜찮습니다. 피우세요."

앞좌석의 늙수레한 운전수가 백밀러 속에서 인자한 웃음을 짓고 있었다. 그러나 김영걸 씨는 입에 물었던 담배를 뽑아 담뱃갑에 도로 꽂고 택시의 등받이에 한껏 몸을 기대며 심술난 듯이 눈을 감아버렸다. 아내의 잔소리는 쾌적하게 가라앉았던 마음에 냉수 한 바가지를 끼얹은 꼴이어서 담배 생각이 천리만리는 달아나 버렸던 것이다.

아내의 동창회가 열리는 T관 근처의 비스듬한 언덕 입구에 택시가 닿은 것은 6시 50분이었다. 그런데 T관 정문까지 택시가 들어갈 수 있는데도 아내는 3백여 미터 언덕 밑에서 부득부득 차를 세웠다. 아내의 의도를 헤아려보건대, 남들은 모두 자가용을 타고 오는데 택시로 오는 자신의 꼬락서니를 동창생들에게 보이지 않겠다는 심보였다. 그리고 아내는 동창회가 시작되는 7시까지의 10분간을 주위의 경관을 둘러보며 타박타박 언덕을 걸어 올라가서 정확히 7시 정각에 T관 입구에 들어서는 계산된 꼼꼼함을 보였다.

T관의 이층 장미홀이 동창회 장소였다. 홀의 입구는 이제 사십을 바로 눈앞에 둔 중년의 여인들이 풍기는 농밀한 지분 냄새와 그들이 터뜨리는 분방한 웃음소리로 자그마한 소용돌이를 이루고 있었다. 그러나 이와는 반대로 입구에 멀찌감치 떨어져 혼자서 군데군데 팔짱을 낀 채 서 있는 중년의 남자들은 농밀한 지분냄새

와 분방한 웃음소리의 주인공들과는 너무나 대조적으로 이렇다할 표정들을 숨긴 채 어색한 눈알을 데굴데굴 굴리고만 있었다.

김영걸 씨는 아내의 뒤를 따르다가 입구 근처에 우뚝 발길을 멈추고 비실비실 창가의 벽에 붙어 섰다. 눈짐작으로 20여 명에 달하는 중년의 남자들은 부인의 성화에 못 이겨 엉겁결에 동창회 모임에 파트너로서 끌려나오기는 했지만 쑥스럽고 떨떠름한 기분에 난감한 표정들을 짓고 있었다. 모임의 주최자로서가 아니라 부인의 파트너로 끌려왔다는 야릇한 자존심이 그들을 이처럼 주눅들린 강아지 꼴을 만들고 있었다.

이윽고 회장이라는 여인의 호명에 따라 좌석이 정해지고 동창회는 시작되었다. 그런데 모임의 주최가 부인들인 만큼 호명도 '아무개 여사 부부'로 통칭되고 있어서 그런 분위기에 익숙지 못한 남편들은 또다시 곤혹스런 표정을 지으며 자리에 앉았다. 풀이죽은 남편들을 곁눈질로 바라보고 있던 부인들도 좌석이 결코 편안하고 유쾌한 것은 아니었다. 더구나 앞과 옆에 친구의 남편들이 앉아있다는 생각에 온몸이 두드러기가 돋아 오르는 것처럼 근질거렸고 얼굴이 화끈거려서 시선이 자꾸만 발 밑으로 떨어지고 있었다. 김영걸 씨는 이처럼 불안하고 어색한 자리에 불려나온 자신의 처지를 한없이 후회하며 음식에는 손도 안대고 앞에 놓인 맥주 잔을 집어들어 목줄기에 힘줄을 세우며 벌컥벌컥 들이켰다. 그러자 아내가 팔꿈치로 옆구리를 찔렀다. 그러나 김영걸 씨는 전혀 개의치 않았다.

앞좌석의 사내가 이 같은 김영걸 씨의 모습을 부러운 듯 훔쳐보고 있었다. 김영걸 씨는 그 사내에게 술잔을 건넸다.

"자아, 한 잔 하시겠습니까?"

맞은편의 사내가 잠시 얼떨떨한 표정을 짓다가 덜컥 술잔을 받았다. 김영걸 씨는 그 술잔에 가득히 맥주를 따랐다. 좌중의 시선들이 일제히 두 사람에게 모였다. 사내는 단숨에 술잔을 비우더니 그 잔을 다시 김영걸 씨에게 건넸다. 김영걸 씨도 단숨에 잔을 비웠다.

"명애 신랑 멋지다 얘!"

회장이라는 여인이 손뼉을 치며 탄성을 올리는 바람에 아내가 또다시 김영걸 씨의 옆구리를 툭 건드렸지만 좌중에서는 박수가 터져 나왔다.

그로부터 팽팽한 활시위가 툭 끊어지듯 잔뜩 긴장됐던 분위기가 일시에 무너지고 있었다. 낯선 사내들 사이에 분주히 술잔이 오가고 급기야 노래가 터져 나오기 시작하면서부터 의기소침해 있던 사내들이 서서히 본색을 드러내며 기를 펴기 시작했다. 그리하여 좌중의 주도권이 완전히 사내들 쪽으로 넘어가는 기미가 보이자 부인들은 남편들의 왕성한 주량과 호걸스런 입담에 압도되어 평소의 그녀들답게 조용히 이마를 숙이고 앉아 있었다.

동창회는 9시가 넘어서야 겨우 끝났다. 집으로 돌아오는 택시 속에서 김영걸 씨는 호기 있게 담배를 꺼내어 입에 물었다. 그러나 아내는 아까처럼 팔꿈치로 옆구리를 찌르지 않았다.

"동창회가 앞으로도 매년 열리나?"

김영걸 씨는 옆좌석의 아내를 흘깃 쳐다보며 말을 걸었다.

"그럼요."

아내의 음성이 서슴없이 뒤를 받았다.

택시는 한강 고수부지를 옆에 끼고 총알같이 달리고 있었다.

(1988. 5)

3. 아내의 마음 읽기

이미 서른을 훨씬 넘어 마흔이 가까운 아내가 먹고 살아가는 평범한 일상생활 속에서 아직까지도 소녀 취향의 감상적 기분을 버리지 못하고 곧잘 우수에 젖은 표정을 짓거나 하찮은 일에도 환희에 들뜬 탄성을 지를 때마다 나는 참으로 난감하고 곤혹스럽기 짝이 없다. 물론 세월의 풍화작용 속에서 무기력과 권태의 찌꺼기로 퇴적돼 있는 내 일상생활이 마치 썩어가고 있는 물웅덩이처럼 삭막하게 느껴질 때 아내의 이 같은 감상주의가 때로는 자못 기이한 충격으로 와 닿을 때도 있긴 있지만 아무래도 한심스럽고 철없게만 느껴지는 것이 마흔에서 하나가 부족한 서른 아홉의 나이를 먹은 아내의 감상주의가 아닐 수 없다.

하기야 결혼 전의 연애시절과 신혼 초에는 아내의 그 점이 비누거품처럼 신선하고 새벽 이슬처럼 영롱하게 느껴져서 넋이 빠졌던 시절도 있었으니까 이제 와서 이 같은 아내의 감상주의에 대하여 크게 역정을 낼 일도 아닐지 모르지만 그때는 그랬다 하더라도 이제는 2남 1녀의 장성한 아이들을 거느린 꽉 찬 중년 부인인데 좀 세속적으로 평범하게 늙어 가야 할 게 아니냐는 것이 내 지론이다.

오늘 일만 해도 그렇다. 이틀 뒤로 임박한 이사를 앞두고 그야말로 초식동물의 내장을 뒤집어 놓은 듯 어수선하고 복잡한 판국에 어느 구석에서 찾아냈는지 반 뼘도 채 안 되는 앙증스럽게 작은 구두 한 켤레를 발 밑에 놓고 바쁜 사람을 일부러 불러대더니 이게 누구의 구두인지 알아 맞혀 보라고 성화였다.

"별 시덥잖은 짓을……."

내가 어처구니없다는 표정을 지으며 돌아서려 하자 아내는 막무가내였다.

"잘 생각해 봐요. 그렇게 기억에 없어요? 당신이 사온 건데."

아내의 표정이 여느 때와는 달리 하도 진지하고 차분해 보여서 나는 아내의 얼굴을 향해 못마땅하게 흘겨대던 시선을 돌려 예의 그 구두를 내려다보았다. 밑창이 좀 닳고 몇 군데 긁힌 흠집은 있었지만 아직도 말짱한 형체를 유지하고 있는 흰색 양피구두였다.

그러나 어설픈 내 기억력으로 그 구두에 얽힌 사연을 생각해 낸다는 것은 터무니없는 짓이었다.

이윽고 멀뚱멀뚱 눈알만 굴리다가 돌아서는 내 등뒤로부터 아내의 푸념 섞인 목소리가 들려왔다.

"현국이 돌 기념으로 당신이 사온 구두잖아요. 너무 큰 걸 사와서 뒤꿈치에 손수건을 접어 넣어서 신겼던……."

뒤꿈치에 손수건을 접어 넣었는지 양말을 쑤셔 박았는지는 고사하고 그 걸 내가 사왔다는 기억조차 전혀 떠올릴 수 없는데 아내는 마치 준비된 원고를 읽어 내리듯이 16년 전의 기억을 술술 풀어놓고 있었다.

여자와 늙은이는 추억 속에 산다지만 별 시덥잖은 일까지 기억하며 바쁜 사람 불러다 놓고 노닥거리고 있다는 생각에 나는 마음속으로 저러니까 여편네들은 평생토록 턱주가리에 수염도 안 나는 게 아니냐고 혀를 끌끌 차며 아내의 기미 낀 얼굴을 향하여 있는 대로 눈을 흘겼다.

"이걸 신고 아장거릴 때가 언젠데 벌써……."

못마땅하게 노려보는 내 시선을 전혀 의식하지 못한 듯 아내가 또 푸념처럼 중얼거렸다. 그러나 나는 아내의 푸념이 종잡을 수 없도록 오리무중이었다. 어떻게 생각하면 신세 한탄처럼 들리기도 하고 또 어떻게 보면 대견스러워 죽겠다는 말투로도 들렸기 때문이다.

"자기 늙는 생각은 안 하고 애들 크는 것만 생각하나."

좀 심했다 싶게 볼멘 소리를 내지르고 나서 아내의 표정을 살폈지만 아내는 여전히 구두에서 눈을 떼지 않고 앉아 있었다.

"자식도 품안에 있을 때가 자식이지요."

이윽고 아내가 치마폭을 끌어내려 구두를 감싸며 나지막이 중얼거렸을 때, 나는 내심 찔끔하지 않을 수 없었다. 이제까지 아내는 단순한 감상적 기분에서 푸념을 늘어놓은 게 아니었다는 나름대로의 생각이 번개처럼 머리를 스쳤던 것이다.

아내는 아마도 며칠 전에 학교에서 싸움을 벌이다가 상대방의 이빨을 부러뜨렸다는 현국이 때문에 난생 처음 학교에 불려갔던 일을 응어리처럼 가슴에 품고 있다가 이제서야 슬며시 감정을 내비치고 있음이 분명했다.

사실 아내는 폭력을 휘두른 문제학생의 학부모 신분으로 학교 당국의 호출을 당하여 이런저런 창피를 톡톡히 당하고 나중에는 교장 선생에게 불려가서 차후로는 가정교육을 철저히 시켜서 이런 일이 또 발생할 경우에는 자진 퇴학을 시키겠다는 각서까지 쓰고 돌아왔으니 자존심은 구겨질 대로 구겨지고 심기는 꼬일 대로 꼬였을 것이다. 그러나 그 날 학교에서 돌아온 아내는 창피스럽고 분한 마음 같아서는 아들 현국이를 붙잡아 앉혀 놓고 가슴을 쥐어뜯으며 몸부림을 치다가 제풀에 그만 까무러치고 싶었을지도 모르겠지만 아내는 짐짓 별다른 법석을 떨지 않고 밤새도록 땅이 꺼져라 한숨만 쉬고는 그만이었다.

아내의 이런 태도에 은근히 겁을 집어먹은 것은 나였다. 자식 때문에 망신을 당하고 돌아온 아내가 고래고래 고함이라도 치고 펄펄 뛰었더라면 오히려 내 마음이 가벼웠을 텐데 아내는 이상스럽게도 무거운 침묵만을 지켰던 것이다. 참으로 비밀스럽고 불안한 침묵이 아닐 수 없었다.

그런데 아내는 이제서야 패각 속에 감춰진 조개의 속살처럼 은밀하고 비밀스런 침묵의 정체를 드러낸 것이라고 나는 생각하고 있었다.

바로 그때였다. 마치 병아리를 품고 있는 암탉처럼 자신의 치마폭으로 발끝에 놓인 구두를 감싸고 있던 아내가 발딱 자리에서 일어서며 혼잣소리로 중얼거렸다.

"그러나 어때요. 얻어맞고 찔찔거리는 것보다야 훨씬 사내답고 듬직하지……."

나에게 등을 보이며 돌아서는 아내의 부석부석한 파마머리 뒤통수가 오늘따라 자못 오만하고 도도해 보인다고 생각하며 나 역시 혼잣소리로 가만히 중얼거렸다.

'아내의 마음 읽기가 자꾸만 어려워지는걸…….'

(1987. 7)

4. 아내의 시샘

구태여 아내의 소갈머리 없음을 꼬집고 물고 늘어져서 이러쿵저러쿵 시비를 걸고 싶어서가 아니라 아무래도 요즈음 아내가 노골적으로 드러내고 있는 시샘은 그 도가 좀 심하지 않은가 싶다.

하기야 시샘과 욕심이 없는 여자가 있을까마는 아내는 유별나서 우리 막내 놈이 항상 즐겨 쓰는 표현을 빌자면 그야말로 '못말려'가 아닐 수 없다.

우리 가족이 십여 년 동안 살아왔던 비좁고 옹색스런 강북의 집을 팔고 이런 저런 돈을 긁어모으고 은행의 융자까지 얻어서 천신만고 끝에 이곳 강남으로 이사온 것이 석 달 전이었고, 그 석 달 동안 아내와 나는 그토록 염원하던 끝에 마침내 강남으로의 이사를 실현시켰다는 대견스러움에 가슴이 두근거리도록 달착지근한 행복을 느끼며 살아왔었다. 따라서 빚투성이의 생활에서 오는 조마조마한 근심과 짜증이 이따금 고개를 불쑥 내밀고 우리의 마음을 어둡게 하기도 했지만 우리는 용케도 새로운 집이 가져다 주는 행복감으로 이를 눌러 버렸다. 그리고 오랜만에 움켜잡은 행복을 결코 놓치지 않으려는 듯이 우리는 날마다 집안의 구석구석을 다듬고 쓸고 닦는 데에 많은 시간을 보냈다. 특히 아내는 집안 가꾸기에 그 쬐그만 몸체를 온통 던져 넣은 사람처럼 설쳤다. 이를테면 창문의 크기에 안 맞는다는 이유로 전에 쓰던 커튼을 미련 없이 버리고 새 커튼을 마련하고, 방의 구조에 어울리지 않는다고 해서 소파며 식탁을 차례로 바꾸는가 하면, 정원수와 정원석을 이리 옮기고 저리 밀었다.

그런데 이 같은 아내의 집안 가꾸기는 그야말로 전면 수리가 아닌 부분 개축의 헌집과 같아서 여기를 손대면 상대적으로 저기가 초라해 보이고 저기를 만지면 여기가 또 마음에 걸리는 바람에 아내의 집안 가꾸기는 스스로 지쳐서 그 기세가 한풀 꺾이기까지 거의 두 달을 두고 계속됐다.

그 두 달 동안 아내는 때로는 침식조차 잊고 작품에 매달려 있는 예술가처럼 고고하게, 혹은 심한 열병을 앓고 있는 환자처럼 뜨겁게 자신의 일에 미친 듯이 몰입되어 있었다.

그런데 아내가 신경질을 부리기 시작한 것은 이사한 지 두 달을 넘기면서부터였다. 그것은 아무리 발버둥쳐도 채워지지 않는 욕심 때문이었다. 따라서 그토록 감지덕지했던 이 집에 대해서 불평을 늘어놓기 시작한 것도 그 무렵부터였다. 아내는 놀랍게도 전에 살았던 강북의 옛집에 대하여 아련한 향수를 느끼고 있는 듯한 이야기를 꺼내기도 해서 나를 어리둥절하게 만들었다.

그러던 어느 날이었다. 퇴근 후 응접실에 앉아 석간신문을 뒤적이고 있는 나에게 아내는 동네의 집구경을 가자면서 거의 강압적으로 나를 끌고 대문 밖으로 나섰다. 사실 이사온 지 여러 달이 넘도록 주변의 골목길조차 제대로 익혀 두지 못했던 나는 아내의 강압적인 태도가 못마땅하긴 했지만 못 이기는 척 아내 뒤를 따라 나설 수밖에 없었다.

아내는 그 동안 몇 차례 이 같은 나들이를 통하여 길을 익혀 두었던 듯 골목길을 빠져나가는 몸놀림이 사뭇 익숙했다. 그런데 나를 인도하여 앞서서 걷고 있던 아내가 우뚝 발을 멈추며 나를 돌아다보았다.

"저길 좀 보세요. 담장 옆에 심어놓은 저게 대나무잖아요. 충청이북에서는 대나무가 밖에서 월동할 수 없다던데 저건 제법 운치 있게 자랐잖아요."

아내의 말투로 보아 오래지 않아 우리 집 담 옆에도 대나무 몇 그루가 심겨질 모양 같았다.

"그리고 여길 좀 보세요. 철대문의 빗살을 이처럼 약간 비틀어서 사선으로 만들어 놓으니까 옆에서 비스듬히 들여다보면 안이 좀 보이는 것 같지만 정면에서는 전혀 보이지 않잖아요."

당장에는 몰라도 머지 않아 우리 집 대문도 약간 비틀어서 사선으로 된 빗살의 철대문으로 바뀔 거라는 생각을 하며 나는 말없이 아내의 뒤를 어슬렁어슬렁 따르고 있었다.

아내는 그 동안 눈여겨보아 두었던 여러 집의 대문 앞에서 잠깐잠깐 걸음을 멈추고 이층의 베란다에 놓인 화분을 손짓하고, 때로는 담장을 타고 기어오른 월계꽃을 가리키기도 하면서 나를 끌고 활기 있게 골목을 누볐다.

골목은 부유한 동네답게 행인들도 눈에 잘 띄지 않았고 휴지조각 하나도 없이 청결했다. 잘 훈련된 개들만이 대문 앞에 쪼그리고 앉아 있다가 기웃거리는 우리들을 향해 사납게 짖어댔다.

" 어때요. 잘들 가꿔놓고 살지요?"

집으로 돌아오는 골목길에서 아내가 나를 향해 미묘한 웃음을 날리며 입을 열었다.

"속은 비어 있으면서 집만 잘 가꾸고 살면 뭘 해?"

"속이 비었는지 꽉 찼는지 그걸 당신이 어떻게 알아요?"

"보나마나 뻔하지 뭐."

나는 심통난 어조로 쏘아 붙였다.

멀리 우리 집이 보이기 시작했다. 그런데 집이 가까워 올수록 내 마음의 한 구석이 이상스럽게 어둡고 무거워지는 것은 어쩔 수 없었다.

아내의 말이 아니더라도 내 눈으로 목격한 동네의 집들은 마치 서로간에 치열한 경쟁이라도 벌이듯이 잘들 가꿔 놓고 살고 있었다. 따라서 상대적으로 처음에 이곳으로 이사왔을 때 대단한 성취감과 만족감으로 밤잠까지 설치게 했던 우리 집이 이제는 보잘

것 없이 낡고 초라하게 여겨지는 게 사실이었다.

내 마음이 이런데 하물며 시샘 많은 아내의 가슴속은 지금 얼마나 팥죽 끓듯 부글거리고 있을까 하는 생각에 나는 오늘의 이 동네 나들이가 한없이 후회스러워 견딜 수가 없었다. 그런데 이 같은 후회는 급기야 아내에 대한 불쾌감과 반감으로 비화되어 있었다.

여편네가 경망스럽게 남의 집 담장 너머나 기웃거리면서 이러쿵저러쿵 입방아나 찧고 가당찮게 시샘을 부리는 것은 도무지 물색 없는 짓이 아닐 수 없었다. 그래서 옛말에도 누울 자리 보아가며 발을 뻗어라 일렀고 올라가지 못할 나무는 쳐다보지도 말랬는데, 쥐뿔도 없는 주제에 눈만 하늘처럼 높아 가지고 간이 부어서 설치니 한심한 노릇이 아닐 수 없었다. 꼴 보고 이름 짓는다는 말도 있듯이 뭔가 근본 밑바탕을 다져놓은 다음에 집을 꾸미든지, 실내를 장식하든지 할 일이지 형편도 닿지 않는데 가구나 사들이고 정원이나 꾸미면 장땡인 줄 아는 모양인데 그거야말로 개발에 주석 편자요, 거적문에 돌쩌귀가 아니고 무엇이겠는가.

한번 비딱하게 뒤틀리기 시작한 내 심보는 별의별 속담을 다 동원하여 아내의 철딱서니 없는 소갈머리를 내심 무수히 성토하고 싶어지는 것이다.

더구나 남의 집 잘 사는 꼴을 보겠으면 혼자나 볼 일이지. 가만히 앉아 있는 사람을 강압적으로 끌어내어 한 바퀴 동네를 휘젓더니, 미묘한 웃음을 흘리며 잘들 가꿔놓고 살지 않느냐고 물어보는 저의는 또 무엇인가. 그거야말로 넌지시 빗대어 나를 약올리려는 수작이 아닌가 말이다. 그렇다면 아내의 저 같은 태도는 비열하기 짝이 없었다.

말하자면 알량한 집 하나 사놓고 마치 천하나 얻은 듯이 느긋한 게으름을 피우지 말고 저만큼 앞서 가는 사람들을 부지런히 따라 잡을 궁리를 해야한다는 일종의 자극성 독침인 것이다. 그러나 어림없는 수작이었다. 내가 그따위 얄팍한 술수에 속아넘어가 여편네의 허영심에 줏대 없이 맞장구 칠 위인으로 알았다면 그것은 오산이다.

내 자존심에 찬물을 끼얹고 종종걸음으로 앞서 가는 아내의 뒤통수를 노려보며 나는 하얗게 눈을 흘겼다.

집 앞에 당도한 아내는 괜한 일로 또 신경질을 부렸다.

"사는 구역이 다르니까 벌써 티가 나기 시작하는군."

대문 앞 골목길에 어지럽게 흩어져 있는 과자봉지며 담배꽁초들을 한심한 표정으로 내려다보며 아내가 코웃음 섞인 푸념을 늘어놓은 것이다.

아까 대문을 나설 때도 과자봉지며 담배꽁초가 마찬가지로 흩어져 있었을 텐데 아내는 이제 와서 새삼스럽게 그걸 트집 잡아서 내 비위를 또 건드려 놓고 있었다.

그러나 나는 아내의 심통에 정면으로 맞닥뜨려 대들지는 않았다.

"휴지조각이라도 나둥그러 다녀야 사람 사는 맛이 나지, 혓바닥으로 핥은 듯이 골목이 깨끗해서야 어디."

혼잣말처럼 중얼거리는 나를 아내는 찢어져라 노려보고 있었다.

"누구 약을 올리자는 거예요? 저러니까 맨날 요모양 요꼴이지."

뽀로통해서 바람을 일으키며 돌아서는 아내의 뒷모습을 멀거니 바라보며 나는 아내의 시샘이 중증에 걸려있다는 생각을 하며 한숨을 쉬었다.

(1992. 5)

5. 수첩이야기

거리는 온통 현란한 올림픽 깃발과 화려하게 내 걸린 현수막으로 마치 삼국지에 나오는 어느 장군의 군영(軍營)을 연상시키고 있었지만 한낮의 버스 안은 어항 속처럼 고즈넉했다.

실로 오랜만에 타보는 시내버스였다. 자가용의 짝·홀수제 운행으로 부득이 몰고 다니던 차를 버리고 시내버스를 탔던 것인데, 집을 나설 때의 불편함과 짜증스럽던 감정이 말끔히 사라지고 마음은 어느새 느긋한 여유 속에서 신선한 청량감마저 느끼고 있었다.

나는 가을 햇살이 비쳐드는 버스의 창가에 앉아서 그 동안 손수 운전을 하느라고 제대로 바라보지 못했던 고기 비늘처럼 반짝이는 한강의 물살과 시청 앞의 아름다운 올림픽 꽃 탑을 차창 너머로 내다보며 마치 무혈입성(無血入城)하는 혁명군처럼 당당히 도심지로 진입해 들어가는 시내버스의 덜컹거림을 조용히 엉덩이로 즐기며 앉아 있었다.

그런데 내가 발 밑에 떨어져 있는 앙증스런 수첩 하나를 발견한 것은 버스가 광화문 네거리의 신호등에 잠시 발이 묶여 정지해 있을 때였다. 내가 탄 버스가 신호등에 걸려 잠깐 멈춰있는 동안에 어디에서 달려들었는지 버스의 좌우로 순식간에 다른 버스들이 스칠 듯이 막아서서 시야를 가리는 바람에 나는 발 밑으로 시선을 내리깔다가 우연히 수첩을 발견한 것이다.

옅은 주황색 표지에 제법 오동통한 부피를 가진 이 수첩이 눈에 띄자 나는 순간적으로 마치 못 볼 것을 보아버린 소년처럼 가슴이 뛰기 시작했다. 나는 무의식중에 좌우를 살피며 발로 수첩을

가렸다. 잘 익은 오렌지를 연상시키는 수첩의 주황색 빛깔에서 나
는 직감적으로 수첩의 임자가 젊은 여성일거라는 나름대로의 생
각과, 남의 비밀스런 수첩을 발 밑에 숨기고 있다는 심리적인 동
요 때문에 선뜻 수첩에 손을 뻗지 못하고 망설였다.

이윽고 덜컹거리며 버스가 출발하는 바람에 승객들의 자세가
이리저리 뒤흔들렸다. 나는 이 기회를 이용하여 허리를 굽혀 떨리
는 손으로 수첩을 집어들었다. 어떤 선입견 탓일지도 모르지만 손
끝과 코끝에 와 닿는 감촉이며 향기가 벌써 담배 내에 찌든 호주
머니 속에 아무렇게나 구겨 박혀져 있던 수첩이 아니라 기품 있
는 숙녀의 핸드백 속에 곱게 모셔져 있던 수첩임을 나름대로 상
상할 수 있었다.

나는 건너편 좌석에 앉아 있는 승객들의 눈치를 흘끔 살피며
재빨리 수첩을 양복 주머니 속에 밀어 넣고 눈을 감아버렸다. 그
리고 나는 흔들리는 버스 속에서 서른 아홉이라는 나이도 잊은
채 콩당콩당 뛰고 있는 가슴을 심호흡으로 겨우 진정시키며, 알싸
한 박하사탕처럼 코끝을 톡 쏘며 떠오르는 10여 년 전의 기억 하
나를 불현듯 떠 올렸다.

마치 전깃줄에 나란히 붙어 앉아 서로 몸을 부벼대고있는 제비
떼처럼 음악다방과 의상실과 서점과 그리고 오락실 스낵코너가
의좋게 이마를 맞대고 도열해 있는 S여대 앞은 언제나 젊은 대학
생들로 활기에 넘쳤다.

나는 음악다방 로즈마리의 어두컴컴한 한편 구석에 앉아 다방
의 아치형 출입구와 내 손목시계를 번갈아 쏘아보고 있었다. 이윽
고 시계의 시침과 분침이 마치 가랑이를 부챗살 펴듯이 직선으로

뻗는 무용수처럼 6시를 가리키고 있었다. 그리고 잠시 후 하얀 아치형 출입구의 문이 열리고 초여름의 저녁 햇살을 한 움큼 등에 걸친 여인이 들어섰다.

그리고 여인은 천천히 카운터로 걸어갔고, 이윽고 종업원의 손길을 따라 내게로 또박또박 걸어왔다. 나는 자리에서 일어나 다가오는 그녀를 맞았다.

"혹시 수첩 때문에……."

"네"

"그럼 김미진씨……."

"네"

초록색의 물방울무늬가 잔잔하게 뿌려진 투피스의 치맛자락이 파르르 떨고 있었다.

"앉으시지요."

그녀가 앉기를 기다려 나는 양복 주머니에서 수첩을 꺼내어 조심스럽게 그녀 앞에 밀어놓았다. 그녀는 무슨 부끄러운 물건이라도 감추듯이 그걸 얼른 손등으로 가리며 핸드백 속에 넣었다.

"다른 내용은 보지 않았습니다. 미진씨의 전화번호밖에는……."

"……."

우연히 버스간에서 습득한 수첩을 이렇게 그녀에게 건네주고 나서 우리는 놀랄 만한 속도로 가까워졌다. 그리고 그때 S여대 졸업반이던 그녀가 지금은 내 아내가 돼있는 것이다.

그런데 그녀와의 오랜 만남 끝에 내가 청혼을 했을 때 그녀가 곱게 눈을 흘기며 들려주던 이야기는 십여 년이 지난 아직까지도 내 귓가에 촉촉한 빗소리처럼 남아있는 것이다.

"그때는 정말 생판 모르는 남에게 내밀한 속살이라도 내보인 듯이 부끄러웠다구요. 그리고 수첩을 그냥 찢어버리거나 쓰레기통에 버리지 않고 전화까지 걸어서 돌려주는 영우씨의 심보가 야속스럽기도 했구요."

수첩이 맺어준 인연을 내 나름대로 미화하여 어느 날 그녀에게 조심스런 청혼을 했을 때 그녀는 정말 속살이라도 내보인 듯이 새삼스럽게 부끄러워하며 내 청혼을 받아들였던 것이다.

이렇게 해서 결혼한 아내와 나는 이후에 곧잘 이 수첩을 화제에 올려놓고 심심 파적의 농담을 주고받는 때가 많았다. 특히 아내가 무엇을 분실했을 때 나는 기회를 놓치지 않고 아내의 약을 올렸다.

"당신, 다른 것은 몰라도 수첩만은 잃어버리지 않도록 조심해, 혹시 엉뚱한 사내한테서 전화 걸려올지도 모르니까……."

"그러기나 했으면 얼마나 좋겠어요."

"뭐라구? 당신 지금 뭐라고 했어"

"전화라도 걸려오면 얼마나 좋겠느냐고 했어요."

"농담이라도 그런 끔찍한 소리는 하지 말라구. 그런 찬스는 당신 일생에 나 하나로 족하니까"

"피이, 그건 당신이 잡은 찬스지 내가 잡은 찬스예요?"

"이 사람이 점점 큰일 날 소리를……."

버스가 어느새 비원의 돌담을 옆에 끼고 돌고 있었다. 나는 다음 정류장에서 내렸다. 그리고 나는 M대학으로 통하는 밋밋한 언덕길을 오르기 시작했다. 오후 1시부터 시작되는 강의를 위해서였다. 소위 보따리 장사라고 불리는 시간강사 노릇도 처음 몇 년 동안은 앞으로 교수로서 자리를 잡기 위한 불가피한 과정으로 생각되어 쓰거나 달거나 아무 불편 없이 견뎌냈지만 이제는 안정된 생활에 대한 욕심이 생겨나는 바람에 시간강사 생활에 대하여 날로 짜증만 늘어가는 요즈음이어서 일 주일에 한번씩 오르내리는 이 언덕길이 무척이나 지루하고 힘겹게 느껴지는 나였다.

나는 오늘따라 더욱 아스라이 멀어 보이는 언덕길을 올려다보다가 문득 호주머니 속에 들어 있는 수첩을 생각해 내고 어딘가의 호젓한 장소에 앉아 그걸 꺼내 보고 싶은 충동에 사로잡혔다.

그리고 이 같은 생각은 짜증스럽던 나에게 한 줄기 신선한 바람처럼 느껴졌다. 나는 서둘러 언덕길을 오르며 교정의 여기저기를 머릿속에 떠올렸다. 피아노 소리가 간간이 들려오는 음악관 옆의 단풍나무 숲도 좋고 도서관 뒤쪽의 잔디밭도 지금쯤은 그늘이 드리워져 있어서 안성맞춤일 것 같았다.

나는 언덕길을 단숨에 걸어올라 교정에 들어섰다. 그러나 머릿속에 점찍어 놓았던 단풍나무 숲과 잔디밭은 이미 학생들에게 점령당해 있었다. 나는 후줄그레한 땀에 젖어 교정의 여기저기를 기웃거리다가 급기야는 외래강사 대기실의 소파 위에 피곤한 몸을 패잔병처럼 내던지고 말았다.

손바닥만한 대기실에는 나와 비슷한 처지의 낯선 시간강사 두 사람이 서로 등을 돌린 채 담배를 피우며 신문을 뒤적이고 있었다. 창문을 통해 비쳐드는 한 줄기 햇빛을 따라 그들이 피우는 담배 연기가 뿌연 사선을 그리며 오글거리고 있었다. 나는 출강부에 도장을 눌러 찍고 밖으로 나왔다. 역시 호젓한 나만의 공간을 찾는다는 것이 이처럼 어려웠다. 그러나 나는 어떤 결단이라도 내린 듯이 마주 보이는 교직원 화장실로 뛰어 들었다. 그리고는 음습한 공간 속에 나를 가두고 쭈그려 앉았다.

이윽고 나는 수첩을 꺼내들고 첫 장을 넘겼다. 아무 것도 씌어 있지 않았다. 둘째 장을 넘겼다. 역시 백지였다. 셋째 장도 넷째 장도 역시 백지였다. 나는 뒤쪽에서부터 거꾸로 수첩을 넘겼다. 그러나 역시 수첩에는 연필 자국 하나도 없었다.

그러자 갑자기 썰렁한 허탈감과 함께 몸의 어디에 구멍이라도 난 듯이 아랫배가 묵지근하게 가라앉더니 맹렬한 기세로 설사가 쏟아지기 시작했다. 그리고 노랗게 눈앞을 가로막는 현기증과 함께 야릇한 웃음을 머금은 아내의 모습이 떠올랐다. 그러자 나는 당황하여 손을 내저으며 중얼거렸다.

"오해하지마. 내가 무슨 찬스를 잡겠다고 이 수첩을……."

손을 휘젓는 찰나에 내 손에 들려있던 수첩이 심연처럼 깊숙한 분뇨통 속에 떨어지고 있었다.

(1988. 10)

6. 여자 손님

그 얄량한 대학교수 부인의 체통을 지킨답시고 치솟는 감정을 누르다보니 오장이 부글거리고, 그렇다고 노골적으로 싫은 낯색을 하자니 소갈머리 없는 여편네의 꼴불견만 같아서 김 여사는 이러지도 저러지도 못하고 똥마려운 강아지처럼 안절부절이었다. 조금 전에 남편의 아틀리에로 들어간 손님, 단물이 오르기 시작한 풋과일처럼 싱그럽고 깜찍한 스물 서넛 정도의 애송이 여자 때문에 지금 김 여사의 심기는 자못 편치를 못한 것이다.

"재미도 있을 테지……."

김 여사는 눈꼬리를 샐쭉하게 올려 뜨고, 간간이 남편의 웃음 소리가 호방스럽게 흘러나오는 아틀리에 쪽에 대고 입을 비쭉거렸다. M여자대학 미술과 교수인 남편에게 제자랍시고 찾아와서는 몇 시간이고 재잘거리다가 귤이나 사탕껍질만 방안 가득히 늘어놓고 휑하니 돌아가 버리는 말괄량이 같은 대학교 계집애들을 이제까지 한 두 번 보아온 것이 아니었지만 요즘은 웬일인지 그게 그렇게 못마땅하고 비위가 상할 수가 없었다. 내일 모래면 사십 줄에 들어설 나이에 그 따위 애송이들을 상대로 이게 무슨 주착없는 질투냐는 생각이 안 드는 것도 아니었지만 누가 또 알 것인가. 싱싱하고 발랄한 젊은것들이 선생님, 선생님 하면서 간들어진 알랑방귀를 뀌면 헤벌쭉 넋이 빠져버릴 남편인지도 모르는 일이었다.

"환쟁이니 소설쟁이니 하는 사람들 조심해야 한다. 예술이니 문학이니 겉으로 그럴싸하게 떠벌이지만 그게 다 순진한 여자들 홀리는 소리니까……."

김 여사는 새삼스럽게 대학교 미술과 강사였던 지금의 남편과 결혼하겠다는 의사를 비쳤던 십여 년 전, 어머니가 들려주신 말이 떠올랐다. 그때 김 여사는 예술가들이라고 해서 모두 그렇게 방종스럽고 생활이 무절제한 줄 아느냐고, 그건 낡은 사고방식이라고 강력히 어머니를 설득하여 끝내 결혼에 성공하긴 했지만 아닌게 아니라 화단에서 남편의 이름이 알려지고 지위가 높아갈수록 꺼림칙한 불안을 느끼지 않을 수 없는 김 여사였다. 까놓고 말해서, 주책바가지 여학교 동창들이 그런 남편을 옆에 놓고 보면 시간 가는 줄 모르겠다느니, 잠자리에 들면 일어나기 싫겠다느니 별의 별 낯 붉어지는 소리를 쩣고 까불 만큼 남편의 외모는 준수하고 멋이 있었다. 그리하여 결혼 후 얼마 동안은 멋쟁이 남편을 얻은 것이 그렇게 자랑스럽고 행복할 수가 없었는데 그게 이제 와서는 하나의 부담스런 걱정거리였다. 그렇다고 해서 남편이 무슨 바람을 피운다거나 눈꼽만큼도 김 여사에 대해서 시들한 내색을 비친 적이 물론 없었지만 김 여사는 왠지 견딜 수 없는 초조를 느끼는 것이었다.

김 여사는 조금 전 남편의 아틀리에로 들어간 여자손님 때문에 도무지 일이 손에 잡히지를 않았다. 차림새나 나이로 보아 학생 같지는 않았는데 남편의 환대는 대단해 보였다. 김 여사는 한 번 곤두박질 친 감정을 누를 수가 없어 가만히 방문을 열고 마루에 나서서 아틀리에 쪽에 귀를 기울였다. 그러자 기다리기나 했다는 듯이 해괴 망측스런 말소리가 도란도란 들려오기 시작했다.

"너무 탐스럽군, 내 손으로 벗길 수가 없으니 만져만 보겠어."

"아이, 선생님두 아무 생각 마시고 홀랑 벗겨보세요, 빨리요."

김 여사는 그만 숨통이 컥 막히는 것 같았다. 틀림없었다. 지금 안에서는 해괴한 일이 벌어지려는 찰나인 것이었다.

"발칙스런 계집애 같으니, 겉으로는 그래 뵈지 않던데 행실이 영 개차반이군, 부끄럽지도 않은지 뭘 벗겨보라구……."

방안에서는 도란거리는 말소리가 다시 이어지고 있었다.

"그런데 사모님께서도 아까 그 문제를 알고 계세요?"

"알 리가 없지."

"그런데 아까 사모님의 시선이 이상했거든요."

"아래위로 훑어보던가?"

"뭔가 선입감을 가지고 보시는 눈치였어요."

김 여사는 여기에서 그만 자제력을 잃고 말았다. 자신도 모르는 사이에 아틀리에의 문을 밀친 것이다. 그러나 김 여사는 방문 앞에서 두 발이 얼어붙고 말았다. 생각대로라면 거의 알몸을 드러낸 계집애가 남편의 품에 안겨 있어야 하는데 방안의 상황은 그게 아니었다. 여자는 남편과 탁자를 사이에 두고 등을 돌린 채 다소곳이 앉아 있었고 그 맞은편에는 보기에도 탐스러운 레몬 하나를 손에 들고 이제 막 껍질을 벗기기 시작한 남편이 난데없는 김 여사의 출현에 놀란 눈을 홉뜨고 고개를 번쩍 들었다. 그러다가 얼마 후, 남편은 얼굴 가득히 웃음을 담았다.

"당신도 양반은 되기 틀렸구려. 지금 당신 얘기를 하던 참인데…… 그러나 저러나 마침 잘 왔소, 당신이 언젠가 처남 걱정을 하면서 참한 아가씨가 있는지 알아보라고 했었지. 바로 이 아가씨야. 미현이라고 작년에 학교를 졸업했지. 이리 와서 서로 인사나 해요."

그러나 김 여사는 얼어붙은 듯 발길이 떼어지지를 않았다. 일순간이나마 그런 망측스런 의심을 품었던 자신이 부끄러워 김 여사는 어디로든 그냥 증발해 버리고 싶을 뿐이었다.

(1980. 5)

아들을 위하여

1. 부전자전

"아빠, 이건 안 돼?"

오랜만에 일요일 오후를 집에서 보내며 뒹굴 뒹굴 누워서 신간 서적을 뒤적이고 있을 때였다.

여섯 살 짜리 막내 놈이 뭔가를 또 신문지에 돌돌 말아 쥐고 머리맡에 서 있었다.

"그게 뭔데?"

"펴봐. 아주 옛날 것 같애"

나는 막내 놈이 불쑥 코앞에 들이미는 신문지 뭉치를 받아들고 자리에 일어나 앉았다. 흙가루가 부슬부슬 떨어지는 신문지를 조심스럽게 펼치자 ㄱ자 형태의 녹슨 쇠붙이 하나가 흙에 뒤범벅된 채 놓여 있었다. 흙을 떨어내고 보니 문짝을 다는데 쓰는 돌쩌귀였다.

요즘 도시에서는 보기 어려운 돌쩌귀지만 아직도 시골의 한옥

문짝에는 흔히 이 돌쩌귀가 붙어 있기 때문에 그리 귀한 물건은 아니다. 그러나 나는 막내 놈이 실망할까봐 참 귀한 걸 가져 왔다고 녀석을 치켜세우며 흘낏 바라다보니 막내 놈은 짐짓 어른스럽게 뒷짐을 지고 서서 흐뭇한 웃음을 입가에 흘리고 있었다.

이윽고 막내 놈이 의기양양해서 방을 나간 후 나는 녹슨 돌쩌귀를 이리 저리 뒤집어 보며 입가에 웃음을 머금었다. 부전자전이라더니 내가 골동품 수집에 취미가 붙어 등잔이고 밥주발이고 팽이고 동전이고 할 것 없이 옛날 것이면 모조리 수집해다가 녹을 벗기고 먼지를 떨어내어 내 서재 한 구석에 차곡차곡 쌓아두기 시작한 지가 벌써 여러 해가 지났는데 막내 놈이 이걸 보고 밖에서 놀다가 들어올 때면 낯선 폐품 부스러기를 꼭 하나씩 들고 와서는 내 코앞에 들이미는 것이다.

막내 놈이 주워오는 물건 중에는 녹슨 열쇠나 썩은 나무토막도 있고 때로는 모양이 신통찮은 유리구슬이나 부서진 시계의 톱니바퀴도 있다. 녀석의 눈에는 흙이 묻거나 녹슬고 부숴 지고 깨어진 것이면 모두 옛날 것으로 생각되는 모양이었다.

이런 막내 놈의 행실 때문에 나는 아내와 곧잘 다투기도 한다. 나의 지저분한 골동품 취미 때문에 막내 놈이 아예 넝마주이처럼 남의 집 쓰레기통이나 뒤지고 길가에 버려진 물건을 집에 들고 오는 창피한 버릇이 붙었다는 것이 아내의 주장이다. 아닌게 아니라 녀석은 밖에 나가서 놀 때마다 손가락으로 땅을 후벼파고 하수도 구멍에서 폐품들을 건져오느라고 손톱 밑에 언제나 새까만 때가 끼어 있고 옷소매며 바지 가랑이가 성할 때가 없는 것은 사실이다. 그러나 누가 시켜서 하는 것도 아니고 제가 좋아서 하는 짓을 꾸짖어서 못하게 하고 싶지는 않은 것이 내 솔직한 심정이다. 요즘 아이들은 얼마든지 사용할 수 있는 성한 물건도 곧잘 버리고 팽개치는 나쁜 습관이 있는데 막내 놈은 그래도 폐품 수집벽이 생기고부터는 장난감이고 종이 쪽지고 간에 함부로 버리는게 없다. 그래서 녀석의 상자 속에는 팔 부러진 인형이며, 바퀴 빠진 자동차며, 표지가 떨어져 나간 그림책 등이 몇 년 동안 그대로 보관되어 있는 것이다.

그런데 막내 놈이 나를 의식하고 밖에서 수집해 온 온갖 물건 중에서 그래도 나의 골동품 품목에 버젓이 끼여 있는 것이 몇 개는 된다. 그 중의 하나가 엿장수의 가위다. 그런데 막내 놈이 그 가위를 입수하여 내 손에 넘겨주게 된 사연이 참으로 대견하고 당차다.

내가 살고 있는 동네는 소위 산비탈의 달동네 입구여서 달동네에 살고 있는 가난한 장사꾼들이 손수레를 끌고 내 집 앞을 빈번히 오가며 온갖 잡동사니를 파는 일이 많은데 엿장수도 그 중의 하나였다. 그런데 그 엿장수는 항상 무쇠 가위를 쩔렁거리며 가락엿과 사탕 종류를 팔고 다녔는데 어느 날부턴가 무쇠 가위는 온데간데없고 밧데리를 사용하는 조그만 핸드마이크를 들고 다니며 '울릉도 호박엿' 어쩌구 하면서 구성진 목청을 뽑기 시작했다.

그래서 어느 날 우리 내외는 밥상머리에서 우연히 그 엿장수를 화제에 올려놓고 세상이 변하니까 엿장수 가위소리도 이젠 사라져 간다고 말한 적이 있는데 곁에 있던 막내 놈이 그럼 그 가위는 어디에 됐느냐고 집요하게 따져 물은 적이 있었다.

"엿장수에게 주고 엿 사먹었겠지 뭐."

아내가 귀찮은 김에 아무렇게나 대답해 버리자 녀석이 가만히 있을 리가 만무했다.

"그 사람이 엿장순데 무슨 엿을 사먹는단 말야?"

"애두, 그렇다면 그런 줄 알지……."

결국 아내가 궁지에 몰려 대답을 못하고 얼버무리는 도리밖에 없었다.

그런데 며칠 후였다. 내가 퇴근하여 현관문을 들어서기가 무섭게 막내 놈이 아직 구두도 벗지 않은 내 코앞에 그 엿장수의 가위를 불쑥 내밀었던 것이다.

"그 아저씨가 이 가위 나한테 줬다."

영문을 몰라 눈만 동그랗게 뜨고 서 있는 나에게 아내가 웃으며 설명을 시작했다.

아내의 말에 의하면, 지난번에 우리 내외가 밥상머리에서 엿장수의 가위 얘기를 한 적이 있는데 그걸 귀담아 들은 녀석이 그 엿장수를 따라다니며 가위의 행방을 물었다는 것이다. 그러니까 여차여차해서 이젠 가위가 필요 없게 되었으니 집에 뒀다고 대답하니까 막내 놈은 그걸 저한테 달라고 며칠을 두고 쫓아다니며 졸라댔다는 것이다.

"그래서 결국 그 엿장수가 오늘 이걸 가지고 집에 찾아왔어요. 오랫동안 자기와 생활을 함께 해 온 물건이라 아쉽기는 한데 댁의 아드님이 하도 졸라대는 바람에 드린다고요."

이렇게 해서 희귀한 엿장수의 가위가 내 수중에 들어오게 된 것이다.

요즘에 나는 골동품 수집에 대해 약간 시들한 생각이 들 때도 있지만 그 때마다 나는 막내 놈이 두려워 아예 정신을 바짝 차리곤 한다.

(1986. 3)

2. 깊고 깊은 겨울밤

대학입시가 불과 사흘 앞으로 다가오자 아들의 방에서는 신음에 가까운 한숨소리가 흘러나오기 시작했다.

그것도 자정을 훨씬 넘긴 심야에, 앓는 짐승의 신음 같은 아들의 한숨소리가 응접실을 건너서 내 서재의 책상머리에까지 들려올 때마다 나는 예리한 면도날로 가슴 한복판을 북북 긋는 듯한 섬뜩함에 푸르르 몸을 떨었다.

"저런 꼴을 보느니 차라리 내 팔다리 하나가 뭉땅 떨어져나가 고통스러운 게 낫지……."

그렇게 좋아하던 텔레비전 연속극의 시청도 아예 중단하고 응접실의 소파 위에서 우람한 북극곰처럼 웅크린 채 잠들어 있던 아내가 어느 틈에 내 곁에 다가와 다짜고짜 꺼질 듯한 한숨을 쏟으며 중얼거렸다.

요 며칠 사이에 살집이야 여전하지만 눈언저리가 폭삭 꺼져 들어간 듯한 아내의 얼굴이었다.

"당신이 그런다고 뭐가 되는 것도 아닌데 괜히 맞바람 일으키지 말고 방에 들어가 잠이나 자요"

"글쎄 잠이 옵니까, 애가 저러는데……."

"당신이 걱정한다고 될 일이 아니잖소. 그럴수록 오히려 애에게 부담감만 줄뿐이지……."

담뱃갑에 손을 뻗으며 나는 겉으로 퉁명스런 핀잔을 던졌지만 사실 아들의 진학문제를 놓고 바지직바지직 타고 있는 내 가슴속이야말로 새까맣게 재가 되어 푸석푸석 무너져 내리고 있는 것이었다.

그러나 나는 결코 이런 내 감정을 누구에게도 내색하지 않았다.

"퍽도 태평이시구려"

맹렬히 내뿜는 내 담배연기에 잔뜩 미간을 찌푸리던 아내가 이윽고 볼멘 소리를 내며 안방으로 건너가 버렸다.

그저 옹기그릇 박살내듯 감정을 숨기지 못하고 모조리 까뒤집어 팽개쳐 버려야만 직성이 풀리는 여편네의 좁아터진 소견머리가 얄밉기도 하고 한편 불쌍하기도 해서 나는 닫힌 안방 문을 향하여 한동안 눈을 흘기다가 의자에서 벌떡 일어섰다. 그리고는 일부러 소리가 나도록 드르륵 현관문을 밀치고 슬리퍼를 질질 끌며 마당에 나섰다.

적막한 겨울밤이었다. 교회 첨탑 위의 십자가와 성탄절을 위해 꾸며 놓은 오색 전구만이 요염한 불빛을 흘리며 까만 밤하늘을 쓸쓸히 지키고 있었다. 나는 어슬렁거리며 마당을 거닐었다. 폐부 깊숙이 스며드는 야기(夜氣)가 상쾌하도록 달았다. 나는 불빛이 새어나오는 아들의 방 앞으로 다가가 가볍게 창문을 두드렸다.

"덕준아, 잠시 밖에 좀 나와봐라"

이윽고 의자 밀치는 소리가 들리고 응접실을 돌아 현관문을 나서는 아들의 발소리가 들렸다.

나는 교회의 첨탑 위에서 차갑게 명멸하고 있는 십자가와 오색 전구를 바라보며 한동안 팔짱을 낀 채 우두커니 서 있었다.

"밤에 보니까 십자가가 그럴듯한데요"

등뒤에서 아들의 목소리가 뽀얀 입김에 묻어 실려 왔다.

"그럼 낮에는 형편없었다는 말이냐?"

나는 여전히 십자가에서 눈을 떼지 않은 채 물었다.

"그 동안 낮이고 밤이고 하늘 올려다볼 여유나 있었나요?"

"공부하느라고 고생스럽지?"

"우리들 고삼(高三)이야 뭐 죄인들이죠"

아들의 목소리가 차갑게 귓가를 스쳤다.

"부담 갖지 말아라. 세상에는 노력해도 안 되는 일이 있고 고생한 만큼 대가가 주어지지 않는 예도 있으니까"

"부담이 아니라 의무죠. 적어도 온 가족들이 저에게 쏟은 정성만큼의 성적은 올려야 한다는……."

"너무 그러는 게 아니다"

"사실이 그런 걸요. 제가 그 동안 얼마나 집안 분위기를 망쳐놓았는지 잘 알고 있으니까요. 아버지의 위장병이나, 연속극의 다음 장면을 궁금해 하시면서도 텔레비전을 못 보시는 어머니의 고통도 결국은 제 탓이 아닙니까"

"네가 방금 의무라는 말을 썼으니 말이다만, 그것도 부모된 입장에서 너에 대한 의무라고 생각하면 안되겠니?"

"어쨌든 부담스러워요. 짐스럽기도 하고요"

언제나 시무룩한 표정으로 말이 없던 아들이 한 번 입을 열자 봇물이 터진 듯이 일시에 쏟아 놓는 묵은 감정의 파편들이 나에게 의외로 아픈 충격으로 와 닿고 있었다. 그리고 온갖 심리적 부담감에 쫓기며 막다른 골목에 몰린 아들의 외로움이 전류처럼 내 몸 속에도 전해져 흐르고 있었다.

"아니, 이 추운 날에 밖에서 뭣들을 하고 있는 거예요"

아내의 퉁명스런 목소리가 등뒤에서 터진 것은 바로 그 때였다. 둘이는 순간적으로 흠칫 몸을 웅크렸다.

"시험을 며칠 안 남긴 애가 감기 걸리면 어쩔려구……."

오랜만에 부자간에 전류처럼 오고간 은밀한 감정의 교류를 전혀 알 길이 없는 아내는 여전히 옹기그릇 박살내는 소리를 내며 심야의 무법자처럼 현관문 앞에 버티고 서 있었다.

"추운데 우리 이제 들어가자"

나는 부드럽게 아들의 등을 밀며 현관문을 가득히 메우고 서 있는 아내의 우람한 몸통을 아슬아슬하게 비켜 빠지며 서재로 들어섰다.

뭔가 심상찮은 분위기를 간파한 듯 뒤따라 서재에 들어선 아내가 떨떠름한 표정을 짓고 우두커니 서 있었지만 나는 아내의 표정을 무시한 채 담배에 불을 붙였다.

"뭐예요? 부자간에 속살거리며 꾸민 음모가……."

이윽고 입이 간지럽고 몸이 뒤틀려서 못 견디겠다는 듯이 아내가 다시 오지그릇 박살내는 소리를 냈다.

"음모는 무슨 음모……."

"그럼 뭐예요? 둘이서만 짝짜꿍이되어서 나를 의도적으로 무시해 버리려는 태도던데……."

아내는 의혹의 매듭을 풀지 못해서 안절부절이었다.

"솔직히 말해 줄까? 덕준이는 당신의 그런 태도가 도무지 못마땅하다는 거야"

"뭐라구요? 내 태도가 어때서요?"

"사사건건 캐고 따지며 아등바등 대드는 그런 태도가 맘에 안 든다는 것이지."

"빌어먹을 녀석, 제놈 때문에 내가 얼마나 속으로 골병이 들었는데……."

아내는 아들의 방 쪽을 향하여 하얗게 눈을 흘기며 가쁜 숨을 몰아쉬고 있는 폼이 금방이라도 우르르 달려들어 멱살이라도 움켜줄 기세였다.

"그건 덕준이 말이 아니라 내 농담이었지만, 그 애 얘기를 들어 보니 우리들이 그 애에게 너무 큰 부담감을 줬던 것 같습디다. 극도로 신경이 날카로워져 있는 것은 생각 안 하고 그저 옆에서 시중이나 들면서 잘해라 잘해라만 연발했으니 어린 마음에 부담스럽고 초조할 수밖에……."

"그게 뭐 어쨌다는 거예요. 시중들면서 잘해라 잘해라 한 것이 잘못이라면 구박을 주면서 헤살을 놓아야 되는 건가요?"

"저렇게 소견이 좁고 융통성이 없어서야 어디……."

"그래요, 여편네들은 소견머리가 좁아서 턱주가리에 그 알량한 수염도 안 난답디다"

픽 웃으며 돌아서는 아내의 표정이 아까보다는 훨씬 풀린 모양이었으나 아무래도 부자간의 대화에 대한 의혹은 말끔히 지워지지 않은 것 같았다.

나는 아내의 뒤통수에 대고 중얼댔다.

"요즘 애들은 그렇게 단순치가 않아요"

벽시계가 두 시를 치고 있었다.

깊고 깊은 겨울밤이었다.

(1988. 1)

3. 아들의 교훈

형광등 불빛을 파르스름하게 받으며 벽시계가 어느새 11시를 가리키고 있었다. 김혜숙 여사는 응접실의 흔들의자에서 벌떡 몸을 일으켜 세웠다. 홧김에 앞뒤 생각도 없이 벌떡 몸을 일으킨 탓인지 아찔한 현기증이 갑자기 눈앞을 노오랗게 가로 흐르며 관자놀이가 쑤시듯이 화끈거렸다.

이러다가 관자놀이의 혈관이 터져 버리는 것은 아닌가 하는 방정스런 생각을 떠올리며 김혜숙 여사는 소파의 한 모서리를 손으로 짚고 한동안 현기증이 가라앉기를 기다렸다.

요즈음 며칠 동안 시어머니 문제로 남편에게 신경질을 부리고 골치를 썩였더니 그 반응이 대뜸 관자놀이의 혈관으로 오는 모양이었다.

조상 대대로 내려오는 고향의 전답과 가문을 혼자서라도 지키겠다며 한사코 시골 생활을 고집하시던 시어머니가 어느 날 마루 끝에서 미끄러져 입원한 것은 보름이 넘었고, 부러진 다리의 관절이 아물기까지는 앞으로 다섯 달이 더 걸린다는 의사의 진단이 내려진 지도 열흘이 지났다.

그런데, 시어머니가 앞으로 다섯 달 동안 전혀 거동을 못하고 자리에 누워서만 지내야 한다는 상황을 앞에 놓고 집안 전체는 야릇한 침묵 속에서 서로 상대방의 눈치만 살피며 암중모색의 더듬이를 쉴 새 없이 놀렸다. 말하자면 대소변을 받아 내고 끼니 때마다 음식물을 입안에 떠 넣어 드려야 한다는 귀찮고 조련찮은 시어머니의 간호와 시중을 누가 떠맡느냐 하는 문제를 앞에 놓고 벌이는 치열한 눈치의 공방전이었다. 그런데, 그런 문제라면 우리네 사회의 상식적인 관례에 따라 우선 순위 1번이 장남과 큰며느리 쪽이니까 당연히 큰집에서 모셔야 된다는 것이 둘째 며느리인 김혜숙 여사의 지론이었지만, 돌아가고 있는 집안의 공기는 단순히 그렇지만도 않은 것이 김혜숙 여사의 똥끝을 바짝바짝 태워

주고 있는 것이었다. 3남 1녀의 형제 자매 중에서 막내 시누이는 출가 외인이라는 구실을 붙여서 굳이 제외시키더라도, 나머지 3명의 아들 며느리 중에서 왜 하필이면 둘째인 남편과 자기에게 온 집안의 시선이 모아지고 있는지 정말 알다가도 모를 김혜숙 여사였던 것이다. 물론, 3형제 중에서 경제적인 여유나 주거 환경의 제반 여건으로 보아 자신들의 처지가 가장 나은 것은 사실이지만, 그렇다고 다른 집안의 처지가 시어머니 한 분 모실 수 없도록 생활 환경이 궁색한 것도 아니고 방이 비좁은 것도 아닌데 이런 저런 핑계와 구실로 서로 눈치만 살피는 바람에 성격이 모질지 못하고 매사에 물러터진 남편이 어정쩡한 태도를 보임으로써 결국은 모든 뒤치다꺼리가 자기에게 돌아오고 있는 듯한 낌새를 눈치채지 않을 수 없는 김혜숙 여사였던 것이다.

"아니, 형님도 있고 동생도 있는데 왜 하필 우리가 모셔야 되느냐 이거예요."

"누가 꼭 모셔야 된다는 그런 법칙이 어디 있나?"

"당신, 말씀 한 번 기똥차게 잘 하셨어요. 그런 법칙도 없는데 왜 하필 모셔야 될 사람이 우리냐 이겁니다."

밑도 끝도 없는 말다툼이 수없이 오갔지만 종내 시원한 결판을 못 내린 채 며칠을 끌어오는 동안 김혜숙 여사는 명치끝이 따끔거리고 가슴이 더부룩한 증세가 일어나도록 심기가 초조하고 뒤틀렸다.

벽시계가 어느새 11시 30분을 지나 허위단심 자정을 향해 숨가쁘게 기어오르고 있었다.

김혜숙 여사는 철책에 갇힌 암표범처럼 응접실을 몇 바퀴 바장이다가 아들의 방 열쇠 구멍을 통하여 아슴푸레 새어 나오는 불빛을 바라보고 천천히 그리로 발걸음을 옮겼다.

아들은 아직도 자지 않고 책상머리에 앉아서 무슨 책인가를 열심히 읽고 있었다.

올해 6학년이 되더니 몰라보게 덩치가 커지고 의젓해진 아들의 뒷모습을 바라보자 김혜숙 여사는 아침 햇살에 밀리는 안개처럼 이제까지의 조바심이 일시에 걷히는 삽상한 기분을 느꼈다. 인기척을 느낀 아들이 이윽고 고개를 돌렸다. 책 속에 파묻혀 있다가 잠깐 돌린 아들의 시선이 심산유곡에서 뛰어 노는 사슴처럼 영채롭게 빛났다.

"무슨 책인데 이제까지 자지 않고……."

"옛날이야기 책인데 무척 재미있어요."

"무슨 내용인데?"

"여러 가지죠 뭐, 정직에 대한 얘기도 있고 효도에 관한 얘기도 있고요."

"효도?"

"그럼요, 방금 효도에 관한 얘기를 읽었는데 한 번 들어 보실래요?"

"그래, 한번 들어보자꾸나."

김혜숙 여사는 책상머리에 비스듬히 기댄 채 아들의 얼굴을 대견스럽게 내려다보았다.

"옛날에 어떤 할머니가 있었는데 늙고 노망이 들어서 집안 식구들을 좀 못살게 굴었대요. 그러니까 시중들기에 지친 며느리가 하루는 담요 한 장을 할머니에게 주면서 어디로든지 집을 나가서 살라고 했지요. 그러니까 옆에 있던 손자가 할머니의 손에 들린 담요를 빼앗으면서 담요 한 장은 많으니 반 장만 가지고 나가시라고 했더래요. 그러니까 어머니는 담요 한 장을 주어서 나가시게 하는 것도 죄송한데 그럴 수야 있느냐고 아들을 나무랐지요. 그러니까 아들이 어머니한테 뭐라고 대답했는지 아세요?"

"……."

"반 장은 남겼다가 나중에 어머니가 노망이 들면 주어서 내쫓아야 하니까 꼭 남겨 두어야 한다고 우겼대요. 그러니까 어머니는 자신의 잘못을 뉘우치고 할머니를 내쫓지도 않고 평생토록 효도하며 잘 모시고 지냈다는 얘기예요. 어때요, 옛날얘기지만 퍽 재미있지 않아요? 교훈적이구요."

이윽고 얘기를 끝낸 아들이 사뭇 의기양양한 시선으로 김혜숙 여사를 올려다보고 있었다. 그러자 김혜숙 여사는 아들의 시선을 피하여 얼른 고개를 돌려 버렸다. 그리고 갑자기 관자놀이를 욱신거리며 또 한 차례 노오랗게 눈앞을 가로막는 현기증에 비틀거리며 쫓기듯이 아들의 방에서 물러 나왔다.

(1989. 3)

이웃사촌들

1. 어떤 귀향(歸鄕)

올망졸망한 가게들이 가지런히 이마를 맞대고 사이좋게 늘어서
있는 골목 안 풍경은 언제 내려다보아도 나른한 평화로움을 느끼
게 한다.

내가 세 들어 살고 있는 이층의 창문을 통하여 곧장 내려다보
이는 골목길의 양편으로 철물점이며 양품점이며 문방구점이며 잡
화상점들이 제각기 특색 있는 간판들을 삐뚤빼뚤 매달고 있는 사
이로 이따금 개들이 어울려 다니며 쓰레기통을 뒤지거나 아이를
등에 업은 부인들이 느릿느릿 슬리퍼를 끌며 이 가게 저 가게들
을 기웃거리고 있는 한낮의 골목길은 한유로운 풍경이 아닐 수
없다. 그러나 외형상으로 이처럼 평화롭고 한유로운 골목길이지
만 사람 사는 곳이 언제나 그렇듯이 하찮은 일로 티격태격 말다
툼도 벌이고 여인네들의 심심풀이 입방아에 걸려 이런저런 소문
도 심심찮게 굴러다니는 골목 안이다.

그런데 이 같은 말다툼이니 소문이니 하는 것들의 일부가 생뚱스럽게도 세탁소 김씨로 인하여 생겨나고 있다는 사실을 알고 나는 의아스럽지 않을 수 없었다. 왜냐하면 내가 보기에 세탁소 김씨야말로 남한테 큰소리 한번 쳐보지 못할 만큼 천성이 순해터진 데다가 세상을 곧이곧대로 살아가는 욕심 없는 사람이어서 남과 다툴 만한 위인이 결코 못되기 때문이다. 어쨌든 그런 김씨가 이 골목 안에서 남의 입에 오르내린다는 사실은 의아스러울 수밖에 없는 것이다.

"이런저런 눈치도 모르고 친절을 베푼답시고 저지른 말썽인디 유 뭐."

어느 날 퇴근길에 세탁소 앞을 지나다가 김씨를 불러내어 근처에 있는 구멍가게의 옹색스런 좌판에 엉덩이만 겨우 걸친 채 오징어 다리를 안주 삼아 소주를 까면서 이런저런 소문에 대하여 캐물었을 때 그 순하게 생긴 눈에서 금방 그렁그렁한 눈물이라도 쏟을 듯이 처연해 하며 중얼거린 김씨의 말이었다.

"눈치 없이 친절을 베풀다니요?"

"그저 그런 게 있어유."

충청도 어디가 고향이라는 김씨는 매사에 이렇듯 뒤를 사리며 소극적이다.

무슨 친절을 어떻게 베풀다가 그랬는지는 몰라도 자초지종을 설명해서 상대방을 이해시켜야 되잖겠느냐는 내 주장에 김씨는 입가를 씰그려뜨리며 픽 하고 웃을 뿐이다.

나는 얼큰하게 올라오기 시작하는 술기운을 앞세워 끈덕지게 캐물었더니 김씨가 이번에는 터진 봇물처럼 술술 이야기를 풀어놓기 시작했다.

김씨는 언제나 그렇듯이 세탁물이 맡겨지면 세탁을 하기 전에 먼저 세탁물의 호주머니를 까뒤집는 것이 우선적인 작업의 순서라는 것이다. 왜냐하면 호주머니 속에 혹시 빼놓고 꺼내지 않은 동전이나 종이 쪽지가 들어 있을 수도 있고 호주머니 속에 먼지가 수북히 쌓여 있을 수도 있어서 이것들을 제거하려는 의도라는 것이다. 그런데 이 작업과정에서 김씨가 크게 발견한 점은 첫째로 남자의 양복에는 자그마치 윗도리에 여섯 개, 아랫도리에 다섯 개, 도합 열한 개의 크고 작은 호주머니가 있다는 사실과 그 호주머니 속에는 종이쪽이든 동전이든 떨어진 단추든 간에 꺼내지 않고 그대로 방치해 둔 물건들이 의외로 많다는 사실이었다.

"물론 양복을 벗어 놓은 당사자도 문제는 있지만 그것을 세탁소에 맡기는 주부들의 조심성이 문제더라구유. 겉에서 쓰윽 훑어보고는 그대로 맡겨버리니까유."

그런데 그 날의 경우는 하찮은 종이쪽지나 동전쯤이 문제가 아니었다는 것이다. 윗도리의 안주머니를 까뒤집으려고 손을 넣었더니 빳빳하게 접힌 종이가 손에 닿더라는 것이다. 무심코 꺼내보니 십만 원 짜리 수표였다.

김씨는 순간적으로 가슴이 뛰었다. 슬그머니 자기 지갑에 넣어버리고 시치미를 떼어도 괜찮을 상황이었다. 그러나 김씨는 그 동안 해왔던 습관대로 종이봉투 속에 수표를 넣고 세탁물의 번호를 봉투의 겉봉에 기록해 놓았다. 세탁물을 찾으러 올 때 돌려주려는 것이었다. 그 동안 김씨는 호주머니 속에 들어 있는 내용물이 계산서든 십 원 짜리 동전이든 명함이든 간에 이처럼 종이봉투에 넣어 두었다가 주인에게 되돌려 주었던 것이다.

어쨌든 그 수표로 인한 사건은 사흘 뒤에 터졌다. 남편의 양복을 맡긴 부인이 세탁물을 찾으러 왔을 때 수표가 든 종이봉투까지 건네주니까 그 부인의 얼굴이 복잡하게 일그러지더라는 것이다.

"처음에는 의아스러워서 받지를 않더라구요. 그런데 나중에 설명을 듣고서야 받긴 받는데 입을 앙다물고 무언가를 잔뜩 생각하는 표정이더니 고맙다는 인사도 없이 치맛바람을 일으키며 횡하니 가게를 나가버리더라구유."

그런데 일은 그 날 밤에 또 터졌다는 것이다.

웬 중년의 남자 하나가 잠바차림에 슬리퍼를 끌고 가게에 나타나서는 다짜고짜로 시비를 걸더라는 것이다. 물론 그 수표에 관한 시비였다. 돈을 돌려주려면 임자를 옳게 찾아서 돌려주든지 할 것이지 엉뚱하게 여편네 손에 그걸 넘겨주는 바람에 가정불화만 일으켰으니 책임을 지라는 거였다. 이에 김씨는 적반하장도 유분수지 수표를 돌려준 것만도 고마운 일인데 엉뚱하게도 임자를 바로 찾아서 돌려주지 않았다거니 책임을 지라거니 이치에 닿지 않는 시비를 거는 바람에 한동안은 어안이 벙벙해서 말대꾸를 할 수도 없었다는 것이다.

"세상에 이런 경우도 있남유? 내가 세상 물정에 어둡고 눈치가 벽창호여서 이런 일이 생겨나는지는 몰라도 나름대로 정직하게 살아간다는 꼬락서니가 이런 꼴이니 참 한심한 노릇이구먼유. 아마 그 수표가 부인 몰래 숨겨놓은 수표였던 모양인데 내가 그걸 알 턱이 있남유."

마지막 술잔을 긴 한숨과 함께 들이키는 김씨의 눈두덩이가 유난히 붉은 것은 비단 술기운 탓만은 아닌 것 같다.

이런 사건 이후로 나와 김씨는 인간적으로 퍽 가까운 사이가 되었고 아내 또한 김씨네 세탁소를 자주 이용하는 바람에 어쩌다가 구겨진 바지를 공짜로 다려주는 혜택도 입을 수 있었다. 그런데 이런 일이 또 화근이 될 줄은 몰랐다. 입방아 찧기 좋아하는 여편네들이 누구네 바지는 항상 공짜로 다려준다는 데 우리는 뭐냐며 눈을 흘기고 입을 샐쭉거리기 시작했던 것이다. 따라서 나는 아내에게 김씨네 세탁소와의 거래를 가급적 삼가라고 당부하지 않을 수 없었다. 무릎 근처만 보아도 어디를 보았다고 떠들어대는 인심이니 또 무슨 구설수에 오를지 모른다는 노파심에서였다.

그런데 극성스럽던 무더위가 한 풀 꺾이고 조석으로 삽상한 가을 기온이 느껴지는 어느 날 저녁 무렵이었다. 세탁소의 김씨가 소주 몇 병과 서너 근은 됨직해 보이는 쇠고기를 비닐봉지에 담아 안고 나를 찾아왔다. 더위도 물러가고 했으니 소주 몇 잔 기울이고 싶어서 찾아왔다고는 하지만 무슨 사연이 있어 보이는 얼굴이었다.

어쨌거나 우리는 이층의 베란다에 자리를 깔고 고기를 구워서 소주잔을 기울이기 시작했다. 선선한 초가을의 밤이 그런 대로 술맛을 돋우는 바람에 우리는 불빛이 환한 골목길을 내려다보며 여러 차례의 술잔을 말없이 주고받았다.

"지금쯤 농촌은 먹지 않아도 배가 부를 때여유. 들녘에는 누런 벼가 영글어 있고 감이며 밤이며 비록 내 것이 아니더라도 쳐다보기만 해도 넉넉해지고……."

불빛이 환히 비치는 골목길을 내려다보던 김씨가 난데없이 푸념처럼 흥얼거렸다.

"아니, 난데없이 농촌타령은 갑자기……."

"이것저것 다 때려치우고 고향으로나 내려갈까 하는데유. 그래서 사실은 오늘 이별주라도 하고 싶어서……."

"아니 갑자기 이별주라니 무슨 일이 생겼나요?"

입에 가져가려던 술잔을 든 채 나는 김씨의 얼굴을 빤히 건너다보았다.

"또 세탁소에서 말썽이 일어났지 뭐여유."

김씨는 술잔을 들어 입안에 털어 넣으며 허전한 목소리로 말을 이었다.

"아무래도 각박한 서울살림에는 체질적으로 안 맞는 모양 같구 먼유."

말없이 쏘아보며 말을 재촉하는 내 시선을 느꼈던지 김씨는 세탁소에서 일어난 말썽의 경위를 소상히 털어놓기 시작했다.

그런데 이번에는 지난번의 수표사건과는 정반대의 이야기였다. 호주머니에 넣어둔 수표를 미처 꺼내지 못한 채 세탁을 맡겼다는 어느 남자가 찾아와 당장에 수표를 내놓으라고 생떼를 쓰더라는 것이다. 남자는 세탁소에 양복을 맡긴 부인을 닦달질했으나 완강히 모른다고 하니까 세탁소의 김씨에게 혐의를 두고 대들었던 모양이었다.

"이래저래 지쳤슈. 서로 믿고 의지하는 인정이 그립기두 하구유."

기진맥진한 시선으로 밤하늘을 올려다보는 김씨를 외면한 채 나는 화가 난 듯이 거푸 석 잔의 소주를 입에 털어 넣으며 중얼거렸다.

"그래, 고향으로 내려가세요. 더러운 놈의 세상 같으니……."

(1991. 10)

2. 첫눈

눈송이라도 날릴 듯이 잔뜩 찌푸린 퇴근길의 우중충한 날씨였다.

비스듬한 경사를 이루고 있는 마을의 골목길을 폐지를 가득 실은 손수레가 주춤거리며 힘겹게 기어오르고 있었다.

수레를 끌고 있는 사람의 형체는 보이지 않고 신문지 나부랭이와 차곡차곡 접힌 종이 박스 등이 수북히 실린 수레의 뒷모습으로 보아 한동안 보이지 않던 노파의 수레가 분명했다.

언덕은 가파르지 않지만 노파 혼자서 폐지를 가득 실은 수레를 끌기에는 만만찮은 경사를 이루고 있었다. 나는 걸음을 빨리 하여 손수레의 뒤를 밀었다.

주춤거리던 손수레가 훨씬 수월하게 언덕을 오르기 시작했다.

노파는 느낌만으로도 누군가의 도움을 받고 있다는 것을 알아차린 것 같았다. 혼잣말로 무어라 중얼거리는 소리를 냈다. 아마도 고맙다는 말일 것이다. 뒤로 기울어졌던 수레가 어느 순간에 평형을 유지했다. 언덕을 다 오른 것이다.

노파가 길가에 잠시 수레를 멈췄다. 그리고는 옆으로 다가서는 나를 향해 고개를 꾸벅거렸다.

"고마워유, 선상님······."

할미꽃처럼 꼬부라진 허리, 그리고 곰팡이 핀 굴비처럼 흑갈색으로 그을린 깡마른 얼굴에 유난히 눈빛만이 광채를 띠고 있는 노파는 수줍게 웃으며 거친 손으로 땀 배인 이마를 쓸었다.

"힘에 부치지 않게 조금씩 싣고 다니세요."

나는 기역자로 허리가 꺾인 노파의 쇠잔한 체구를 내려다보며 눈시울이 붉어짐을 느꼈다.

"고마워유, 선상님······."

노파는 나를 향해 또다시 고개를 꾸벅거렸다. 노파가 걸치고 있는 헐렁한 털 잠바가 어쩐지 눈에 익었다. 언젠가 아내가 주었다는 그 털 잠바가 틀림없었다.

"오래간만에 뵙네요. 그 동안 무슨 일이라도······."

내 말에 노파는 한동안 머뭇거리기만 하더니 떠듬거리며 겨우 입을 열었다.

"죽었어요, 영감이······."

잿빛 하늘을 올려다보는 노파의 눈이 삭막하게 얼어 있었다.

"그랬었군요, 어쩐지······."

나는 언젠가 아내로부터 중풍에 걸린 영감과 함께 산비탈 언덕빼기에 있는 낡은 공장 숙직실에서 살고 있다는 노파의 이야기를 들었던 기억을 떠올리며 혀를 찼다.

지금은 문을 닫았지만 한 때는 무슨 주물공장이었다는 산비탈 언덕빼기의 흉물스런 공장건물은 주인이 부도를 내고 물러앉는 바람에 몇 년째 그대로 방치돼 있고, 그 공장에서 경비 일을 보았다는 노파의 남편이 마땅히 갈 곳도 없어서 숙직실 하나를 손보아 살고 있었던 것이다.

"그럼 혼자서 사시는 거예요?"

마른 삭정이처럼 곧 바스라질 것만 같은 노파의 손이 다시 손수레를 잡는 것을 바라보며 내가 물었다.

"나도 곧 가야지요"

노파의 눈이 나를 바라보며 잔잔한 웃음을 입가에 머금었다.

내가 노파를 알게 된 것은 지금으로부터 오륙 년 전. 그러니까 비교적 서울의 변두리 지역에 속했던 마을 입구에 지하철역이 들어서게 되자 주민들은 온통 낡은 단독주택을 헐고 앞을 다투어 다세대주택으로 신축을 하기 시작할 무렵이었다.

단독주택이던 앞집과 뒷집이 몇 달 간격으로 거만한 4층 짜리 붉은 벽돌로 치장된 다세대주택으로 모습을 바꾸자 그 사이에 끼여있는 허름한 우리 집이 대갈통에 돋아난 부스럼 딱지처럼 더욱 흉하고 초라하게 보일 것은 뻔한 이치였다. 시샘이 나면 며칠이고 밤잠을 설치는 아내가 이 같은 상황을 보고 그대로 있을 리가 없었다. 우리 집도 당장에 신축을 하자고 다그치기 시작했고, 아내의 고집을 꺾어본 적이 없는 나인데다가 건축비는 전세를 놓으면 다 빠지는 판이니 선생님 댁은 땡전 한 푼 안 들이고 새 건물의 주인이 되는 거라고 꼬드기는 건축업자들의 그럴듯한 부채질에 넘어간 나는 결국 다세대주택의 신축을 감행하지 않을 수 없었다.

넉 달이면 완공된다는 다세대주택의 신축을 위하여 근처의 전세방으로 살림살이를 옮기던 날, 나는 일반 가구보다도 덩치가 큰 책 묶음을 앞에 놓고 전전긍긍 애를 태우고 있었다. 좁아터진 전세방으로 이것들을 옮겨놓자니 몸 하나 들여놓을 틈도 없을 것 같고, 그렇다고 몇 십 년 동안 끌고 다니던 책들을 이제 와서 버리자니 아깝고 서운해서 좀처럼 결단을 내릴 수가 없었던 것이다. 이 때 손수레를 끌고 골목길을 지나가는 노파가 발견되었던 것이고, 나는 오랜 망설임 끝에 결국에는 책 뭉치를 노파에게 주어버렸던 것이다.

헤묵은 월간잡지가 대부분이었지만 노파의 손수레로 여섯 번이나 운반을 해야 할 정도로 책 뭉치가 많았다. 그런데 책 뭉치가 사라져서 이삿짐은 간편해졌지만 집에서 애지중지 기르던 강아지

새끼를 몽땅 남에게 주어버렸을 때처럼 나는 마음이 허전해서 견딜 수가 없었다.

"고마워유, 선상님……."

그 때도 노파는 이런 인사말을 여러 번 하며 고마움을 표시하고 돌아갔었다.

그 날 저녁, 아내와 나는 전세방에 이삿짐을 옮겨 놓고 내일이면 형체도 없이 헐릴 우리의 단독주택을 마지막으로 둘러보기라도 해야겠다는 생각으로 썰렁하게 비어버린 집 안팎을 어슬렁거리고 있었다. 뜯긴 창문이며 찢어진 신문지 조각들이 어지럽게 흩어진 방안의 풍경은 이 곳이 과연 오늘 아침까지 우리가 잠을 자고 밥을 먹었던 집이었던가 싶도록 황량하고 낯설었다.

바로 그 때 누군가가 인기척을 내며 나를 찾아왔다.

"저어, 선상님……."

그것은 노파였다. 그리고 노파는 영문을 몰라 어리둥절해 있는 내 앞에 무언가를 불쑥 들이밀었다.

"책 속에 이게 있는데…… 선상님한테는 소중한 것 같아서……."

노파가 들이민 것은 낡은 사진첩이었다. 주로 내 어린 시절의 사진들이 담긴 그 사진첩은 나로서는 참으로 소중한 것인데 아침나절에 노파에게 주어버렸던 책 뭉치 속에 그 사진첩이 들어 있었고 노파가 폐지를 정리하다가 그걸 발견하여 나에게 돌려주기 위해 가져온 것이었다. 나는 하마터면 폐지와 함께 사라졌을지도 모를 사진첩을 되찾게 된 기쁨에다가 일부러 주인에게 돌려주기 위해 찾아온 노파의 마음씨가 한없이 고마워서 언제까지나 노파의 얼굴을 내려다보고 있었다.

부지런을 떨면 하루에 만원 벌이는 된다며 손수레를 끌고 골목길을 뒤지고 다니는 노파의 모습을 그 후에도 몇 번 볼 수 있었다. 그런데 다른 사람들에 비하면 활동력이 떨어지는 노파의 손수레는 언제나 내용물이 빈약했고 기억자로 꼬부라진 그의 허리는 갈수록 땅바닥으로 잦아들 듯 굽어져 갔다. 그 사회에 있어서도 경쟁은 치열한 듯했다. 힘이 좋은 남자들은 값이 많이 나가는 고철이나 낡은 가전제품들을 번쩍번쩍 들어올려 운반하는데 노파는 언제나 가벼운 폐지나 빈 병만을 수집하는 바람에 경쟁에서 밀릴 수밖에 없었다.

그래서 나는 어느 일요일 4층 내 집 창문에서 우연히 골목길을 내려다보다가 노파의 손수레를 발견하고 내 집으로 올라오도록 청했다. 그 동안 아이들의 키높이 만큼 모아 놓았던 신문지와 종이 박스 등을 노파에게 주려는 의도에서였다. 그런데 한참만에 계단을 통해 4층까지 올라온 노파의 모습을 보고 나는 괜히 불러 올렸다는 후회가 들었다. 맨몸으로 4층까지 걸어 올라오기에도 숨이 가빠 헐떡이는 노파가 폐지를 안고 밑에까지 몇 번을 오르내린다는 것은 너무나 힘에 부치는 작업이라는 생각이 들었던 것이다. 적선을 하려다가 오히려 노파를 고생시키게 됐다는 생각에 나는 투덜거리는 아내까지 동원하여 신문지 뭉텅이를 노파의 손수레까지 날라다 주지 않을 수 없었다.

"고마워유, 선상님……."

그 날도 역시 노파는 굽은 허리를 연신 손으로 두들기며 몇 번이고 고개를 꾸벅여 인사를 하고 돌아갔다.

그런데 언제부터인지 골목길을 오가는 노파의 손수레가 눈에 띄지 않았다. 의아한 생각이 들어 아내에게 물었더니 아내 역시 고개를 갸웃거렸다.

"그러고 보니 그 노파를 본 지가 퍽 오래 된 것 같네요"

"다른 데로 이사갔나?"

나는 더 이상 노파에 대한 생각을 끊고, 읽던 신문에 눈을 박았다. 그런데 한동안 잠잠하던 아내가 불쑥 지나가는 말투로 노파에 대한 이야기를 다시 끌어냈다.

"지금 생각하니 그 때 이후로 그 노파가 안 보였던 것 같은데요"

"그 때 이후라니?"

"우유를 훔쳤다고 말썽이 났던 일이 있었는데……."

"우유를 훔치다니?"

신문을 접어놓고 정색을 하며 마주 보는 내 시선을 피할 길이 없는지 아내가 이야기를 시작했다.

한 달쯤 전이었다고 한다. 옆집의 다세대 주택에서 배달된 우유가 자꾸 분실되는 사건이 일어났는데 노파가 혐의를 받았었다고 한다. 길거리를 오가며 폐지를 수집하는 일이 신통찮으니까 이곳저곳 다세대주택의 층계를 오르내리며 문밖에 내놓은 폐지를 거둬들이거나 직접 주인과 마주치면 재활용품을 달라고 청했던 것이 화근이 되었던 모양이라고 했다. 복색이 남루한 노파가 다세대주택을 드나들었으니 뚜렷한 물증은 없어도 일단 혐의를 받을 수밖에 없었던 것이라고 했다.

"직접 목격한 것도 아닌데 도둑으로 몰았단 말이지?"

"도둑으로까지 본 것은 아니지만 어쨌든 의심은 받았지요. 그리고 앞으로는 남의 주택에 함부로 드나들지 말라는 핀잔도 먹었구요"

"그럴 사람이 아닌데, 그 노파는……."

"글쎄 말이에요. 그따위 우유에 손을 댈 노파는 아닌데……. 아무래도 다른 집 아이들의 짓인데 노파가 뒤집어 쓴 것 같아요"

"노파가 무척 상심했겠는데……."

"가난하게 살아도 그런 죄 받을 짓을 안 한다고 부들부들 떨면서 울먹이던 노파가 불쌍했어요"

그런 일이 있은 이후에 노파의 모습이 한동안 보이지 않다가 오늘 언덕길에서 우연히 만난 노파의 모습은 나로서는 반갑기 그지없었다. 그런데 노파는 그 동안 영감을 잃고 그 뒤치다꺼리까지 하느라고 무척 고생스러웠던 흔적이 역력했다.

"혼자 사시더라도 건강하게 오래오래 사셔야지요"

죽은 영감을 따라 나도 곧 가야한다는 노파의 음성이 너무나 애잔하고 구슬퍼서 나는 목이 메었다.

손수레를 다시 끌고 밋밋한 언덕길을 내려가기 시작하는 노파의 머리 위로 무언가 희끗희끗 내려앉고 있는 것이 보였다.

첫눈이었다.

(2000. 1)

3. 몸으로 말했다

공중 목욕탕의 뿌연 수증기 속에는 언제나 생선 비린내 같기도 하고 생우유 냄새 같기도 한 야릇한 냄새가 떠돈다.

하기야 사람이 붐비는 휴일에 목욕탕에 가본 여자라면 누구나 알겠지만 솜털도 채 가시지 않은 중학생 계집애로부터 뱃가죽이 조글조글한 50대의 여편네에 이르기까지 우유니 계란이니 심지어는 오이 즙까지 만들어 가지고 와서는 온몸에 문지르고 바르고 두드리고 법석을 떨어대니 목욕탕 안은 그야말로 생선의 내장을 뒤집어 놓은 듯한 역겨운 냄새가 나는 것도 당연할지 모른다.

박경숙 여사가 휴일의 목욕탕 이용을 가급적 피하는 이유도 바로 여기에 있다. 그런데 다행히도 오늘은 월요일이어서 목욕탕 안은 비교적 한산한 편이었다.

박경숙 여사는 따끈한 욕조 속에 목만 내놓고 들어앉아서 느긋한 마음으로 욕탕 안을 휘둘러보았다.

살집이 좋은 중년의 때밀이 아주머니가 마치 레슬링 선수의 경기복 같은 원피스 수영복 차림으로 욕탕 바닥의 여기저기에 흩어져 있는 플라스틱 물바가지를 주어다가 한쪽 구석에 쌓아놓으며 심통난 듯 투덜거리고 있었다.

"자기 집 물건 같으면 이렇게 팽개쳐 놓고 가버리지는 않았을 것이구먼……."

무슨 악의에서가 아니라 때밀이 아주머니는 여느 때도 곧잘 이런 투정을 부리거나 눈에 거슬리는 사람에게는 퉁명스런 핀잔도 먹이는 성격이어서 이 목욕탕에 처음 온 사람이 아니면 아주머니의 그만한 투정에 이미 이골이 나서 거들떠보지도 않는 것이 상례였다.

어쨌든 때밀이 아주머니가 한바탕 투정을 부리며 물바가지를 정돈하느라고 욕탕 안을 휘젓고 다니는 동안 박경숙 여사는 욕조 속에서 느긋하게 실눈을 뜨고 줄잡아 열 명 안팎의 손님들이 제각기 찰싹거리는 물소리를 내며 벽 쪽을 향해 쪼그려 앉아 머리를 감거나 때를 밀어내고 있는 모습을 한가롭게 바라보고 있었다.

그런데 저쪽 구석 편에서 함지박 만한 엉덩이를 돌려대고 앉아 있던 40대의 비대한 여자 하나가 난데없이 때밀이 아주머니를 부른 것은 이 때였다.

"아줌마, 매사가 그렇게 원칙대로 되나요? 그 문제는 그쯤 해두고 여기 때 좀 밀어줘요"

듣기에 따라서는 때밀이 아주머니의 투정을 힐책하는 말투 같았지만 말을 던진 쪽이나 받는 쪽이나 그 말을 그리 심각하게는 생각지 않은 모양이었다.

"아줌마가 하시게요?"

이윽고 때밀이 아주머니가 물바가지 정돈을 끝내고 그 여인에게 다가가고 있었다.

"내가 아니고 애 좀 밀어주세요"

여인은 바로 옆에 앉아있는 젊은 여자를 턱으로 가리켰다.

"이 새댁 말인가요?"

비대한 여인의 턱짓을 제대로 보지 못했던지 때밀이 아주머니가 젊은 여자를 손가락으로 가리켰다.

"새댁이 다 뭐예요. 아직 나이도 어린데……"

비대한 여인이 어처구니없다는 표정을 지었다.

"몸이 저런데 그럼 새댁이 아니란 말이에요?"

그런데 때밀이 아주머니가 무심코 던진 이 말이 화근이었다.

지금 무슨 말을 하는 거냐고 대드는 여인의 말에 비로소 당황한 때밀이 아주머니가 더듬거리며 변명을 늘어놓기 시작했지만 사태는 이미 박살난 거울이었다.

"몸매를 보니까 임신한 것 같길래 그렇게 말했던 것인데 뭘 그렇게……"

"뭐라구요? 임신했다구요?"

멀쩡한 처녀를 보고 새댁이라고 불렀던 때부터 잔뜩 자존심이 상해있던 여인이 싸울 듯이 벌떡 자리를 차고 일어섰다.

"멀쩡한 처녀애를 보고 임신이라니……."

난데없는 여인의 고함소리에 목욕탕 안에 있던 손님들이 벌거 벗은 몸으로 일제히 일어섰다.

"아니, 그런 모욕을 당하고도 너는 뭐가 어쨌다고 그냥 퍼질러 앉아있기만 하는 거냐?"

이윽고 울화가 치민 여인이 딸의 팔목을 거칠게 잡아채는 바람 에 딸이 비실비실 몸을 일으켜 세웠다.

그런데 이제까지 의기양양해서 호통을 치던 여인의 얼굴이 참 혹하게 일그러지며 엉거주춤 고개를 숙이고 서있는 딸의 머리채 를 낚아챈 것은 바로 이 때였다.

"아니, 너 정말……."

모든 사람의 시선이 일제히 젊은 여인의 불룩한 배를 향해 화 살처럼 꽂혔다. 그러자 딸의 머리채를 휘감아 쥔 여인이 선불 맞 은 짐승처럼 날뛰기 시작했다.

"이마에 피도 안 마른 년이 앙큼스럽게도…… 이년, 사내가 누 군지 냉큼 이름을 대지 못하겠니?"

"잘못했어요"

딸이 드디어 울음을 터뜨렸다. 그러나 딸의 머리채를 휘어잡은 여인은 제정신이 아니었다. 누군가가 이들 모녀를 뜯어말리기 시 작했고 박경숙 여사도 욕조에서 뛰어나와 이들 사이에 끼여들었 다.

"어머니가 참으세요. 야단칠 일이 있으면 조용히 집에 데리고

가서 할 일이지 이게 도대체 뭐예요. 창피스럽게……."

박경숙 여사가 워낙 당차게 나오는 바람에 여인이 잠깐 주춤거리는 듯하더니 이내 박경숙 여사를 향해 독살스런 눈을 흡떴다.

"이 지경이 됐는데 창피가 어디 있어요. 내 원 창피스러워서……."

달려들고 뜯어말리고 하는 한동안의 난장판 끝에 드디어 여인이 딸의 손목을 비틀어 쥐고 탈의실 쪽으로 나가버리자 박경숙 여사는 때밀이 아주머니를 휙 돌아다보며 나지막이 나무랐다.

"왜 그런 말씀을 해 가지고……."

"이런저런 사정을 알 수가 있었나요"

벌거벗은 여인들이 목욕하는 것도 잠시 잊어버리고 팔짱을 끼고 둘러서서 서로의 얼굴만 보고 있었다.

"그러나저러나 왜 그런 몸으로 어머니 앞에 알몸을 드러냈을까?"

이윽고 맞은편의 여인 하나가 야릇하다는 표정으로 고개를 갸우뚱거렸다.

"차마 자기 입으로 말하기 거북하니까 몸으로 말하려고 했던 게지요"

"몸으로 말하다니요?"

"어머니에게 알몸을 보여줘서 눈치로 알게 하려는 생각에서……."

때밀이 아주머니의 추리력에 둘러섰던 여인들이 놀란 눈으로 그녀를 바라보며 오랫동안 고개를 주억거렸다.

(1989. 5)

4. 담배와 풋대추

회색 싱글에 빨간색 줄무늬가 사선을 긋고 있는 넥타이가 그런대로 신선하게 잘 어울린다고 생각하며 나는 거울 앞에서 한 걸음 뒤로 물러섰다.

그러나 가슴은 여전히 뛰고 있었다.

대학을 졸업하고 난생 처음 출근하는 첫 직장의 첫 출근길이니 당연한 일이었다. 더구나 말똥 굴러가는 것만 보아도 까르르 웃는다는 여고생들 앞에서 이제 바야흐로 첫 수업을 해야 되는 병아리 교사의 입장이고 보니 가슴이 뛰고 설레는 것은 너무나 당연한 일이었다.

시간에 쫓겨 허둥대지 않으려고 일찌감치 택시를 잡아타고 학교에 도착한 것은 8시 20분이었다. 그러나 첫 시간이 시작되는 9시까지의 40분이란 여유를 나는 정말 여유 없이 보냈다. 뒤미처 출근하기 시작하는 선배 교사들에게 일일이 의자에서 벌떡벌떡 일어나 인사를 하고, 심지어 나보다 1년 전에 부임한, 아직 소녀 티를 못 벗어난 여선생에게까지도 깍듯이 허리를 굽히다 보니 어느새 9시가 임박했던 것이다.

부랴부랴 교과서와 출석부를 챙겨 들고 3학년 1반의 교실 문을 조심스럽게 열었다.

그런데 무슨 허점만 보이면 금방이라도 까르르 웃어댈 것만 같은 70여명의 눈망울이 일시에 나를 주시하고 있다는 사실을 느끼는 순간, 나의 시선은 전후좌우 갈피를 잡지 못하고 어지럽게 흔들리기 시작하고 있었다. 더구나 향긋한 비누냄새 같기도 하고 덜익은 사과냄새도 같은 여학생들의 비릿한 체취에 나는 야릇한 현기증마저 느끼고 있었다.

나는 교단 위에서 멍하니 서 있을 수밖에 없었다.

그런데 교실의 어느 구석에선가 이같이 어정쩡한 분위기를 산산조각으로 박살을 내며 실로 충격적인 야유가 터져 나온 것은 바로 이 때였다.

"애숭이구나"

그와 함께 교실을 온통 뒤덮어 버릴 듯한 웃음이 폭죽처럼 터졌다.

그것은 차라리 해일(海溢)같은 웃음이었다. 그리하여 나는 노도와 같이 일렁이는 웃음의 파도에·떠밀려 심한 멀미를 하지 않을 수 없었다.

어느새 내 이마에서는 진땀이 솟고 눈앞이 뿌옇게 흐려지더니 다리가 후둘 후둘 떨렸다. 그러나 나는 두 손으로 교탁을 짚어 겨우 몸을 지탱하며 씨익 웃어 보이는 여유를 부렸다. 물론 이처럼 다급한 상황에서 순간적으로 억지로 지어내는 웃음이 자연스러울 리야 없었겠지만 의외로 학생들의 웃음을 가라앉히는 데는 효과가 있었던 모양이었다.

이윽고 학생들의 웃음이 가라앉자 내 마음도 차분히 가라앉기 시작하고 있었다. 나는 다행히도 이처럼 빨리 마음을 진정할 수 있었다는 사실에 무척 고마워하며 갈라진 목청을 가다듬었다.

"그렇습니다. 지금 어느 학생이 말한 대로 나는 애숭이 선생입니다. 그러나 나는 앞으로 여러분의 아저씨나 오빠처럼 인자하게……."

그런데 나는 여기에서 갑자기 말을 중단해야만 했다.

"아저씨나 오빠가 아니라 애인처럼 다정하게……."

바로 아까의 그 음성이 내 말을 중도에서 토막내며 다시 한 번 교실을 온통 웃음바다로 만들어놓고 있었던 것이다. 그런데 나는 아까와는 달리 고개를 들고 있었기 때문에 목소리의 주인공을 금방 찾아낼 수 있었다.

운동장으로 향한 창문 옆의 중간쯤 위치에 까무잡잡하면서도 영리해 보이는 얼굴 하나가 도도히 턱을 치켜들고 나를 보고 있었다.

그러나 나는 아까처럼 당황하지 않았다. 오히려 입가에 여유를 담은 웃음을 픽 날리며 중얼거렸다.

"짜아식, 김칫국부터 마시기는……."

그러자 아까와는 전혀 색깔이 다른 웃음이 또 한 차례 교실을 온통 바글바글 흔들어 놓고 있었다.

첫 시간의 수업이 끝나고 교무실로 돌아온 나는 후줄근히 지쳐 있었지만 신선한 흥분과 함께 마음은 한없이 가벼웠다.

그로부터 이틀이 지나고 사흘이 흘러갔다. 내 생활은 그런 대로 하루하루가 즐겁고 유쾌하게 진행되고 있었다.

특히 첫 시간에 나에게 밉지 않은 농담과 야유를 보냈던 여학생, 김영미가 그 후로도 이따금 불쑥불쑥 저지르는 재치 있고 당돌한 행동에 나는 깜짝 놀랄 만큼 신선한 충격을 받으며 여학교의 총각선생이 누리는 재미를 야금야금 즐기며 살아가고 있었다.

그런데 어느 날, 학교를 운영하는 재단이 호텔의 경영에까지 손을 뻗치다가 사회적으로 물의를 일으키고 신문지상에 왈가왈부 오르내리는 불미스런 사태가 벌어졌다. 이에 설상가상으로 학생들까지 들고일어나서 연일 성토대회가 벌어지고 있었는데 그 성토대회의 주동인물이 공교롭게도 김영미였다. 학교측에서는 주동

인물인 김영미를 제적시키려는 움직임을 보이고 있었다. 그 때 내가 담임의 입장에서 김영미를 변호하며 순수한 학생들의 애교심을 왜곡하여 불순한 눈으로 바라보는 것은 비교육적인 처사이고 처벌만이 능사가 아니라고 강력히 주장하는 바람에 결국 김영미는 구제될 수 있었는데 그 사건 이후로 나는 본의 아니게 학생들의 영웅이 됐고 학교나 재단 측으로부터는 눈에 가시 같은 존재가 되고 말았다.

그런데 김영미에게 또 한 차례의 치명적인 위기가 될 뻔한 사건이 일어났다.

언제부턴가 교내에서 담배를 피우는 여학생이 있다는 정보가 나돌기 시작하면서 적발되기만 하면 가차없이 제적시키겠다는 교장의 엄명이 있은 어느 날 방과 후, 각종 정보의 냄새를 잘 맡는다고 해서 개코라는 별명이 붙은 정달식 선생이 허겁지겁 교무실로 들어서더니 나에게 급히 다가왔다.

"담배 피우는 학생을 포착했습니다. 지금 당장 불러다가 가방을 뒤져보십시오. 선생님 반의 김영미 학생이 틀림없을 겁니다"

자기 딴에는 좀 은밀하게 정보를 제공하겠다는 의도였는지 모르지만 허겁지겁 뛰어들어 내 귀에 무어라 속삭이는 모습이 오히려 수상쩍어 옆자리의 동료교사들이 무슨 일인가 하고 몰려드는 바람에 그것은 오히려 공개적인 정보 제공이 된 꼴이었다.

자초지종을 좀 자세히 말해달라는 내 말에 정달식 선생은 침을 한번 꼴깍 삼키더니 설명을 시작했다.

"청소 감독을 하려고 우연히 이층 화장실 앞을 지나려니까 여선생님 전용화장실 창 틈으로 실오라기 같은 연기가 가물가물 흘러나오는 게 아니겠어요. 저는 처음에 깜짝 놀랐어요. 우리 학교

여 선생님 중에 담배 피우는 분이 있구나 하고 말이에요. 그래서 점잖지 못한 줄 알면서도 그게 누군가 확인하고 싶어 호기심을 가지고 기다렸지요. 그런데 얼마 있다가 화장실에서 나오는 사람을 보니 김영미 학생이더라 이겁니다. 저는 물론 처음에는 김영미를 의심하지 않았어요. 그 안에 화장실이 여러 개 함께 붙어 있으니까 김영미가 다른 화장실을 이용하고 밖으로 나왔다고도 볼 수 있기 때문이지요. 그런데 한참 동안 기다려도 그 후에 아무도 나오는 사람이 없었어요. 지금 생각하니 김영미가 화장실을 나오다가 나와 눈이 마주치자 퍽 당황하는 표정으로 책가방을 끌어안고 황급히 교실로 들어가던 모습이 의심스럽게 생각됩니다"

"혹시 다른 것을 담배연기로 잘못 보신 게지요"

"틀림없어요. 가늘기는 했지만 연기가 가물가물 흘러나왔다니까요"

일이 이쯤 되니 내가 영미를 만나 직접 사실을 확인하는 도리밖에 없었다. 마침 영미는 교실에 남아 있었다. 영미 이외에 두 사람의 학생이 더 있었지만 내가 영미와 할 얘기가 좀 있다면서 두 학생을 교실에서 내보냈다.

나는 일부러 엄숙한 표정으로 영미와 마주앉았다. 그러나 어디서부터 어떻게 말을 꺼내야 될지 좀처럼 묘책이 떠오르지 않았다. 그러나 언제까지나 이렇게 있을 수만도 없어 나는 다짜고짜 따지듯이 묻기 시작했다.

"영미, 너 담배 피울 줄 아나?"

"네에?"

"담배 피울 줄 아느냐고 했다"

그러자 눈을 휘둥그레 뜨고 나를 한동안 바라보던 영미가 갑자기 입가에 웃음을 흘렸다.

"아직 피워보지는 않았지만 한 번 피워보고는 싶어요. 선생님, 한 대 주시겠어요?"

"지금 농담하는 줄 아나?"

그러자 영미가 금세 웃음을 거두고 샐쭉해서 나를 쳐다봤다.

"아니, 갑자기 왜 이러시는 거예요?"

나는 여기에서 또 갑자기 말문이 막혔다. 그러나 잠시 후 나는 음성을 가다듬어 사실을 털어놓지 않을 수 없었다.

"내가 너를 의심하는 건 절대로 아니지만 지금 교무실에서는 네가 조금 전에 화장실에서 담배를 피웠다는 얘기들이 오가고 있다. 그게 사실이 아니라면 증거를 보여라"

"어마, 기가 막혀……."

영미가 입을 떠억 벌린 채 정말 기가 막혀 죽겠다는 표정으로 나를 빤히 쳐다보고 있었다.

"혹시 너에게서 담배가 나온다 하더라도 비밀로 해두고 싶다"

나는 정말로 그의 몸 어디에서 담배가 나온다 하더라도 다른 선생님들에게는 오리발을 내놓고 싶은 게 솔직한 심정이었다.

그 때였다. 영미가 자리에서 발딱 일어서더니 옷에 붙어 있는 호주머니를 모조리 까뒤집어 밖으로 늘어뜨리기 시작했다. 손수건 하나가 교실 바닥으로 달랑 떨어질 뿐 그의 호주머니에서는 껌 하나 나오지 않았다.

"가방 속도 보여야지"

나는 일이 이렇게 된 이상 철저하게 뻔뻔해져야겠다고 생각했다.

"자 보세요"

영미가 책가방을 번쩍 들어 팽개치듯 책상 위에 올려놓았다.

"여학생 가방을 내가 함부로 뒤질 수는 없잖아"

내 말이 떨어지기가 무섭게 영미는 가방 속에 손을 밀어 넣어 내용물들을 모조리 꺼내어 책상 위에 올려놓기 시작했다. 교과서와 시집이 나오고 발바닥에 새까맣게 때가 묻은 덧신이 신문지에 돌돌 말린 채 나왔다. 가방 속에 손을 밀어 넣어 휘젓던 영미가 이번에는 가방을 거꾸로 들어 흔들었다. 그 때 무언가 툭툭툭 소리를 내며 교실 바닥에 떨어지더니 떼구루루 굴러가고 있었다. 나는 재빨리 눈으로 그걸 뒤쫓았다. 풋대추였다. 빨간 반점이 약간 번져있을 뿐 아직 채 익지 않은 풋대추 서너 개가 교실 바닥을 제멋대로 굴러가고 있는 모습을 보며 나는 피식 웃음이 나왔다.

"풋대추잖아. 저거 누구네 집 대추나무에서 훔쳤어"

"저희 집 대추나무에서 훔쳤어요"

"채 익지도 않은 걸 왜 훔쳤어?"

나는 영미의 가방 속에 책을 쓸어 담아 주며 그녀의 볼을 살짝 꼬집어 흔들었다. 그렇게 라도 해서 쥐구멍이라도 있으면 숨어버리고 싶은 내 부끄러움을 영미에게 전하고 싶었던 것이다.

(1986. 3)

우리네 야산을 닮은 푸근한 삶의 문학

- 조건상의 소설세계

임규찬(문학평론가 · 성공회대 교수)

요즘 우리는 '산에 오르다''산이 높다'라는 말을 많이 하지만, 사실 예전에는 '산에 들다''산이 깊다'라는 더 많이 썼다고 한다. 가만히 비교해 보면 그 말이 훨씬 정겹다. 워낙 산이 많다보니 그랬을까. 그러나 또 가만히 생각하면 '오르다'는 이동(移動)의 표현보다는 '들다'라는 편안한 정주(定住)의 표현을, '높다'라는 외관의 크기보다는 '깊다'라는 내적 깊이를 우리 민족이 더 선호해서 그런 것이 아닌가 싶다.

그런 우리네 산에 대한 심상을 잘 보여주어서인지 나는 신경림의 "산에 대하여"란 시를 좋아한다. "산이라 다 크고 높은 것은 아니다/ 다 험하고 가파른 것은 아니다/ 어떤 산은 크고 높은 산 아래/ 시시덕거리고 웃으며 나지막히 엎드려 있고/ 또 어떤 산은 험하고 가파른 산자락에서/ 슬그머니 빠져 동네까지 내려와/ 부러운 듯 사람사는 꼴을 구경하고 섰다"로 시작되는 시다. 그런 낮은 산을 두고 시인은 이웃같다며 "간난이네 안방 왕골자리처럼 때에 절고/ 그 누더기 이불처럼 지린내가 배지만/ 눈개비나무 찰피나무며 모싯대 개쑥에 덮여/ 곤줄박이 개개비

휘파람새 노랫소리를/ 듣는 기쁨은 낮은 산만이 안다/ 사람들이 서로 미워서 잡아죽일 듯/ 이빨을 갈고 손톱을 세우다가도/ 칡 넝쿨처럼 머루넝쿨처럼 감기고 어울어지는/ 사람사는 재미는 낮은 산만이 안다"라고 노래한다. 말하자면 "사람이 다 크고 잘난 것만이 아니듯/ 다 외치며 우뚝 서 있는 것만이 아니듯/ 산이라 해서 모두 크고 높은 것은 아니다/ 모두 흰 구름을 겨드랑이에 끼고/ 어깨로 바람 맞받아 치며 사는 것은 아니"라는 것이다.

굳이 설명할 필요 없는 시다. 그러나 이 시는 우리가 흔하게 볼 수 있는 '작고 낮은 산'에 대한 심상을 서민의 일상적 삶과 자연스럽게 연계시켜 만든 인간과 자연의 화음이다. 일반 서민의 삶이 곧 야트마한 산과 같으니, 작가가 강조하는 바도 '작고 낮은 산'도 '산'이라는 평범한 사실을, 그리고 거기에 아기자기한 맛이 있다는, 아니 그런 맛이야말로 우리가 실제 삶에서 보게 되는 삶의 진실, 사람 사는 재미란 점이다.

사실 이렇게 산에 대한 이야기로 말문을 여는 것은 오늘 이 자리의 주인공 조건상의 소설세계가 그런 우리네 야산의 이미지와 너무나 닮았기 때문이다. 소설 하면 흔히 상상력을 이야기하면서 일상적인 현실에서 훌쩍 벗어난 허구적 큰 세계를 떠올리기 십상이다. 이왕 산 이야기가 나왔으니까 비유하자면 아주 우리네 삶의 공간과 많은 거리를 둔 채 저 멀리 운무를 거느리며 높이와 크기로 압도하는 큰산의 형상이 그러할 것이다. 그러나 그런 산을 실제 우리가 좀처럼 찾아가기 힘든 것처럼, 아니 우리네 삶이 야트마한 야산과 더불어 혹은 곁에 두고 늘상 살아가는 것처럼 문학의 본질 또한 그러한 일상적 삶 속에서 자연스럽게 우러나왔다고 보아야 할 것이다. '맛'이라는 말이 연상하는,

일상적인 것에서 그렇듯 자연스러움과 맛을 빚어낼 줄 아는 작가적 능력이야말로 기실 인간학이라는 소설이 갖추어야 할 아랫목과도 같은 것이리라. 그런 점에서 조건상의 『어머니의 초상』은 확실히 그에 대한 좋은 문학적 화답이다. 옛사람의 표현을 빌자면 '꾸미는 것을 일삼지 않고 자연스런 가운데 깊이 묘미가 있다'는 충담소산(沖澹蕭散)의 격(格)이다.

*

소설을 인간학이라 할 때 사실·가장 먼저 떠오르는 것은 생로병사(生老病死)이다. 모든 종교가 이 문제에 절대적 관심을 보여온 것도 그것이 하나의 생물체로서 인간이 갖게 되는 숙명적 운명이기 때문이다. 인간(人間)이란 말 자체가 인생(人生)과 세간(世間)의 줄임말이라고 하는 것처럼, 한 사람이 태어나서 늙고 병들고 죽기까지의 한 생애와, 사회와 세계와의 만남에서 연유되는 무수한 관계와 그 관계가 주는 세상살이의 희노애락(喜怒哀樂)이야말로 다름 아닌 영원한 문학의 화두이다. 물론 대부분의 경우 우리는 생(生)을 중심으로 이 모든 것을 생각하지 그 반면이자 그림자인 사(死)와 거기에 가까운 노병(老病)은 은연중 회피하게 되고 중심적인 관심사로 삼지 않는다.

표제작 "어머니의 초상"은 그 점에서 특별히 주목을 요하는 작품이다. 바로 노(老)와 사(死)를 문제시한 작품이며, 그 편에서 생(生)의 의미를 새김질하는 작품이다. 환갑이 넘은 대학교수 아들이 "혼자서 고향의 횡뎅그렁한 종가를 지키며 외롭게 살아가고 있는" 미수(米壽)의 어머니를 찾아가 어머니의 최근 삶을 지켜보고 지나간 세월을 되새기며 핏줄이 녹아 있는 고향의 의미와 함께 산다는 것의 원형을 찾고자 하는 소설이다. 그런데 한편으로 '어머니'라는 말 자체가 우리에겐 너무 익숙한 감동이기에 어머니의 가족에 대한 이런저런 희생과 사랑은 실상 진부하게 다가오는 것이 사실이다. 흔한 말로 공기가 소중하다는 것을 누구나 알면서 실제 삶에서 별반 그 의미를 삶의 자기내용으로 생각하지 않는 것과 같다고나 할까. 그렇기 때문에 이미 상식화되고 당연하게 간주되는 것일수록 그것을 제대로 형상화하여 감동을 지닌 언어생명체로 만들어내기란 말처럼 그리 쉽지 않는 일이다. 이 작품이 가지는 일차적 의의는 바로 그러한 진부하다면 진부한 어머니의 형상을 뛰어나게 묘파하면서 인생의 한 경지를 감동적으로 열어 보인 데 있다. 가령 다음 장면을 보자.

이윽고 어머니가 흩뿌리는 한 줌의 소금이 자동차의 옆 유리와 지붕 위에 싸라기눈처럼 하얗게 떨어지고 있었다. 그것은 마치 어린 시절에 상한 음식을 먹고 내 몸에 온통 두드러기가 났을 때 어머니가 온 몸을 발가벗겨 놓고 소금을 뿌렸을 때의 따끔따끔한 통증처럼 나를 긴장시키고 있었다.

서울로 상경하는 아들 차에 늙은 어머니가 소금을 뿌리는 장면에서 소설은 시작한다. '지팡이에 의지해서 바장이는 걸음걸이'로 금방이라도 허물어질 듯 위태위태한 여든 여덟 왜소한 몸체의 어머니가 한 줌의 소금을 쥐고 있다가 시동을 걸고 출발을 시작하는 승용차의 몸체에 소금을 뿌려댄다. 그 자체가 화자의 표현대로 '부정한 액운을 쫓아내는 의식'처럼 경건하고 비장한 느낌이다.

더구나 "남들이 노인네 혼자 버려두고 저희들끼리만 히히덕거리며 지낸다고 손가락질이라도 하면 어떡하느냐고 우스갯소리 반 진담 반으로 의중을 떠보기도 했지만, 누가 남 위해서 사느냐고, 다 자기 하고 싶은 대로 사는 것이지, 체면 차리다가 굶어 죽고 남의 눈치 보다가 눈꼽재기 끼는 법이라면서 그 동안은 들은 척도 하지 않고 사뭇 당당하게 일꾼들 건사하면서 조상대대로 물려받은 밭뙈기며 논마지기 관리해 오던 어머니였는데 근자에는 이런저런 의욕도 사그라지셨는지 이젠 갈 준비를 해얄 텐데 하면서 틈만 생기면 죽음타령을 늘어놓는 바람에 주변을 심란하게 만들어 놓고 계신 어머니"이기에 '나'의 통증은 크다. 소설은 그렇게 죽음을 스스로 예감하며 삶의 마지막을 추스리고 있는 어머니의 삶을 아들의 애잔한 눈으로 따뜻하게 갈무리해 나간다.

어머니가 낳아서 기른 6남매가 서울과 대전에서 나름대로 기반을 다져놓고 살아가고 있는데도 홀로 고향 땅을 지키는 어머니의 형상은 우리네 현대생활을 반면으로 대변해주는 한 상징적 상황이기에 그 실감은 착잡하기 그지없다. 당신이 살아온 삶으로는 도무지 도회지의 삶과는 어울리지 않아 홀로 살지만, 예순 다섯 살이 마을에서 제일 어린애라는 고향 땅의 세대성이나 '마당에 어슬렁거리는 괭이새끼 하나만 보아도 파장에 의붓애비 만난 것처럼 반갑더라'는 어머니의 말처럼 적막강산의 시골살이는 도시적 자본주의 삶과 선명히 대조되면서 오늘 우리가 사는 시대가 장구한 세월 동안 핏줄로 대를 이어온 삶의 터전과 마지막 이별의식을 거행하고 있는 것은 아닌지 자문케 만든다.

이 소설의 남다른 깊이는 그런 시대적 배경 속에서 고향의 뿌리로서 어머니의 삶이 보여주는 인격성에서 우러나온다. 물론 그런 어머니에게 마음의 태를 대고 있는 작중화자 아들의 인격성 또한 그만한 깊이를 가지기에 가능한 일이다. 아들이 어머니를 업고 아버지 무덤을 함께 찾아간 장면이나 어머니의 고향에 함께 승용차로 조용히 찾아가 폐옥이나 다름없는 생가를 둘러보는 장면 등에서 그러한 면모는 쉽사리 확인할 수 있다. 거기다 작품 속의 현재가 아들이 서울로 올라가는 길에 예전 어머니와 함께 갔던 아버지의 무덤이며 어머니의 고향을 혼자 되찾아 가는 데서 아들의 속내를 읽을 수가 있다. 소설은 말하자면 아들이 그런 추억들을 떠올리며 고향의 이곳저곳을 찾아가는 여정 속에서 어머니와 고향의 의미를 되새김하는 방식으로 전개된다.

그런데 이런 여정은 단순히 어머니에 대한 안쓰러움이나 효심에 의해서만 형성되는 것은 아니다. 뒤늦게나마 고향으로 회귀하기 위한 아들의 심정적 변화가 어머니를 지켜보는 가운데 조용히 이루어지고 있다. 어머니가 죽음을 예비하는 모습은 특히 당신이 입었던 헌 옷가지며 쓰던 일용품을 정리해서 불에 태우는 등 어떻게 보면 당신이 이 세상에 살았던 흔적을 모조리 지우고 떠나려는 사람처럼 주변을 말끔히 정리하는 일에 온갖 신경을 쓰고 있는 데서 잘 드러난다. 이에 대해 틈만 나면 작중화자는 집에 남아있던 생활용품을 서울로 옮겨놓는다.

나는 이것들을 골동품으로서의 가치보다도 옛 어른들이 사용했던 물건이라는 데에 의미를 두어 그 냥 모아두려는 생각이었지만 어머니는 이것들을 미련 없이 버리거나 태우는 일에 열중하고 있었는데, 그것은 아마도 어머니가 돌아가신 멋 훗날 현대 문물에 밀려난 이것들이 후손들로부터 아무런 쓸모도 없는 잡동사니로 버림을 받고 집안의 여기저기에 뒹굴고 있을 때의 볼썽 사나운 모습을 예견하고 그러시는 것 같았다.

그런 작중화자는 미장원을 하며 고향을 지키고 있는 고향문인과도 만나며 서서히 고향으로의 회귀를 준비한다.(어머니에게 도움을 주는 택시운전사나 약방 주인을 직접 만나는 것도 결과적으로는 그 흐름을 같이 하는 것으로 다가온다.) 사실 작중화자에게 있어 고향 땅은 호적부에 기재된 행정적 의미에서 크게 벗어나지 않는다. 왜냐하면 어려서는 외지에서 교원생활을 하던 아버지를 따라 떠도는 생활이었고, 어느 정도 정착된 고등학교 시절부터는 이제 부모와 떨어져 객지에서 살았기 때문이다. 더구나 장남이지만 종가(宗家)를 장남이 이어야 한다는 불문율이 속박하고 있는 것도 아니었다. 그런데 나이가 들어갈수록 마음을 기댈 수 있는 곳은 고향이라는 생각을 차츰 갖게 되었다는 것이다. 그렇게 어머니의 인격과 작중화자의 인격, 말하자면 모자지간에 이심전심으로 통하는 이런 인격적 화음이야말로 이 작품에 조용하게 깊이를 더해주는 힘이다. 따라서 작품 대미의, 어머니 고향이 전부 수몰된다는 이야기에 '어머니는 이 세상에 살았던 당신의 흔적을 불에 태워 지워 나가더니, 태어난 상가마저 수몰되어 이 세상에서 흔적을 지우며 사라질 운명이 아닌가' 하며 작중화자가 들판에 허수아비처럼 마냥 서있는 장면은 정녕 가슴 시린 장면이 아닐 수 없다.

*

하나의 작품집 해설에 특정 작품을 이렇게 길게 이야기한 것은 "어머니의 초상"이 작품집 전체의 성격을 가늠할 수 있는 대표적인 작품이기도 하거니와, 또 작품 자체의 성취가 경지로 가늠할 만한 것을 한데 모두고 있다는 생각에서이다. 마치 수필을 읽는 것 같은 편안한 문장하며, 특별한 표현기법이나 문학적 장치를 구사하지 않고, 물 흐르듯 실제적 삶의 형태로 진솔하게 펼쳐내는, 인공적이지 않은 자연스러운 문학적 힘이 어느 만큼 큰 힘을 가질 수 있는가를 느끼게 해주기 때문이다.

물론 이러한 면들은 이 작품집에 실려 있는 작품들에 두루 적용할 수 있는 특징이다. 정도의 차이는 있겠지만 거개가 1인칭 화자로 이끌어지고 있어 일종의 사소설이라 이름 붙일 만하다. 그 중에서도 특히 "어머니의 초상"과 그와 짝을 이루는 "아버지의 초상"이 그러하다. 물론 20년 전 학창시절에 겪었던 불 사랑의 장본인을 우연히 만나게 되면서 젊은 날을 다시 재생하는 "20년 뒤"나 역시 과거의 애정사를 반추하는 "눈 뜬 짐승 하나 가슴속에 키우며" 역시 1인칭 시점이나 앞서의 두 작품과는 다소 성격을 달리 한다. "아버지의 초상"은 유년시절부터 보고 들어온 아버지의 생활을 반추한, 말 그대로 아버지의 초상화를 언어를 그려낸 것이다. 자신의 성장과 관련해서 아버지가 보여준 일련의 모습들을 담담히 들추거나, 집안 혹은 바깥에서 아버지가 보여주었던 일련의 예화를 통해 아버지의 상을 부조해나간 편지형식의 작품이다.

반면 "20년 뒤"는 시골집과 떨어져 도회지 친척집에서 학교를 다니던 고등학교 3학년 때 운명처럼 만나게 된 한 여자와의 불 사랑을 회고하고 있는 소설로 앞서의 소설과는 양상이 다르다.

잡지사 기자인 '나'는 특집 취재 관계로 송강 정철의 유적지를 찾아가다 서울역에서 그녀를 우연히 만나게 된다. 소설은 그녀의 연락처가 담긴 명함을 받고 담양으로 내려가면서 옛 추억을 떠올린다. 그녀는 그때 '소녀 같은 여인'이었다. 말하자면 소녀인데('나'보다 한 살 위) 40대 중반인 경찰관의 첩이었던 것이다. 그 경찰관은 어쩌다 한번씩 들르기에 집에 거의 없는 형편이고, 외출이 심한 친척아줌마 역시 거의 집을 비운 탓에 나는 그녀와 단둘이 있는 경우가 많았다. 비슷한 또래라 쑥스러워 이야기도 나누지 못했지만, 대학입시에 중압감을 느낀 나는 걷잡을 수 없이 그녀에게로 마음이 빠져들어 간다. 그런데 그녀가 말없이 나의 속옷빨래를 해주자 그녀를 향한 연정은 더욱 뜨거워가기만 했다. 그런 어느 날 전등이 나간 그녀 방에 의자를 놓고 올라서서 전구를 갈아 끼다가 떨어지면서 그녀와 함께 이부자리 위로 나뒹굴게 되면서 그들의 불 사랑은 시작된다. 물론 소설은 취재의 여정도 담고 있으나 이때도 이야기의 중심은 옛 추억으로 모아진다. 어쩌다 경찰관이 오는 날이면 질투를 견디다 못해 경찰관의 신발을 짓누르고 그것을 다시 아무도 몰래 치워버리는 일도 있었다. 그리고 아무도 없는 어느 밤, 그녀의 방을 찾아간 나는 그녀로부터 '두 차례나 숨이 턱에 닿는 경험'을 선물 받고, 그녀로부터 방직공장에 취직시켜준다는 꼬임에 빠져 지금의 처지가 되었다는 이야기를 듣는다. 그리고 갑작스럽게 경찰관이 지방으로 발령 받으면서 그녀와 헤어지게 된다. 그리고 소설은 서울로 올라와 그녀가 있는 곳을 찾아가는 것으로 마무리된다. 그녀의 카페에서 그들은 운명처럼 또다시 정사를 벌이고, 그녀의 방에 놓인 죽은 아들 사진을 보다 그가 바로 그들의 불 사랑이

잉태한 아이임을 알게 되는 것으로 끝을 맺는다.

　"눈 뜬 짐승 하나 가슴속에 키우며" 역시 1인칭 시점의 소설로 "20년 뒤"와 여러모로 흡사하여 서로 짝을 이룬다. 앞서의 작품들이 모두 남성화자의 작품인데, 이 작품은 여성화자를 1인칭으로 내세웠다. "20년 뒤"와 흡사하게 이 작품 역시 예전의 애정사를 소설의 골간으로 하고 있다. 가난한 나와 부자집안의 아들인 강현구가 그들이다. 대학시절 장래를 설계하거나 남자로서 그를 원했던 적이 없는 나는 군대가기 직전, 그의 투정과 요구에 몸을 허락한다. 그리고 아이를 배고, 그를 찾아가 이 사실을 전하지만 '그럼 어쩌자는 거야'라는 그의 말에 두말 없이 돌아와 아이를 지우고 자신을 좋아했던 직장 상사와 결혼한다. 소설은 친구가 우연히 강현구에 대한 소식을 알아와 그에게 전화를 거는데서 출발하여 그에게 핸드폰 번호까지 알려주었는데도 끝내 그의 전화를 받지 않는 것으로 끝맺는다. 그 점 "20년 뒤"와는 대조적이다. 말하자면 사랑에도 질적 차이가 있다는 점을 두 작품에서 잘 말해주고 있는 셈이다. 그에 따라 추억에도 격이 있음을 느끼게 해준다.

*

　한편 이번 작품집의 한 축을 이루는 20편이 넘는 장편(掌篇)에도 이미 '아내를 위하여' '남자를 위하야' '아들을 위하여' '이웃 사촌들' 등의 소제목에서 보여지듯이 앞서 언급한 여러 특징이 고스란히 배어있다. 사실 이번 작품집의 가장 특징적인 면모는 그러한 장편(掌篇)들에서 손쉽게 찾을 수 있다. 여기서 굳이 꽁트라 표기하지 않고 '손바닥 장편'이라는 말을 쓴 이유도 거기에 있다. 흔히 꽁트라 하면 재미있는 이야기, 기발난 이야기, 짧은 이야기 속에 반전과 역설이 숨쉬는 그 기법적 특수함을 연상한다. 그러나 조건상의 짧은 소설은 위의 "어머니의 초상"처럼 거개가 생활 속에서 체험한 작은 이야기를, 일상 속에 숨어있는 진실이나 작은 지혜를 수필처럼 자연스럽게 펼쳐 보인다. 잔잔한 감동 혹은 껄껄 웃음이 아닌 조용한 미소로 대변될 수 있는 인정(人情)의 세계야말로 전체적인 주조음이라 할 수 있다.

가령 "아내의 마음 읽기"는 그것을 가장 잘 보여주는 작품이다. 10매가 조금 넘는 짧은 분량이지만, 짧은 이야기 속에 긴 울림이 있다. 이야기인즉슨 이렇다. 연애시절과 신혼 초에는 아내가 보여준 소녀 취향의 감상주의가 비누거품처럼 신선하고 새벽이슬처럼 영롱하게 느껴져서 넋이 빠지기도 했지만, 중년에 접어들어서까지 여전히 소녀 취향의 감상주의를 내보이는 아내가 다소 못마땅한 남편 '나'가 있다. 그런 남편이 일화 하나를 통해 '아내의 마음 읽기'를 잔잔히 내보인 작품이다. 이사를 이틀 앞둔 어느 날, 집이 난장판인데도 아내는 불쑥 반 뼘도 채 안 되는 앙증스럽게 작은 구두 한 켤레를 발 밑에 놓고 나를 불러내 이게 누구 것인지 알아 맞춰 보라는 것이다. 어처구니 없어 돌아서는데 들려오는 '당신이 사온 건데'라는 말, 나는 도무지 기억에 없는데, 다시 들려오는 "현국이 돌 기념으로 당신이 사온 구두잖아요. 너무 큰 걸 사와서 뒤꿈치에 손수건을 접어 넣어서 신겼던……."이라는 말. 이런 아내에게 "여자와 늙은이는 추억 속에 산다지만 별 시덥잖은 일까지 기억하며 바쁜 사람 불러다 놓고 노닥거리고 있다는 생각에 나는 마음속으로 저러니까 여편네들은 평생토록 턱주가리에 수염도 안 나는 게 아니냐고 혀를 끌끌 차며 아내의 기미 낀 얼굴을 향하여 있는 대로" 눈을 흘긴 다. 그러나 그런 내 시선을 전혀 의식하지 않은 채 푸념처럼 중얼거리는 "이걸 신고 아장거릴 때가 언젠데 벌써……", 그리고 뒤이어지는 "자식도 품안에 있을 때가 자식이지요"라는 말. 그때서야 나는 단순한 감상적 기분에서 푸념만 늘어놓은 게 아님을 깨닫게 된다. 며칠 전 현국이 학교에서 싸움을 하다 상대아이의 이빨을 부러뜨린 사건이 떠올랐기 때문이다. 학교 당국으로부터 호출 당해 이런저런 창피를 톡톡히 당했을 텐데, 의외로 집에 돌아와서 아내는 밤새 한숨만 쉬고 있었다. 그 점에서 작품의 대미는 짧지만 여러 생각을 떠올리게 하며 긴 여운을 남긴다.

바로 그때였다. 마치 병아리를 품고 있는 암탉처럼 자신의 치마 폭으로 발끝에 놓인 구두를 감싸고 있던 아내가 발딱 자리에서 일어나며 혼잣소리로 중얼거렸다.
"그러나 어때요. 얻어맞고 찔찔거리는 것보다야 훨씬 사내답고 듬직하지……."

단순한 여성으로서, 혹은 아내로서보다 '어미'라는 말에서 연상되는 묵직한 힘이 치마폭처럼 길게 드리워진다. 이처럼 장편(掌篇)에서는 대부분 작중화자 '나'를 통해본 가족과 주변 인물에 대한 삶의 소소한 단면들을 스케치한 것이다. 그러나 얼핏 윤곽만 잡은 큰 밑그림이란 뜻으로 이 말을 쓴 것은 아니다. 일상의 얼기설기 얽혀든 복잡성 속에서 몇 가지 단면으로 인생의 실체를 포획하는 단순성의 필체를 내보이고 있다는 의미이다. 세탁소를 운영하는 한 부부가 정반대의 수표사건으로 몰인정한 서울살이에 지쳐 인정(人情)을 찾아 귀향하는 이야기를 담은 "어떤 귀향"이나 서울살이의 고달픔 속에서 어렵게 살아가고 있는 주변 노파의 이야기를 담은 "첫눈", 애숭이 교사로서 겪게 되는 교단 생활을 통해 제자 사랑을 이야기한 "담배와 풋고추", 가난한 부동산중개인의 집에 얽힌 일화를 담은 "윤달호씨의 경우" 등이 그런 인정세계에 얽힌 삶의 이야기들이다.

물론 그렇다고 해서 그의 장편(掌篇)이 꽁트적 분위기와 전혀 무관한 것은 아니다. 애밴 처녀가 어머니와 함께 목욕탕에 와 옆사람에게 '새댁'으로 불리면서 임신 사실을 몸으로 말한 결과를 낳게 되는 "몸으로 말했다", 상사에게 잘 보이려다 오히려 난처한 꼴을 당해 쌩돈 5만원을 날리게 된 경위를 담은 "갈비뼈소동", 시어머니 부양문제를 놓고 피하려는 어머니 앞에 아들이 옛 이야기를 들어 통렬히 전복하는 "아들의 교훈", 유명세 때문에 가난한 탤런트가 겪게 되는 우스꽝한 일화를 담은 "유명세" 등은 재미와 함께 풍자와 해학이 숨쉬는 글들이다.

*

글은 작가와 닮기 마련이다. 작가를 아는 사람은 그의 정제되고 정돈된 단아한 인품이 작품 속에 고스란히 반영되어 있다고 말할 것이다. 실제로 어떤 작가 건간에 작품 안에 어느 만큼의 허식이나 과장이 숨어들기 마련이다. 그러나 그의 작품에서는 좀체 그런 점을 찾기 힘들다. 남의 작품집 서문을 한 번도 써본 적이 없다는 작가의 은사 오영수 선생이 첫 작품집 『증발된 여자』서문에서 말해둔 것으로도 이는 충분히 짐작할 수 있다.

　얼음 밑에서 겨울을 나는 붕어 새끼처럼 언제나 말없이 조용하
고 예의 바르고 얌전하다.
　작심삼일(作心三日), 조삼모사(朝三暮四)……. 이십 년 동안 괴
롭히고 이용할 대로 하고는 단 한번 실수를 나무랐다고 해서 손
바닥을 뒤집듯 하는 대부분의 후배들이기 때문에 더욱 조 군의
사람됨됨이가 두드러져 보인다.

　그래서 필자는 다른 글에서 이렇게 말한 적이 있다. "작품 자
체의 외관은 그리 도드라져 보이지 않지만, 오히려 작은 것들,
이를테면 일상·시정·서민 등으로 칭할 수 있는 것들을 가지고
좋은 사람에게서 풍기는 멋과 맛처럼 내용의 겉자락 뒤로 스멀
스멀 서서히 흘러나오는 조용한 기운과 여운이야말로 기실 작가
의 체질을 닮았고, 그것이 곧 작품의 품격으로 조용히 살아나고
있다는 생각이다."
　사실 이번 작품집은 통상 우리가 보게 되는 작품집과는 몇 가
지 면에서 이색적이다. 70년대 초반 작품부터 올해 작품까지 무
려 30년 가까운 세월이 함께 행복하게 동거하고 있다. 그런데
그것이 하나도 이상하지가 않다. 다름 아닌 시종여일(始終如一),
초지일관(初志一貫)이란 말로 표현할 만한 특징이 조건상의 문
학세계인 것이다. 또한 일반적으로 중단편과 짧은 소설은 한데
어울리기 힘든 것으로 생각하는데, 그의 작품집 안에서 두 장르
가 역시 행복하게 동거하고 있다. 이 점은 이미 앞서 나름대로
설명했기 때문에 다시 덧붙일 필요가 없겠지만, 이 역시 시종여

일(始終如一), 초지일관(初志一貫)이란 말로 표현될 그만의 문학적 특징이다.

그렇다고 해서 그의 문학세계가 고정되어 있다는 것은 아니다. "어머니의 초상"이 보여주듯 연륜이 쌓임에 따라 삶에 대한 혜안과 문학적 성숙 또한 깊어지고 있음을 우리는 볼 수 있다. 이른바 경지란 눈금으로 가늠하고 싶은, 그런 격조와 깊이가 그의 문학을 조용히 살찌우고 있다. 아마도 이 글을 읽는 동안 '조용히'란 말을 많이 만났을 텐데, 실제 그의 작품이 그렇다. 말문을 열면서 우리네 저 야산(野山)에 그의 문학을 비교한 것도 그 때문이다. 그렇게 눈에 확 들어오지는 않지만 가만히 들여다볼수록 소록소록 삶의 체취와 향기가 피어나고 있으니 독자 여러분도 함께 그 세계를 맛보길 기대한다.